KB053573

모지 카키야
MOJIKAKIYA

toi8
ILLUSTRATION

8

MY DAUGHTER GREW UP TO
"RANK S" ADVENTURER.

# 모험가가 되고 싶다며 도시로 떠났던 딸이 S랭크가 되었다

# 등장인물

◆ 벨그리프 ◆

【칭호(?): 적귀】
젊은 시절에 꿈이 부서져서 고향으로 돌아온 은퇴 모험가. 과거를 청산하기 위해 여행에 나서기로 한다.

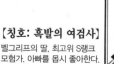

【칭호: 흑발의 여검사】
벨그리프의 딸, 최고위 S랭크 모험가. 아빠를 몹시 좋아한다.

◆ 안젤린 ◆

◆ 아넷사 ◆

안젤린과 파티를 짠 궁수, AAA랭크 모험가. 3인 파티에서 중재역을 맡고 있다.

◆ 밀리엄 ◆

마법이 특기인 AAA랭크 모험가. 안젤린, 아넷사와 파티를 짜서 활동한다.

◆ 카심 ◆

【칭호: 천개 파괴자】
벨그리프의 옛 동료 중 한 사람. 모험가로 복귀한 S랭크의 대마도사.

◆ 퍼시벌 ◆

【칭호: 패왕검】
S랭크 모험가이자 뛰어난 실력의 검사. 벨그리프의 옛 동료 중 한 사람이며, 긴 시간이 흘러 마침내 화해했다.

◆ 벤자민 ◆

문무, 용모, 카리스마. 어떤 측면에서도 흠잡을 데 없는 로데시아 제국의 황태자.

톨네라의 주민들에게 배웅을 받아 출발한 벨그리프는 옛 동료 퍼시벌이 있다고 들은 곳, 극히 일부의 인물밖에 알지 못한다는 위험 지대 『대지의 배꼽』으로 안젤린 및 다른 동료들과 함께 여행길에 오른다.

오랜 농촌 생활 중 여행에 익숙해지지 못하는 몸은 비명을 질렀지만, 모두의 도움 덕택에 목적한 장소까지 다다를 수 있었다. 하지만 그곳에서 보게 된 것은 옛 시절의 쾌활함은 티끌만큼도 없이 거칠고 사나워진 퍼시벌의 모습.
오래도록 자기 자신을 탓하다가 완전히 마음을 닫아버린 친구를 목격한 벨그리프는 불쑥 주먹을 휘두른다. 나잇값도 못 하고 쌈박질을 벌이는 남자 두 사람. 그러나 그 끝에 다시 마음이 이어지며.

## "오래도록 미안했다, 퍼시. 살아 있어줘서 고맙고. 다시 만나서 기쁘군."
## "……나도 마찬가지다. ……고맙다, 벨. 만나러 와줘서."

두 사람은 마침내 화해할 수 있었다.

MY DAUGHTER
GREW UP TO
"RANK S"
ADVENTURER.

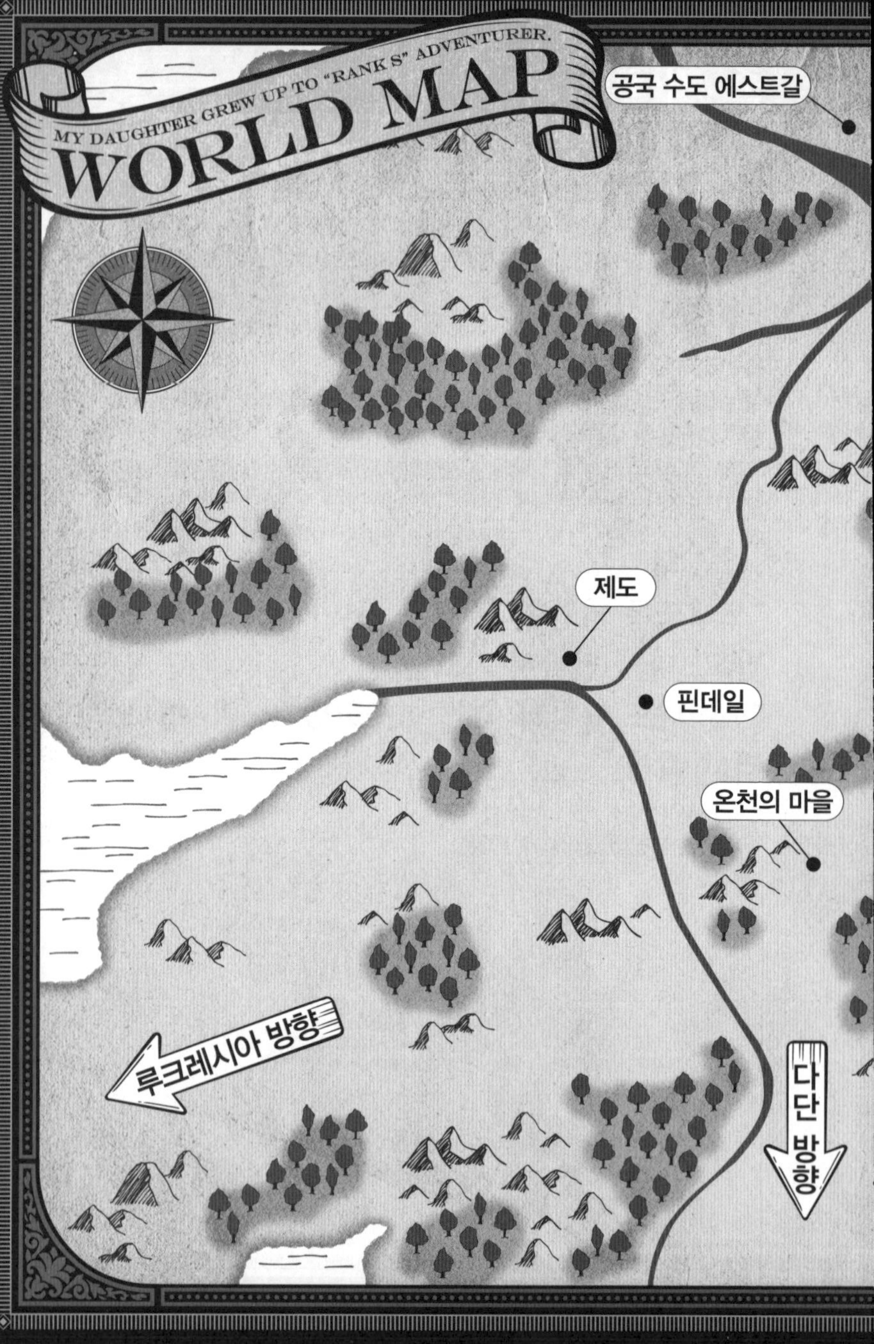
MY DAUGHTER GREW UP TO "RANK S" ADVENTURER.
WORLD MAP
공국 수도 에스트갈
제도
핀데일
온천의 마을
루크레시아 방향
다단 방향

틸디스

관문

이스타프

대지의 배꼽

닌디아 산맥

# CONTENTS

## 제 8 장

# 제 8 장

MY DAUGHTER
GREW UP TO
"RANK S"
ADVENTURER.

# 98 호화로운 궁전의 어느 방 하나에 불빛이 밝혀

호화로운 궁전의 어느 방 하나에 불빛이 밝혀졌다. 유리 세공에 황휘석을 쓴 샹들리에가 바닥이며 벽이며 주위를 비췄다. 특별히 화려하지 않은 형태가 오히려 고급감을 연출하고 있는 일용품에 음영이 만들어 진다.

황색의 짙은 금발을 깔끔하게 다듬어 놓은 남자가 의자에 앉아 있었다. 놀랄 만한 미남자였다. 남자는 대륙 북서부를 영토로 다스리고 있는 대국, 로데시아 제국의 황태자 벤자민이었다.

벤자민은 양손에 올라갈 만한 크기의 수정 구슬을 쳐다보고 있었다. 탁자에 놓인 수정 구슬은 엷게 빛을 발하고, 그 건너편에서는 희미하게 인영이 보였다.

"흐음. 그래서 너는 어디에 있는데?"

인영이 대답했다. 벤자민은 다리를 바꿔 꼬면서 감탄했다는 듯이 웃었다.

"그런 곳까지 갔구나. 이러니저러니 해도 너는 행동가라니까. 그래서, 뭔가 재미있는 게 있기는 했고? ……오호라, 그래."

꼬았던 다리에 팔꿈치를 세워서 턱을 괴고는 벤자민이 수정 구슬의 방향으로 몸을 가까이 가져갔다.

"뭔가 움직일 것 같네……. 후후, 점점 재미있어지는데. 그래도 잠깐 돌아와줘. 이래저래 여기도 바빠서 말이야. 에이, 섭섭한 소리는 말자, 어휴."

바람이 불자 유리 창문이 달각달각 흔들렸다. 방의 어두운 곳에서 인영이 나타났다. 어두운 짙은 갈색의 머리카락을 뒤로 묶어 내렸다. 에스트갈 대공 가문의 삼남, 프랑수아였다. 그러나 얼굴에 표정이 없고, 살갗은 마치 밀랍처럼 하얬다.

"전하. 시간이 되었습니다."

"응? 아……. 그래, 나중에 또 연락할게."

수정 구슬의 엷은 빛이 사라졌다. 벤자민은 일어섰다.

"슈바이츠 님입니까?"

"그래, 맞아. 매사에 행동이 빠른 덕분에 재미있더라. 후후, 너도 기억하는 사람이지? 이번에는 『흑발의 여검사』와 관련이 있는 일이야. 그 여자의 주위에서 많은 변화가 이루어지고 있어."

프랑수아의 눈살이 실룩 움직였다. 벤자민은 빙긋 웃었다.

"너무 살기를 드러내지 마. 조만간에 네게 복수를 할 기회를 마련해줄게."

"……망극합니다."

표정이 없었던 프랑수아의 얼굴에 섬뜩한 미소가 번져 나갔다.

정중하게 머리 숙이자 그 옆을 벤자민이 지나쳐서 방을 나갔다. 프랑수아는 곧 발길을 되돌려서 뒤를 따랐다.

○

먼지 섞인 바람이 『대지의 배꼽』을 쭉 훑고 지나간다. 하늘에는
옅게 구름이 끼어 있었지만, 햇살을 막을 정도는 아니었다. 지면
에서는 열기가 피어오르는 것 같다.

망토와 상의를 벗은 퍼시벌의 육체는 놀랄 만큼 잘 단련되어 있
어 탄탄함이 도드라졌다. 셔츠에 가려졌어도 알 수 있을 만큼 근육
이 울퉁불퉁했다. 단순히 부풀기만 한 것이 아니다. 실전을 겪어
쓸데없는 부분이 떨어져 나갔을 테지. 마치 강철을 연상케 했다.

퍼시벌은 주먹을 꽉 쥐고 쭉 숨을 내쉬며 벨그리프를 바라봤다.

"붙어볼까."

"음."

맞은편에 선 벨그리프도 자세를 취했다. 양쪽 다 도수공권이다.
서로의 일거수일투족을 놓치지 않기 위해서 서로를 예리한 시선
으로 꿰뚫는다. 한 번의 호흡마다 피가 신체를 타고 돌아가는 것
까지 느껴지는 듯한 팽팽한 긴장감이 있었다.

벨그리프의 오른 다리가 살짝 움직였다. 곧바로 퍼시벌이 뛰어
들었다. 동시에 손바닥 치기가 날아온다. 왼쪽 어깨에 제대로 적
중되는 듯 보였다.

하지만 벨그리프는 왼쪽 다리를 들고 오른쪽 의족을 축으로 써
서 흡사 문이 열리는 모양새로 몸을 비틀었다. 충격이 가해져야
할 위치가 어긋나며 퍼시벌의 주먹은 단순히 미는 동작처럼 벨그

리프에게 닿았고, 그 기세도 결국 도중에 뒤로 흘러 나갔다

왼 다리를 짚는 동시에 쭉 파고들었던 벨그리프는 위에서 주먹을 쏘아 보내고자 번쩍 치켜들었다. 그러나 퍼시벌도 공격이 어긋났음을 인식하자마자 즉각 자세를 변화시켜서 내리 떨어지기 이전의 주먹을 붙잡았다.

"……그래, 알겠군. 분명 발목이 있는 녀석이면 못 하는 몸놀림이야. 나쁘지 않다."

"하하……. 막혀버리면 의미가 없지만 말이지."

퍼시벌은 히죽 웃고는 붙잡았던 손목을 잡아당겼다. 자세가 무너진 벨그리프의 허리에 손을 가져다 대서 가볍게 밀자 속절없이 나가떨어져서 하늘을 보게 되었다.

"다만 힘줘서 버티는 게 안 되잖나. 당면의 과제겠어."

"이런, 난감하군……. 어떤 상태였든 자네를 당할 수 있을 것 같지가 않아."

"당연한 소릴. 아무튼 의족의 불리함은 죄다 없애보자고. 내가 철저하게 상대해줄 테니까."

그게 나의 책임이니까 말이지. 가만히 중얼거리며 퍼시벌은 웃었다. 벨그리프는 상체를 일으킨 뒤 쓴웃음 지으며 머리를 긁적였다.

"살살 좀 부탁하지……. 자넨 적당히 할 줄을 모르니까."

"뭔 약한 소리가 튀어나오나. 대충 훈련해서 숙달이 될 리 없는데.『팔라딘』한테 시달릴 때는 더 굉장하지 않았나?"

퍼시벌은 상의를 걸쳐 입으며 말했다. 벨그리프는 어깨를 으쓱

였다.

"그라함하곤 대련은 별로 하지 않았거든……. 명상의 방식이나 마력의 순환 방법을 위주로 배웠어. 덕분에 몸을 움직일 때 쓸데없는 힘이 안 들어가게 되었지."

"그런 방식이었나. 좋아, 더욱더 몸을 써야겠군. 약점을 지키는 게 아니라 강점으로 발전시켜 활용해야지. 내가 보기에는 아직 군더더기가 많다."

"S랭크 모험가와 비교하자면 내가 좀 민망한데……."

"허! 안제가 들었다간 발끈했을 말이군, 『적귀』 나리."

"으음……."

벨그리프는 난처해하며 수염을 비비 꼬았다. 퍼시벌은 유쾌하게 웃더니 망토를 어깨에 둘러멨다.

"가자고. 덥군."

벨그리프는 고개를 끄덕인 뒤 일어섰다.

퍼시벌은 옛적 쾌활함을 완전히 되찾은 모습이었지만, 가끔 지나치게 괄괄한 행동을 하는 경향도 있어서 아직 어딘가 어색한 감이 느껴졌다. 오래도록 마음고생을 해왔던 터라 단숨에 예전처럼 돌아간다면 오히려 부자연스러울지도 모르겠다.

본인도 내심 자각을 하는 까닭에 좀 지나쳐도 밝은 행동을 보임으로써 자기의 마음속에서 합의점을 찾고 있는 것이 아닐까. 벨그리프는 그리 짐작했다. 단순하게 쑥스럽다는 이유, 그 하나 때문일 수도 있겠다만.

대해일. 마수의 대량 발상 시기는 아직껏 계속 중이었다. 전투를 안 치르는 날이 없었다. 물론 절정기는 이미 지나간 분위기이고 바하무트나 추락한 농신과 같은 S랭크 마수는 숫자가 꽤 줄어든 듯싶었다. 그 때문에 빈번하게 전투가 벌어지던 『구덩이』의 주변이 아닌 더 좋은 소재를 구하기 위해 『구덩이』의 내부로 내려가는 모험가도 늘어나고 있다고 했다.

그러나 저런 목적으로 던전 공략에 나서는 모험가가 늘어났다 곤 해도 석조 건물의 안은 아직껏 시끌시끌했다. 먼저 도착했던 파티는 아직 철수하기에는 이른 시기였고, 때를 잘못 맞춰서 절정기가 이미 지난 이후에 도착한 인원들도 있었다. 게다가 소재 매입을 목적으로 상인들까지 슬슬 얼굴을 내밀고 있는 상황이다. 사람이 자꾸자꾸 늘어나는 것 같았다.

꽤 여유가 있던 칸막이의 사이사이도 거의 다 들어찬 터라 천한 장에 가려진 건너편에서 낯선 사람들끼리 잠들어 있는 장면도 이제는 딱히 드물지 않다.

그 칸막이용 천을 넘기며 벨그리프와 퍼시벌이 안에 들어왔을 때 이슈멜은 작은 돌멩이 파편 같은 물건을 뚫어져라 보고 있다. 확대경인지 손바닥 위에 올라갈 만한 조그만 통을 통해서 들여다보고 있다.

이슈멜은 두 사람을 돌아보며 얼굴을 들어 올렸다.

"오셨습니까."

"그건 뭐냐?"

퍼시벌이 눈을 가늘게 뜨며 바닥에 앉았다.

"용정석(龍晶石)입니다. 역시 대지의 배꼽이에요. 품질이 무척 좋습니다. 보시겠습니까?"

퍼시벌은 어깨를 으쓱거릴 뿐 손을 내밀려는 낌새는 없었다. 벨그리프는 용정석을 받아 들고는 확대경을 통해 들여다봤다. 오호라, 수정처럼 투명한 돌 안에 운모(雲母)와 같이 반짝반짝하는 작은 알갱이가 다수 보인다.

"마수정하곤 다른 물건인가?"

"예, 광석처럼 이름 붙였지만, 용종의 둥지에서 채집합니다. 용의 체액이 마력과 더해져서 결정화된 물질이거든요."

"흐음, 신기하군……. 어디에 쓰나?"

"가공해서 렌즈를 만듭니다. 제대로 정제하면 렌즈를 통하는 빛이 일종의 마력으로 변환되거든요. 그 빛을 이용해서 하고 싶은 실험이 있어서 말입니다."

어려운 말은 잘 모르겠다만, 아무튼 이 물건을 사용해서 무엇인가 도구를 만들겠다는 뜻이다. 마법사는 굉장하군. 벨그리프는 감탄하며 마정석을 이슈멜에게 돌려줬다.

꽃차를 끓인 뒤 저편에서 들리는 떠들썩한 소리에 귀를 기울였다. 마수가 올라온 걸까. 전투가 벌어지고 있는 분위기다.

안젤린과 다른 아이들은 바깥에 나갔다. 이스타프의 길드에서 받은 의뢰도 수행해야 하니까 소재를 수집하려는 목적이다. 마음이 안 내킨다며 사양한 퍼시벌과 본래 옛 친구와의 재회가 목적이었고 전투에는 별 관심이 없는 벨그리프는 이렇듯 빈자리를 지키고 있다.

모닥불의 장작 위치를 고치면서 중얼거렸다.

"안제와 아이들은 괜찮으려나……."

"걱정은 접어 둬라. 강한 녀석이니까."

퍼시벌이 툭 대답하더니 꽃차를 홀짝였다. 벨그리프는 쿡쿡 웃었다.

"자네가 말을 해주니까 안심되는군."

"S랭크 모험가라는 녀석들도 사실 실력이 다 똑같지는 않잖나. 개중에서도 약하고 강한 차이가 있지. 안제는 틀림없이 강한 부류야. 내가 보장할 테니 안심해라. 카심도 따라갔잖나."

"그런가……. 그나저나 어려운 문제군. 나에게 고위 랭크의 모험가는 애당초 구름 위의 존재였는데, 개중에서도 격이 달라진다는 게 말이야."

"옛날에는 길드의 최고위가 A랭크였다더군요."

이슈멜이 말했다.

"그런데 같은 랭크 안에서도 실력에 차이가 나기 시작하는 바람에 점차 AA, AAA같이 위에다가 새로운 랭크를 만들었고, 끝내 S랭크가 나오게 되었죠. 대충 글자만 갖다 붙인 게 아니냐 물으시면 더 할 말은 없습니다만, 모험가도 진화하고 있는 게 아닐까요……. 어쩌면 또 새로운 랭크가 만들어질지도 모르고요."

"그런 사실은 몰랐었군……. 뭐, 나한테 고위 랭크야 연이 없는 이야기네만."

"S랭크 마수와 붙어서 잡은 녀석이 뭔 겸손을 떠는 거냐. 넌 뭔가 기준이 어긋났어, 벨."

퍼시벌은 그렇게 말한 뒤 웃었다. 벨그리프는 난처해하며 머리를 긁적였다.

"아니, 그거야 그라함의 검 덕분이니까…… 즉 빌린 물건의 힘이지. 나 자신의 실력이 아니야."

"허, 거참, 자기 평가가 박한 건 여전하군……. 이봐, 벨, 딱히 가슴을 펴고 다니라는 말까진 안 하겠는데 자기 실력은 정확하게 파악해 둬라. 관찰력이 날카로운 주제에 자기 능력을 볼 때만 갑자기 흐려지는 이유가 뭐냐. 너답지 않다. 쿨럭, 쿨럭."

"으음……."

벨그리프는 눈을 내리떴다.

분명 일리가 있는 말이다. 그라함의 검을 안 쓰더라도 고위 랭크 모험가들과 얼마간 마주 상대할 실력은 가지고 있지 않은가.

다만 이기지는 못한다. 올펜의 모험가들과 치른 대련에서는 패배가 더 많았고, 사샤와도 지금 싸우면 패배할 테지. 성장했다는 말도 과거의 자신에게 견주어 쓸 수 있을 뿐이다.

"……애당초 나는 모험가로 복귀하고 싶은 게 아니니까 말이지."

가만히 중얼거린 뒤 컵을 입으로 가져갔다. 과거와 매듭을 지은 다음은 원래대로 톨네라에 돌아가서 흙을 일구는 생활이다. 그렇게 되면 검 다루는 솜씨 따위야 아무 소용이 없다.

퍼시벌은 향주머니를 품에 넣으며 벽에 몸을 기댔다.

"모험가인가……. 거참, 다 내던지고 높이 올라왔는데 정작 대단할 게 없더군."

"이 친구야……. 그럼 사티도 찾아내면 은퇴한 뒤 밭이라도 일굴 텐가?"

"핫핫, 그것도 나쁘지 않군……. 다만."

퍼시벌은 몸을 일으켜서 무릎 위쪽으로 팔짱을 꼈다. 날카로운 눈빛으로 타오르는 불을 주시하고 있다.

"그 검은색 마수. 그놈만큼은 내 손으로 베어버리겠다. 기필코."

"……군이 집착할 필요는 없다네, 퍼시. 난 자네가 복수에 불타오르는 모습은 별로 보고 싶지가 않아."

"미안하다, 벨. 꺾을 수 없는 고집이거든. 나 자신에게 책임을 지기 위해서 말이지……. 뭐, 아무튼 사티를 찾은 다음에 다시 생각해보자고."

퍼시벌은 그렇게 말한 뒤 아무렇게나 다리를 휙 뻗더니 거하게 하품을 했다. 벨그리프는 컵을 내려놓고 팔짱을 꼈다.

"……사티는 일찌감치 종적을 감춰버렸다던가."

"그래. 내가 꽤 심하게 몰아붙였으니까……."

퍼시벌은 난폭하게 머리를 긁었다.

"그 녀석이 사라졌던 때는 A랭크가 된 이후 조금 시간이 지났을 때였지……. 받는 의뢰의 난이도가 껑충 뛰어올랐어. 그런데도 제대로 쉬지도 않은 채 끊임없이 닥치는 대로 의뢰를 받아 수행했

다. 카심은 잠잠했지만 사티하곤 몇 번이나 말싸움을 해서 말이
야, 기진맥진한 그 녀석에게 못된 소리만 퍼부었어. 사과한들 용
서해줄까 알 수는 없다만……. 한마디 사과는 하고 싶군."

"사티도 분명 알아줄 걸세. 그 아이는 약하지 않아."

"그러면 좋겠다만."

이슈멜이 주전자를 손에 들었다.

"많이 어렵겠군요. 이 넓은 세상에서 한 명의 사람을 찾는다는 게."

"그렇지……. 다만, 어디에 있어도 같은 하늘과 땅의 사이라는
것은 달라지지 않아."

벨그리프는 그렇게 말한 뒤 컵을 입에 가져갔다.

○

내리찍히는 전투 도끼가 텁수룩한 마수의 머리를 깨부쉈다. 마
수의 팔다리 네 개는 포탄에 맞은 것처럼 너덜너덜한지라 걸어 다
니지도 못할 상태이다.

아넷사의 화살은 술식을 각인한 특제품이다. 평범한 화살로도
사용 가능하지만, 사수가 작정하고 마력을 담아 사격하면 박혔을
때 작렬한다. 그 화살 때문일 테지. 정확하게 다리만 꿰뚫어 낸
솜씨는 과연 안젤린의 파티 멤버다웠다.

움직이지 못하게 된 마수의 옆쪽에서 던컨이 전투 도끼를 짊어
지고 숨을 돌렸다.

"어이구, 제법 애먹이는 놈이었구려."

"던컨 씨, 나이스……. 더 남았어?"

안젤린은 검을 손에 든 채로 주위를 둘러봤다. 이곳저곳에서 전투가 벌어지고 있는 상황이었는데 지금은 조금 잠잠해졌다.

요즘 들어서는 특별히 뛰어나게 강한 마수가 한 마리 튀어나오는 게 아니라 무리를 짓는 마수가 기어 올라오는 경우가 많았다. 모험가의 수도 늘어난 터라 숫자에서는 호각이다. 그러나 자꾸 난전이 벌어지는 까닭에 상황 파악에 매번 난처함을 겪기도 했다.

마르그리트가 가벼운 발놀림으로 다가왔다.

"저쪽도 정리 다 끝났다. 숫자만 많지 대단할 게 없더라."

"음음, 이 모피가 필요하댔지~?"

마르그리트의 뒤에서 밀리엄이 종종 달려왔다. 안젤린의 옆에 서 있었던 아넷사가 품에서 쪽지를 꺼내 살핀다.

"……응, 피멘텔의 텁수룩한 짐승 모피, 맞네. 그런데 이 마수를 말하는 게 맞나?"

"맞아, 이 녀석 맞아. 괜찮다."

또 다른 방향에서 카심이 다가왔다. 야쿠모와 루실을 데리고 있다.

"마수의 기세가 꽤 수그러들었군. 슬슬 대해일도 끝날 무렵인 듯하이."

"별로 힘들지도 않았어……."

안젤린은 납검한 뒤 기지개를 켰다. 야쿠모가 쓴웃음 짓고 창을 고쳐서 멨다.

"사실은 심각하게 높은 난이도였단 말일세……. 하기야, 이리 다수의 고위 랭크 모험가가 같이 모였다면 무엇이 힘들겠나. 곁에 있다가 덩달아 덕을 보는군."

"옛날 사람들은 말했습니다. 조개와 새가 싸움을 했다. 조개를 쪼아 먹으려고 한 새의 부리를 조개가 물더니 서로 한 발짝도 안 불러나며 버티고 버텼다. 양쪽 다 못 움직이는 상황에서 어부가 나타나더니 이게 웬 떡이냐."

"장황하다, 바보야. 게다가 의미가 안 맞잖느냐."

야쿠모가 창의 자루로 루시를 똑, 살짝 때렸다. 안젤린은 쿡쿡 웃었다.

"후후……. 야쿠모 씨랑 루실은 대해일이 끝나면 어떡할 거야?"

"으음, 어찌할까. 딱히 결정한 바는 없네만……. 자네들은 어찌할 텐가?"

"아빠 마음에 달렸어, 응."

"사티를 찾으러 갈 거다. 이미 결정 난 거야."

카심이 말했다. 마르그리트가 머리 뒤쪽으로 깍지를 꼈다.

"근데 어디에 있나 모르잖아? 모린도 아는 게 없다 그러고. 단서가 없는데 어디를 어떻게 찾아야 하나?"

"그래도 똑같이 단서가 없던 퍼시 아저씨를 의외로 금방 찾았잖아. 사티 씨도 비슷하게 찾아지는 게 아닐까냥~?"

"그래도 그건 야쿠모 씨와 루실이 소식을 알려준 덕이 컸잖아……. 으음, 사티 씨하고도 다시 만나게 해드리고 싶은데…….

여기에 있는 고위 랭크의 사람들이 뭔가 정보를 가지고 있진 않으려나."

아넷사가 팔짱을 끼고 신음했다. 던컨이 턱수염을 쓸어 만졌다.

"어찌하든 간에 이스타프의 길드 마스터에게 받은 의뢰부터 먼저 끝내는 것이 순서겠구려."

"응……. 미안해, 던컨 씨. 괜히 고생시켰네."

"하하핫, 무슨 섭섭한 말씀인가, 안제 님. 귀하와 같이 높은 경지에 오른 실력자의 검을 곁에서 볼 수 있다는 건 이미 횡재나 마찬가지라오."

"끄응……. 쑥스러워."

안젤린은 뺨을 붉히며 머리를 긁적거렸다.

마수의 파도는 일단 물러난 것 같다. 여기저기에서 해치운 마수의 주검을 해체하거나 무기를 휴대한 채 바닥에 앉아 휴식을 취하는 모험가들의 모습이 드문드문 보였다. 아넷사가 해체 나이프를 꺼내 들었다.

"딱히 많이는 필요 없댔지? 요만큼만 가죽을 벗기면 될까?"

"응. 이 녀석 가죽이 하나……. 아까 아룡의 체액이 한 병."

아넷사가 든 쪽지를 들여다보며 안젤린은 소재의 수를 확인했다.

대강 다 모였는데 딱 하나 아직껏 입수하지 못한 물품이 있었다. 대갑주충의 허물이다. 이 녀석은 몸높이, 몸길이가 사람의 몇 배나 되는 크기의 벌레 마수인데 탈피를 거듭하며 커다래진다. 대단히 딱딱하고 흠집도 잘 안 나는 허물이지만, 가공하면 몹시 고

품질의 장비며 장식품을 제작할 수 있었다. 마법 실험용 도구로도 쓰인다고 했다.

허물이라는 소재의 특성상 『구덩이』에서 기어 올라오기를 기다려 봤자 별 성과는 없을 것이다. 안젤린은 쪽지를 접어서 품에 넣었다.

"……던전 탐색에 나서야 할 때야."

"『구덩이』를 뒤지자는 말이냐? 괜찮네, 가자!"

마르그리트는 눈에 보이도록 의욕이 가득했다. 밀리엄이 지팡이에 몸을 기댔다.

"괜찮은데, 오늘은 관두자~. 고위 랭크의 마수와 연전을 벌인 다음이니까 역시 좀 위험하잖아."

"엥, 나는 아직도 힘이 남아도는데."

야쿠모가 쓴웃음을 짓고 마르그리트를 말렸다.

"자제하게나, 공주님. 전투를 치른 뒤에는 기분이 고양되는 법이지. 그러나 몸은 확실하게 지쳤을 게야. 자기 상태를 안 돌아보고 앞서 나가다간 중요할 때 낭패를 당할 걸세."

"음……. 그런가……? 그런 것 같아."

마르그리트는 몸의 감각을 확인하려는 듯이 팔을 돌리거나 발부리를 슬렁슬렁 흔들어보거나 했다. 확실히 발바닥에서 장딴지 뒤쪽으로 은근살짝 무거운 느낌도 드는 듯하여 납득했는지 고개를 끄덕거린다.

안젤린은 히죽히죽하며 마르그리트를 콕콕 찔렀다.

"아빠랑 할배가 여기 있었으면 혼났을 거야……."

"시, 시끄러."

마르그리트는 뺨을 붉히며 홱 고개 돌렸다. 동료들이 껄껄, 깔깔 웃는다. 카심이 중절모자를 고쳐서 썼다.

"뭐, 남은 건 껍질 하나잖아? 내일 다시 구하러 가면 되잖냐. 던전이 도망치지는 않아."

"응……. 아네, 끝났어?"

"잠깐, 조금만 더……. 됐다."

아넷사는 보기 좋게 박피한 가죽을 앞으로 뒤로 확인했다. 그러다가 둥글게 말아서 겨드랑이에 끼운다.

"고기는 어떻게 하지?"

"이 녀석, 별로 맛있지 않아."

루실이 말했다. 야쿠모가 고개를 끄덕거린다.

"가만 놔두면 다른 녀석들이 알아서 처리할 걸세. 시간을 들여 해체할 가치는 없군. 바하무트의 고기도 아직 듬뿍 남았잖나."

"그럼 놔두자고. 얼른 돌아가서 술이나 마시러 가지. 난 배도 좀 고픈데."

"그러면 어서 가십시다들. 다음 파도가 와버리면 못 본 척 떠나기도 민망하잖소."

던컨이 그렇게 말한 뒤 웃으며 걸음을 뗐다. 안젤린은 가볍게 주위를 둘러보다가 곧이어 다리를 움직였다.

휴식을 끝낸 뒤 『구덩이』에 들어가거나, 아니면 다음 파도를 기다리고 있는 눈치의 몇몇 사람들, 몇몇 모험가 파티와 스쳐 지나가며 건물에 돌아왔다.

칸막이 앞까지 오자 안쪽에서 이야기 소리가 들려왔다. 모닥불을 사이에 두고 벨그리프와 토야가 마주 앉아 있었다. 퍼시벌은 벽에 기대어 있고, 이슈멜은 확대경으로 마석을 관찰하고 있다.

"굉장하네요……. 그러면『팔라딘』은 진짜 엘프의 왕족이라는 말씀이군요."

"본인은 딱히 자랑도 하지 않았지만 말이야. 과묵하지만 좋은 녀석이야."

"그래도 부러운데요. 나도『팔라딘』과 만나고 싶다……. 모린에게 이야기만큼은 많이 들었는데 말이죠."

"하하, 언제든 한번 놀러 오게나. 아, 어서 오거라, 안제. 무사해서 다행이구나."

"아, 안젤린 씨, 안녕하세요. 실례하고 있습니다."

"응……. 모린 씨는?"

"어, 아마 시장을 돌아다니고 있을 겁니다. 언제나 배고파, 배고파, 시끄러운 녀석이라서요."

"그 녀석은 맨날 배고프다더라."

마르그리트가 그렇게 말한 뒤 웃었다. 안젤린도 입가에 미소를 살며시 지으며 벨그리프의 어깨에 뒤에서 손을 짚었다.

"뭔가 먹으러 가자고 얘기하던 중이야."

"그렇구나, 벌써 식사를 할 시간인가……. 퍼시, 자나?"

"아니, 안 잔다. 밥시간인가."

퍼시벌은 눈을 뜨더니 거하게 하품을 하며 두 팔을 뻗어 기지개를 켰다.

"그래, 소재는 남김없이 모아들 왔나?"

"아니, 한 개 남았어. 다만『구덩이』에 직접 들어가서 구해야 하는 물건이거든. 그러니까 내일 마저 하려고."

카심이 말했다.

"뭐냐?"

"대갑주충의 허물."

"그놈인가. 좋다, 내일은 나도 도와주마."

퍼시벌은『대지의 배꼽』에서 검을 휘둘러온 세월이 길어『구덩이』의 내부 사정에 해박하다고 했다. 대갑주충의 허물이 있는 장소도 이미 짐작이 가는가 보다.

벨그리프는 안심해서 표정을 누그러뜨렸다.

"잘됐군. 퍼시라면 안심하고 맡길 수 있지. 잘 부탁하네."

"웬 잠꼬대를 늘어놓나, 너도 가야지."

"……음?"

"당연하잖냐. 내 등을 지켜주는 게 너희의 임무니까. 안 그러냐? 카심."

"그럼 그럼. 포기하라고, 벨."

카심이 히죽히죽 웃는다.

안젤린은 얼굴을 반짝이면서 벨그리프의 옷을 붙잡았다. 기뻐서 못 견디겠다는 분위기였다.

"아빠!"

"……난처하군."

벨그리프는 포기하고 쓴웃음을 지었다.

# 99 벽면을 따라가듯 아래 방향으로

　벽면을 따라가듯 아래 방향으로 이어지는 돌계단은 바위를 뚫어 만든 듯한 부분도 있고, 다른 곳에서 적당한 돌을 가져다 놓은 듯한 부분도 있어서 도저히 자연적으로 만들어진 곳이라는 생각은 들지 않았다. 그러나 이런 장소에다가 굳이 아래로 내려가는 계단을 만들 사람이 누굴지는 짐작도 되지 않는다. 어쩌면 옛 시대의 이곳에 왕국이 있었다는 시절에 만들어진 시설인지도 모르겠다만, 지금 와서는 사실을 알아낼 수단이 딱히 없었다.

　폭은 간신히 두 사람이 오르내릴 수 있는 정도다. 한 계단 내려갈 때마다 오른쪽 의족이 돌계단을 때리며 딱딱 소리를 냈다.

　선두를 맡아 나아가던 퍼시벌이 멈춰 서더니 고개 돌렸다.

　"잘 들어라, 여기에서 조금 더 가면 안개가 짙어진다. 그때부터 정신들 바짝 차리고 주의 깊게 발아래를 의식해라. 까딱 긴장을 풀면 다른 장소로 날려 갈 거다."

　마르그리트가 고개를 갸웃했다.

　"다른 데? 무슨 소리야?"

　"강제 전이의 힘을 가지는 안개라는 말씀인가요?"

　아넷사가 말했다. 퍼시벌이 고개를 끄덕거렸다.

"아주 강력한 힘은 아니지만 말이다. 다만 의식이 다른 곳으로 쏠리면 위험하지. 뭐, 불안하면 앞에 녀석의 옷자락이라도 잡고 움직여라. 이봐, 벨. 뒤쪽은 어떤가."

"괜찮네. 이 돌계단에서 마수가 올라오지는 않는가 보군."

"그러고 보니 그렇군. 뭔가 특수한 장치가 있는 건가?"

카심이 말했다. 퍼시벌은 어깨를 으쓱거렸다.

"거기까지는 잘 모르겠군. 아무튼 마수는 그 안개를 이용해서 『구덩이』 위로 올라오는 게 아닐까 싶다. 설마 무식하게 벽면을 쭉 기어서 올라오지는 않을 테고 말이지."

그렇군. 공간 전이의 힘을 발휘하는 안개인가. 잘 이용하면 원하는 장소로 이동할 수 있겠지. 의도를 가진 마수가 적극 이용하고 있는지도 모른다. 『대지의 배꼽』에 있는 고위 랭크의 마수이기에 가능한 활용법일 수도 있겠다만.

문득 망토를 살짝 잡아당기는 힘이 느껴졌다. 고개 돌려서 보니 안젤린이 망토 자락을 잡고 있었다.

"이제 괜찮아……."

"하하, 그렇구나."

벨그리프는 미소 짓고는 안젤린의 머리를 톡톡 쓰다듬었다.

이번에는 퍼시벌, 카심, 안젤린까지 S랭크 모험가 세 명에다가 아넷사, 밀리엄, 마르그리트, 거기에 벨그리프를 더한 7인 편성이다. 이렇게 호화로운 파티도 다 있구나 싶어 벨그리프는 혀를 내둘렀다.

던컨은 실력 있는 모험가와 대련 약속을 잡아 놓았다 했고, 이슈멜은 이미 목적한 소재를 대강 다 구한지라 굳이 지금 또 『구덩이』에 들어갈 필요는 없다고 했다. 야쿠모와 루실은 지쳤다는 이유로 동행하지 않았고, 토야와 모린은 애당초 같은 일행이 아니었다.

다시 일행이 걸음을 앞으로 떼서 나아가자 점점 더 머리 위쪽의 빛이 엷어졌다. 고개를 들어서 보면 하늘이 조금씩 좁아지는 느낌이 든다. 묘하게 시야가 흐려진다. 안개가 자욱하게 끼고 있었다. 벨그리프는 한껏 숨을 들이마시며 발밑의 감촉을 확인했다.

이윽고 계단이 안 보이게 됐다. 어느 지점부터 새하얀 안개의 안에 들어와버린 것이다. 안개는 하얀 색깔이었지만, 빛의 각도에 따라서 이따금 일곱 빛깔로 빛나고는 했다. 계단은 더 안쪽으로 이어지고 있다. 얼마나 더 내려가야 바닥에 도착할 수 있는가 짐작도 되지 않는다.

"파티를 짜서 행동하는 게 도대체 얼마 만이더라……. 아니, 여기에서는 처음인가……?"

퍼시벌이 중얼거리고 머리를 긁적였다. 혼자 다니던 때는 어디로 날려 가든 상관없다는 생각이었을 텐데 이렇듯 동료가 많아지니까 마음이 편치 않은가 보다. 과거에 파티의 리더를 맡아 다른 사람들을 이끌어 가던 감각을 다시 떠올리고자 하는지 퍼시벌은 얼굴을 찌푸린 채 자신의 뺨을 철썩 때렸다.

"좋아, 가자고. 만약 날려 가더라도 당황하지 마라. 아주 심각하게 먼 곳까지 날려 가는 게 아니니까 말이다."

"퍼시."

"뭐냐, 벨."

"너무 부담 갖지는 말게. 그러다가 주의가 흐트러져서 자네만 혼자 사라졌다가는 두고두고 놀림거리야."

곧장 웃음을 터뜨리는 마르그리트를 필두로 여자아이들이 깔깔 웃는다. 퍼시벌은 겸연쩍어하며 뺨을 긁적였다.

"너는 언제나 아픈 곳을 푹 찌르는군……."

"헤헤헷, 뭐, 날아가도 내가 찾아줄 테니까 안심하라고."

"안 날아간다, 바보. 애당초 너야말로 전과가 있잖냐, 뭐가 잘 났다고 삐기는 거냐."

"아니, 그때는 안제 때문이었지."

"남 탓……."

"엥~ 뭐야, 뭐야. 어떻게 된 거야~?"

"카심 아저씨가 우물쭈물하다가 혼자만 다른 곳으로……."

"아니라니까, 네가 나를 뛰어넘어서 가는 바람에 주의가 흐트러져버렸단 말이야."

어쩐지 다들 어깨에서 빠진 기분인지라 잠시 농담을 주고받은 뒤 새삼 안개의 안에 들어갔다. 바깥에서 보면 새하얗기에 아무것도 안 보였지만, 직접 들어와 보니 살짝 앞쪽을 가는 사람의 윤곽은 확인할 수 있었다. 조금 형체는 흐릿해도 발밑은 보이기에 주의하면 걷는 데도 지장은 없다.

가끔 서로에게 말을 건네며 별다른 위험 없이 돌계단을 내려간다.

안개 때문일까, 다른 무언가 때문일까. 살짝 돌이 축축해지는 것 같았다. 의족의 끝이 자칫하면 미끄러질 것 같아서 벨그리프는 한층 더 주의하며 걸었다.

발밑이 미끄럽기는 다른 일행도 마찬가지인지 안젤린은 손을 망토에서 벨그리프의 팔로 옮겼고, 반대쪽에서 밀리엄도 부랴부랴 가까이 다가붙어서 위험할 때마다 몸을 기댔다.

이런 처지에서는 더더욱 넘어지지 않게 조심해야 한다. 자신이 넘어지면 두 아이까지 같이 휘말린다. 특히 의족의 끝에 의식을 집중하며 한 계단 한 계단 신중하게 내려갔지만, 좀처럼 끝이 보이질 않았다.

"퍼시, 어떤가? 더 걸리겠나?"

앞쪽을 향해 말하자 안개 너머에서 답이 돌아왔다.

"슬슬 도착할 텐데……. 이봐, 마리, 조심해라. 넘어질라."

"안 넘어진다~! 너야말로 안 날아가게 조심해라, 퍼시!"

"하핫, 입만 산 녀석 같으니……."

앞쪽에서 퍼시벌의 유쾌한 웃음소리가 들려왔다. 안젤린이 꼭 팔을 쥔 손에다가 힘을 넣었다.

"조금 산만한 거 아니야……?"

"글쎄다. 뭐, 괜찮을 테지. 옛날처럼 혼자 뛰쳐나가지는 않을 거다."

"벨 아저씨, 거기 푹 파여 있어요~."

지팡이로 조금 앞쪽의 돌계단을 찔러보던 밀리엄이 말했다.

이러저러하는 동안에 안개를 빠져나왔다. 빠져나온 순간에 곧장 시야가 명료해진다. 다만 햇빛은 조금도 안 비치는 터라 주위는 묘하게 어둑어둑했다.

온 방향을 되돌아보면 안개는 마치 회색의 뭉게뭉게 떠다니는 천장 같았다. 머리 위쪽의 일정 위치에서 평평하게 퍼져 나간다. 바깥 세계와 안쪽을 가로막는 경계 같았다.

안개를 다 빠져나오자 돌계단은 이제 끝이 보였다. 마저 내려가서 조금 앞쪽의 지면에 불붙인 램프를 들고 퍼시벌이 서 있었다. 벨그리프는 쭉 시선을 던지면서 동료들이 아무도 빠지지 않았음을 확인했다.

"음, 문제없나……."

긴장이 살짝 풀리는 기분이라 내려온 곳에서 숨을 돌렸다. 망토와 머리카락이 축축하게 습기를 띠고 있다는 느낌을 받는다. 밀리엄은 얼굴을 찌푸린 채 머리카락이 삐친 부분을 손빗으로 정리했다.

퍼시벌이 만족스럽게 고개를 끄덕였다.

"다들 잘 도착했군. 자, 대갑주충의 군생지에 가려면 걸어서 한 시간쯤 걸릴 거다. 이제 일행이 따로 떨어지진 않겠지만, 마수가 어디에서 튀어나올지 모른다. 방심하지 마라……. 왜 실실거리는 거냐."

배를 붙잡고 쿡쿡쿡 웃고 있었던 카심이 얼굴을 들어 올렸다.

"아니, 좀, 옛날에는 이렇게 말은 잘하고, 막상 탐색을 개시하면 사티랑 둘이 쭉쭉 돌진하니까 벨의 얼굴이 핼쑥해졌던 기억이

나서 말이야. 안 그래? 벨."

"그래, 동감이야. 탐색 전에는 조심하라는 둥 방심하지 말라는 둥 말은 잘했지. 정작 진입하면 한눈이나 팔고, 무작정 치고 나가고……."

"어~ 아~ 시끄럽다. 젊은 시절의 혈기다, 잊어버려라."

퍼시벌은 성가시다는 듯이, 하지만 살짝 뺨을 붉히며 손을 팔랑팔랑 흔들었다. 안젤린이 헤죽헤죽 웃으며 가슴을 쭉 폈다.

"나는 저렇게 말썽 안 부렸지……?"

"음? 아~ 맞네. 안제가 무작정 돌진해서 말썽 부렸던 적은 없었네."

아넷사가 말했다. 밀리엄도 고개를 끄덕거린다. 마르그리트가 의외라는 표정을 짓고 되물었다.

"진짜냐? 안제는 팍팍 치고 나갈 것 같은 느낌이 드는데 말야."

"나는 아빠 딸이니까. 신중한 사람이야, 무모한 행동은 당연히 안 해."

그렇게 말한 뒤 어떠냐는 얼굴로 퍼시벌을 봤다. 퍼시벌은 슬쩍 웃고는 손을 뻗어서 쓱쓱 안젤린의 머리를 쓰다듬었다.

"착한 아이군. 벨의 가르침을 잘 새겨 넣어라."

"으, 으응……."

놀리려고 꺼낸 말이었는데 뜻밖에도 칭찬을 듣게 된 안젤린은 살짝 뺨을 붉히며 고개 숙였다. 마르그리트가 히죽히죽하며 어깨를 콕콕 찌른다.

"되~게 쑥스러워하네."

"……시끄러워."

아넷사와 밀리엄도 얼굴을 마주 보면서 쿡쿡 웃는다.

벨그리프는 대검을 뽑아 들었다. 검은 옅은 빛을 발하며 작게 웅웅거렸다.

"자…… 퍼시, 어떻게 편성해서 갈 텐가?"

"내가 선두에서 가지. 후위는 벨, 네가 맡아라. 중위는 카심이, 아네와 미리는 우리를 원호해주고. 안제와 마리는 앞으로 나와 공격하면서 후위 인원을 지킬 수 있게 좌우를 잘 살펴라."

척척 지시 내리는 퍼시벌의 발언에 벨그리프는 감탄하며 턱수염을 쓰다듬었다.

"과연 대단하군. 제대로 리더 역할을 해주고 있어."

"네가 어이없어하는 꼴을 볼 수는 없으니까."

퍼시벌은 그렇게 말한 뒤 앞을 향했다.

과거에 자신들을 이끌어 앞장서줬던 소년의 모습이 겹쳐 보여서 괜스레 기쁜 마음이 든 벨그리프는 무심코 흐뭇하게 미소 지었다.

○

저번에 이곳에 왔을 때와 비교하면 어쩐지 분위기가 다른 것 같아. 안젤린은 생각했다. 퍼시벌과 함께 다니며 따끔따끔했던 긴장감이 없는 이유도 있고, 무엇보다도 벨그리프가 함께 있었다. 주위가 고위 랭크 마수의 소굴이기에 방심하면 안 된다는 점은 분명하지만, 그런 요소를 감안해도 마음에는 상당히 여유가 있었다.

조금 앞에서 나아가는 퍼시벌의 등은 커다랬다. 처음 만났을 때의 괴물 같은 분위기는 완전히 잠잠해졌고, 지금은 의지할 수 있는 사람이라는 인상이 앞선다.

그럼에도 이렇게 던전을 다닐 때만큼은 주위를 위압하는 기세가 감돌았다. 아마 마수들도 느낄 수 있는 종류의 기운이었는지, 걸음을 내디딘 이후 시간이 꽤 지났는데도 마수가 덮쳐드는 낌새는 없다. 저 멀리서 거리를 두며 이쪽을 살피고 있을 뿐이다.

옆에서 걷던 마르그리트가 지루했는지 머리 뒤쪽으로 깍지를 꼈다.

"왜 덤비는 녀석이 없냐."

"뭐, 쟤네도 굳이 이기지 못할 승부는 하기 싫을걸, 아마……."

"쳇, 시시하긴. 근데 모험가로선 쓸데없는 전투를 안 하는 게 좋은 거니까."

"응."

모험가는 모험해서는 안 된다. 조금 이상하다는 생각이 든다.

그래도 모험을 계속하기 위해서는 죽음의 위험을 가능한 한 회피하는 것이 당연한 행동이었다. 생명의 위험을 느껴야 하는 활동만이 모험은 아니니까.

위험에 몸을 던지더라도 생명을 지키기 위한 최대한의 노력을 한다. 그런 인물만이 일류 모험가로서 살아남을 수 있다. 이곳

『대지의 배꼽』에 모인 모험가들은 전부 일류임을 새삼 떠올려보니 어쩐지 신기하다는 느낌을 받게 된다. 온 대륙에서 모인 사람들인 만큼 인종도 복장도 각양각색이었다. 그러나 저런 사람들 모두에게 신출내기 시절이 있고, 헤치고 나온 수라장이 있고, 영웅담이 있다. 퍼시벌도 마찬가지고 카심도 마찬가지다.

자신은 아직 젊었다. 나름대로 많은 경험을 쌓아왔다지만, 그럼에도 20년과 40년은 큰 차이다. 자신이 마흔을 넘겼을 때 지나온 길에는 어떤 일대기가 남게 될까. 대강 상상이나마 해볼까 싶었는데 딱히 떠오르는 게 없었다.

잠시 더 나아가자 왼편의 완만한 구릉이 점점 높아지면서 가파른 벼랑으로 바뀌었다. 전방에는 뾰족하게 가늘고 긴 바위가 마치 기둥처럼 잔뜩 늘어서서 훨씬 위쪽에 떠다니는 안개 너머에 박혀 있었다. 흡사 돌기둥의 숲 같았다. 앞을 쭉 내다볼 수 있었던 지금까지 온 길과 다르게 조금 환경이 달라졌다는 인상을 받는다.

퍼시벌이 걸음을 멈춘 뒤 품에서 향주머니를 꺼내 들었다.

"쿨럭……. 얼마 안 남았다. 이곳을 지나가면 대충 한 시간 안에 목적지에 도착할 거다."

벨그리프가 앞을 주시한 채 말했다.

"기둥 뒤편에 무언가 있군."

"과연 알아보는군. 엄폐물이 많은 곳이다. 기습을 경계해라. 벼랑 위쪽도 조심하고."

안젤린은 허리에 찬 검의 위치를 고쳤다. 아까 전보다 마수의 기척이 더욱 농밀해졌다는 느낌을 받는다. 시선이 있고, 찌릿찌릿한 살기가 있었다. 퍼시벌이 눈에 힘을 주었다.

"고블린 무리군. 임전 태세로 대기 중이다."

"고블린? D랭크 마수요?"

아넷사가 맥 빠진다는 듯이 대답했다.

고블린은 아인종의 마수다. 개체 하나의 전투력은 별로 대단할 것이 없지만, 간단한 도구를 다루는 데 족한 지능과 무리를 짓는 습성이 있기 때문에 D랭크라는 등급이 매겨졌다. 퍼시벌은 씩 웃었다.

"이곳의 고블린은 바깥 녀석들과 지능에서 큰 차이가 있지. 인간에 비할 정도는 안 되지만, 거의 비슷한 수준은 되니까. 합공, 매복, 함정, 원거리 무기, 여러 수단을 써서 덮쳐든다. 흔한 고블린이라는 생각에 방심했다간 된서리를 맞을 거다."

인간이 마수를 제압할 수 있는 이유는 지능이 인간보다 많이 떨어지기 때문이라는 말들이 많다. 마수의 신체 능력에 인간의 지능까지 더해지면 인간은 대항할 방법이 없다. 이곳에 있는 고블린이 그런 부류에 속하는 듯하다.

그러나 퍼시벌이 말하기를 제법 영악한 부류에 들지만 이곳『구덩이』의 먹이 피라미드에서는 하위에 속한다고 했다. 아인종인 만큼 신체 능력이 짐승형 마수보다 떨어지기 때문일까.

"……질 수가 없어."

안젤린은 흥, 코웃음 치며 검에 손을 가져갔다. 요컨대 숫자가 많은 도적을 상대하는 셈이 아닌가. 고블린이라는 이유로 우습게 보는 실수만 안 한다면 만에 하나라도 질 수가 없었다.

"간다."

퍼시벌이 휙 검을 휘두르는 동시에 카심의 마탄이 날아갔다. 기둥 뒤편이나 어두운 곳에서 끼릿끼릿 묘한 비명이 터져 나왔다.

누가 먼저랄 것도 없이 검사 세 사람이 발을 내디디며 앞으로 달려 나간다.

벨그리프가 뒤에 있었다. 지켜봐주고 있다는 생각만 해도 안젤린은 모든 부담감이 사라지는 기분이었다.

기둥 뒤편에서 휘릭 튀어나오는 그림자를 일도양단했다. 다소 신장은 작지만 몸 곳곳에 딱딱한 근육이 있는 고블린이 비명을 내지르며 엎어졌다.

그 뒤에서 우글우글 고블린이 잔뜩 나타났다. 모양새나 소재가 제각기 다른 갑옷을 입었고, 저마다 손에 무기를 들고 있었다.

옆에서는 마르그리트가 한꺼번에 세 개체를 베어 넘긴다.

퍼시벌은 이미 몇 발자국 앞에 파고들었고, 지나간 곳에 시체가 몇몇 나뒹굴고 있었다.

어두운 곳으로 뛰어들어 어둠에 순응하자 상당한 수의 고블린이 도사리고 있음을 알 수 있었다.

놈들은 먼저 속공을 당해 일순 동요하는 분위기였지만, 과연 『대지의 배꼽』에서 살아남아 버렸던 마수답게 태세를 다시 갖추며 버럭 고함질렀다. 잘 통솔된 부대처럼 창을 든 몇몇이 이쪽을 포

위하듯이 창을 쭉 내밀고, 그 뒤쪽에서는 활을 겨냥하고 있다.

안젤린은 앞으로 치고 나가려던 다리에 힘줘서 멈춘 뒤 방어 자세를 취했다.

그때 뒤쪽에서 마탄과 화살이 날아들더니 고블린 사수들을 꿰뚫었다.

원호 화살이 발사되지 못하자 창을 든 고블린들의 움직임이 일순간 멈춘다. 그 머리 위쪽에서 우렛소리가 울려 퍼지다가 번개가 떨어져서 고블린과 조잡한 갑옷까지 통구이로 만들었다.

"멈추지 마라! 어서 쓸어버려라!"

기다렸다는 듯이 퍼시벌이 검을 휘둘러 베어 넘기고는 더욱 밀어붙이라며 소리 높인다. 발걸음에 망설임이 없다. 자기 기세에 휩쓸려서 돌진하는 것이 아니라 후방 경계는 완벽하게 동료를 신뢰해서 맡기겠다는 태도가 드러난다.

아빠가 같이 있어줘서야. 안젤린은 무의식중에 미소를 지었다가 칼자루를 고쳐 쥐면서 퍼시벌의 뒤를 쫓았다. 숲처럼 늘어서 있는 돌기둥을 누비며 달려 나간다.

그때 뒤쪽에서 벨그리프가 호령을 내질렀다.

"퍼시! 오른쪽 벼랑!"

퍼뜩 놀라며 돌아본다. 가파른 벼랑 위에서 늑대의 등에 탄 고블린 부대가 마치 바위가 굴러떨어지는 기세로 내달리고 있었다. 전방에 주의가 쏠렸던 터라 알려주기 전까지 깨닫지 못했다.

퍼시벌이 곁눈질로 힐끔 벼랑 방향을 쳐다봤다.

"안제, 마리, 벼랑에서 거리를 둬라! 카심!"

"예이."

마력의 분류가 피어올랐다. 고블린 기병대가 벼랑을 다 내려오기도 전에 카심의 마법이 날아갔다. 마법은 살짝 앞, 적들이 지나게 될 곳의 발판을 부쉈다. 기병대는 균형이 무너져서 고꾸라졌다.

급한 언덕에서 고꾸라지면 목숨이 위험하다. 고블린과 늑대들 모두 한 덩어리가 되어 바닥에 곧장 곤두박질쳤다. 자기 무기며 갑옷에 치명상을 입은 놈들도 있고, 고통에 찬 신음 소리가 터져 나왔다.

동시에 뒤쪽에서 폭발하는 듯한 소리가 들려왔다. 안젤린이 고개 돌렸을 때 벨그리프가 그라함의 검을 세차게 뽑아 휘두르고 있었다. 충격파가 어느 틈인가 뒤로 돌아서 다가왔던 고블린들을 날려버렸다.

퍼시벌이 외쳤다.

"벨, 뒤쪽에 더 있나?!"

"당장은 없네! 다만 장소가 너무 안 좋군!"

숲속의 나무처럼 돌기둥의 간격이 좁아지고 있다. 확실히 검을 휘두르기에는 다소 걸리적거렸다.

"어떡할래? 퍼시 아저씨. 일단 후퇴해……?"

"아니, 상대의 수도 줄었다. 곧 두목이 나타날 테지. 그놈 하나만 박살 내면 나머지는 도망칠 거다."

퍼시벌은 그렇게 말한 뒤 검을 들어 올리며 앞쪽을 봤다. 마르그리트가 눈에 힘을 준다.

"이봐, 뭔가 이상한 놈이 나타났는데!"

분명 고블린이기는 했지만, 신장은 인간과 별반 차이가 없었다. 오히려 안젤린보다 키가 크고 덩치가 좋다. 그리고 척 봐도 품질이 좋은 갑옷을 장비했으며 손에는 상당한 명품으로 짐작되는 검과 갑옷을 쥐고 있었다. 잠깐만 봐도 도저히 고블린 같지가 않은 풍모였다.

"……어라, 고블린 맞지? 오거 아니지?"

"그래. 고블린의 변이종일 거다. 아마 여기에서 죽어버린 모험가의 장비를 빼내다가 착용했을 테지. 어디…… 젊은 녀석들의 솜씨를 잠깐 구경하도록 할까."

퍼시벌은 그렇게 말한 뒤 장난스럽게 웃고는 막 덤벼들던 고블린을 모조리 베어버렸다. 자신이 앞으로 나설 마음은 없는 듯하다.

안젤린은 마르그리트와 얼굴을 마주 바라봤다.

"어떡할래……?"

"먼저 잡으면 이기는 거다!"

마르그리트가 도망치는 토끼처럼 빠른 속도로 뛰쳐나갔다. 안젤린도 한 발짝 늦게 뒤를 따른다.

아직 주변을 고블린들이 둘러싸고 있지만 뒤에서 날아오는 마법과 화살, 아울러 퍼시벌에게 막혀 접근하지 못하는 형세다.

별다른 방해도 받지 않아서 눈 깜짝할 틈에 육박한 마르그리트가 세검을 세게 찔렀다. 안젤린의 안목으로 봐도 훌륭한 일격이다. 호적수라고 말하며 서로 경쟁하면서도 안젤린 또한 내심은 마르그리트의 실력을 인정하고 있다.

세검이 갑옷의 이음매를 파고드는 듯 보였다.

그러나 고블린 검사는 가볍게 몸을 비틀어서 갑옷의 표면으로 세검을 막아 튕기며 회피해버렸다. 마르그리트는 입꼬리를 끌어올렸다.

"하핫, 이렇게 나와줘야 재밌지!"

"마리, 길막이야."

마르그리트를 뛰어넘어서 안젤린이 도약했다. 그 기세로 곧장 검을 내리 휘두르려는데 고블린 검사가 재빨리 몸을 빼내더니 방패로 몸을 숨기면서 찌르기 자세를 취했다. 안젤린은 즉각 방패를 발판 삼아서 고블린을 뛰어넘었다. 착지와 동시에 몸을 비틀어 고블린과 대치한다.

"흐응……. 제법이네."

"뭐야, 베어 내지도 못했네. 창피하다, 안제."

고블린을 사이에 두고 마주 선 마르그리트가 놀림조로 말했다. 안젤린은 흥, 코웃음 쳤다.

"몸풀기거든……?"

안젤린은 검을 겨누어 들고 뛰어들었다. 반대편에서는 마르그리트도 검을 치켜들어 달린다. 고블린 검사는 안젤린 쪽으로 검을 내밀고 마르그리트 쪽에는 방패를 내밀었다. 한 걸음도 물러나지 않은 채 맞서서 싸울 작정인가 보다.

검을 피해서 팔을 노렸지만, 고블린 검사는 손목을 젖혀 안젤린의 검을 막은 뒤 반대쪽에서 날아든 마르그리트의 세검도 방패로 막아 냈다.

검이 맞부딪치는 순간, 상대의 검 도신에 각인된 문양이 옅게 빛났다. 그리고 이상한 충격이 칼날, 칼자루까지 전해지며 팔을 마비시켰기에 안젤린은 하마터면 검을 떨어뜨릴 뻔했다.

"뭐야……?"

상대는 방어했을 뿐 딱히 되받아치지도 않았다. 칼날에 각인된 마술식이 본래 방어자에게 전해졌어야 할 충격을 되돌려 보낸 것일까. 결국 사망했다지만 이곳 『구덩이』에서 전투에 임할 수준의 모험가가 남긴 유품이다. 무척 귀한 검임은 틀림없어 보였다.

"마리, 검 조심해……."

"방패도 똑같아. 쳇, 충격이 도로 반사되더라."

마르그리트가 얼굴을 찌푸리며 손을 휙휙 흔들었다.

괜히 공방을 길게 끌었다가는 아군이 위기에 몰릴 것 같다. 상대의 검 솜씨는 별로 대단할 것도 없었다만, 자신이 날린 공격의 위력이 도로 튕겨 나온다는 게 귀찮다.

틈을 잘 찔러서 목을 날려버리면 끝이긴 한데. 안젤린이 눈을 가늘게 뜨며 상황을 살피던 때에 뒤쪽에서 벨그리프의 목소리가 들렸다.

"안제, 물러나라! 뒤로 오거라!"

안젤린은 퍼뜩 놀라며 주위를 둘러봤다. 고블린 무리를 상대하고 있던 퍼시벌은 이미 후방으로 물러나는 중이다. 벨그리프의 목소리에 즉각 반응하는 모습이었다.

어느새 후위의 동료들이 꽤 뒤에 물러나 있었다.

"마리, 물러나자."

안젤린은 그렇게 말한 뒤 재빨리 지면을 박차며 질풍 같은 기세로 후방을 향해 달렸다. 한순간 늦게 마르그리트가 뒤를 따른다.

벼랑 방향에서 땅울림이 들렸다. 고개 돌려서 보면 방금 전 기병대를 격퇴했을 때 생긴 흠집이 더 크게 허물어지려는지 크고 작은 바위가 산사태처럼 쏟아지고 있다. 그것들이 벼랑 아래의 고블린들을 짓뭉갰고, 고블린 검사와 후방의 고블린들을 분단시켰다.

안젤린은 벼랑 방향에 시선 돌렸다. 큰 흙더미나 바위는 대강 다 굴러떨어진 듯하다. 이제는 표면을 미끄러지며 자잘한 모래 알갱이가 조금 흐르고 있다. 슬슬 붕괴는 끝난 것 같았다.

잠깐 마르그리트를 돌아보며 안젤린은 입을 열었다.

"맞춰줄 수 있어?"

"목을 노리나?"

안젤린이 고개를 끄덕거리자 마르그리트는 입꼬리를 끌어 올리며 세검을 고쳐 들었다. 고블린 검사는 분노에 차서 검을 휘두르며 이쪽으로 돌진하고 있었다.

두 사람은 동시에 지면을 박찼다. 안젤린이 앞에, 바로 뒤쪽에서 마르그리트가 따라온다. 수평으로 휘둘러지는 안젤린의 검과 고블린 검사가 내리 휘두른 검이 교차했다. 충격과 마력이 터져

나오며 바람이 되어 몰아쳤다.

마르그리트가 안젤린과 고블린 검사를 한꺼번에 뛰어넘는다. 탄력적인 몸을 비틀어 도약한 뒤 고블린 검사의 머리 위에서 무방비하게 드러난 목덜미에 겨누어 세검을 찔러 넣었다. 검은 갑옷의 이음매를 멋지게 꿰뚫어서 더 안쪽의 살점과 뼈에 박혔다. 고블린 검사는 절규를 내질렀다. 일순간 움직임이 멈추는 것을 본 안젤린은 즉각 간격을 좁혀 신속하게 검을 휘두른다. 고블린 검사의 목이 공중을 날았다.

마르그리트가 착지하는 동시에 고블린 검사의 몸이 바닥으로 털썩 엎어졌다. 손에서 떨어지는 검이 바닥을 굴러 소리를 낸다. 나머지 소귀들이 파도 물러나듯이 자취를 감췄다. 안젤린은 숨을 내쉬었다.

"……나이스, 마리."

"흠, 너도 애썼다."

마르그리트는 콧소리를 내더니 손바닥으로 안젤린의 어깨를 퍽퍽 두드렸다. 퍼시벌이 껄껄 웃는다.

"제법이다, 꼬마 아가씨들. 괜찮은 실력이야, 안심되는군."

"당연하지, 바~보야. 아저씨들은 몸조리나 하셔."

마르그리트가 메롱, 혀를 내민다. 안젤린은 쿡쿡 웃었다.

카심이 뺨을 긁적였다.

"저거, 내가 아까 때렸던 데야?"

"그래. 아슬아슬하게 안 무너지고 버티던 곳이 약간의 진동 때문에 허물어져서 쏟아진 것 같아."

벨그리프는 주위를 둘러보며 대검을 칼집에 집어넣었다. 퍼시
벌이 칼집 위로 벨그리프의 등을 두드렸다.

"관찰력은 딱히 둔해지지 않았군. 저런 곳까지 살펴본다는 게
역시 대단해."

"아이고, 불안해서 못 봐주겠다니까……. 내가 못 알아차렸다면
어쩔 셈이었나."

"너라면 먼저 알았을 거다. 당연하게도. 안 그런가? 카심."

"응. 벨이라면 알아차리지. 당연하게 말이야."

"너무 이상한 기대는 하지 말아주게. 나는 현역이 아니니까……."

쓴웃음 짓는 벨그리프의 어깨를 힘주어 퍽퍽 두드리며 퍼시벌
이 웃었다.

"자, 가자고. 얼마 안 남았다."

일행은 다시 걸음을 뗐다. 주위에 마수의 기척이 없는 탓일까,
어쩐지 맥이 빠지는 행군이었다. 선두의 퍼시벌과 나란히 서서 벨
그리프와 카심이 뭔가 이야기하며 걸어 나아간다.

안젤린은 아넷사와 밀리엄의 옆에서 말을 붙였다.

"뒤쪽은 어떤 분위기였어?"

"가장 뒤쪽은 벨 아저씨가 맡아주시니까 우리는 앞쪽 사람들 원
호를 전담할 수 있었어. 딱 전위 세 사람에게 한 명씩 붙어서 말
야. 그런데 전투 중 짬짬이 벨 아저씨가 지시도 내려주시니까 싸
우기가 무척 편했어."

"맞아~ 여기에 올 때 치른 전투에서도 느꼈는데 전체를 세심하게 봐주는 사람이 있어주니까 자기 주위에 집중할 수 있어서 안심되더라~."

밀리엄이 그렇게 말한 뒤 쿡쿡 웃었다.

자신들이 앞에서 싸우고 있던 때에도 벨그리프를 비롯한 후방의 동료들이 만전의 태세에서 보조를 맡아줬구나. 이렇게 생각하면 안젤린은 기쁜 마음이 들었다.

분명히 눈에 확 띄이지는 않는 역할이다. 전투가 다 끝나면 어떤 기여를 했었던가 따지지 않는 한 묻혀버릴 것이다. 그러나 있고 없고는 하늘과 땅의 차이다.

"그나저나 퍼시 아저씨도 카심 아저씨도 기뻐 보인다냥~. 왠지 벨 아저씨도 으쓱으쓱하는 분위기고. 사이가 참 좋구나, 진짜."

"그러게. 다시 만나서 정말 잘됐어……."

"친구인가. 부럽네."

마르그리트가 머리 뒤쪽으로 깍지를 끼며 중얼거렸다. 밀리엄이 웃음 짓고는 어깨를 콕콕 찌른다.

"무슨 소리야, 마리한텐 우리가 있잖니~?"

"음, 어……. 그, 그렇구나! 헤헤……."

마르그리트는 기뻐하며 웃고는 뺨을 긁적였다.

안젤린도 같이 흐뭇한 기분을 느끼는 한편 앞쪽을 내다봤다. 아버지와 친구들의 등이 보인다.

다시 만나서, 화해해서 정말 잘됐다.

분명히 잘된 일인데도 안젤린의 가슴속에서 묘한 응어리가 소용돌이치고 있었다. 저런 모습으로 웃는 벨그리프는 본 적이 없다.

　줄곧 함께 살아왔던 딸답게 벨그리프의 어떤 면모든 전부 다 알고 있다고 생각했었다. 자신이 알지 못하는 아버지의 모습은 분명 없다고 생각했었다. 그러나 지금 이렇게 눈앞에서 옛 동료들과 즐겁게 대화 나누는 아버지의 얼굴은 자신의 기억에 없는 모습이었다.

　함께 여행을 하며 서로에게 등을 맡겼다. 자신은 전폭적인 신뢰를 보냈고, 벨그리프 또한 자신을 신뢰해준다.

　그럼에도 아버지와 친구들, 저 셋의 사이에 있는 신뢰감은 자신과 벨그리프의 사이에 있는 유대감과는 다르다는 느낌을 받았다. 저런 관계가 자신에게는 왜 없을까. 괜히 분하기도 하고 부럽기도 하고 종잡을 수 없는 기분이 든다.

　저런 감정이 가슴 깊숙한 곳에서 따끔따끔 쑤시는 터라, 순조롭게 대갑주충의 허물을 손에 넣은 다음에도 안젤린은 기묘한 심정을 품은 채 가슴이 죄어드는 듯한 기분을 느꼈다.

# 100 지상으로 돌아온 뒤 안젤린이

지상으로 돌아온 뒤 안젤린이 무슨 까닭인지 멍멍한 모습이었기에 벨그리프는 걱정했다. 뭔가 독기같이 안 좋은 기운에 쏘인 것이 아닌가 염려해서였다.

다만 실제는 안젤린의 내면이 문제였다. 게다가 벨그리프에게 직접 상담할 만한 내용도 아니었다. 옛 친구와 사이좋게 지내는 것이 묘하게 자꾸 마음에 걸린다는 말을 어떻게 꺼낼 수 있을까. 안젤린은 웃는 얼굴로 얼버무릴 뿐 한층 더 머리를 싸매야 했다.

이스타프의 길드 마스터, 올리버에게 의뢰받은 소재는 순조롭게 전부 수집이 끝났고 슬슬 『대지의 배꼽』을 떠나야 할 시기가 왔다.

대해일도 얼추 다 지나간 듯한 분위기다. 어떻게 돌아가려는지, 소재를 산더미처럼 실은 짐수레와 함께 나서는 모험가들의 모습이 곧잘 눈에 띄었다. 그 대신 대해일처럼 위험한 시기가 지나가기를 기다렸다가 온 부류도 있는 듯 사람들의 출입이 점점 활발해진다는 인상이었다.

그런 와중에 안젤린은 여자아이들끼리 주점에 와 있었다. 아넷사, 밀리엄, 마르그리트와 함께 탁자에 둘러앉는다. 고생했다며 서로 뒤풀이를 하는 의미도 있고, 안젤린 개인으로서도 어쩐지 벨그리프 및 아저씨들과 얼굴을 마주하기가 어려운 마음이 있었기 때문이었다.

"뭔가 이상한데, 안제. 너답지 않다."

꼬치구이를 술과 함께 꿀꺽 넘기고 마르그리트가 눈을 끔뻑거렸다. 안젤린은 거하게 한숨 쉬었다.

"……이상하다는 건 알아. 어떻게 해야 할지 모르겠어."

"뭐가~?"

밀리엄이 수프를 홀짝이며 안젤린을 쳐다봤다.

"뭐라고 말해야 하지……."

"뭔가 전에도 비슷했던 때가 있었지……. 뭐였더라, 샤르랑 같이 데리고 톨네라에 가던 때, 맞지?"

아넷사가 그렇게 말한 뒤 유리잔에 술을 따랐다.

그렇다. 분명히 비슷하게 굴던 때가 있었다. 그때는 진짜 부모의 이야기가 발단이 되어 벨그리프가 자신에게 무엇인가 숨기는 게 있지는 않은지 불안했던 것이 원인이었다.

그러나 지금은 다르다. 어쩐지 자신이 몹시 철부지 같다는 생각이 들고, 그래서 몹시 괴롭다.

벨그리프를 위해서라는 굳은 믿음을 갖고 이 여행에 따라왔지만, 막상 벨그리프가 목적을 이루어 내어 옛 친구와 재회한 모습을 보면 똑같이 기뻐해줄 수가 없었다. 어쩐지 방치당하는 듯한 기분이 앞서고 만다. 벨그리프 본인은 아무것도 바뀌지 않았는데도.

"……아빠를 위해서라고 말한 주제에 나는 나 자신밖에 몰랐던 거야……."

처음부터 철부지 같은 태도라는 자각이 있었다면 또 달라졌을 지도 모르겠다. 신부 찾기 때에는 자신도 어머니를 갖고 싶다는 욕망이 있었던 만큼 약간은 각오가 되어 있던 상태였다. 샤를로테 와 벡, 미토의 경우도 자신이 손위 누이라는 자의식이 있었기 때 문에 별일 없었다.

그러나 이번에는 진심으로 벨그리프를 위해서라는 생각을 했던 탓에 이렇듯 감정과의 차이에 더욱더 큰 대미지를 받는다.

카심도 퍼시벌도 자신이 알지 못하는 벨그리프를 알고 있었다. 같은 과거를 공유하며 추억하고 웃고 이야기할 수 있다. 그것이 지독하게 부럽다.

지금껏 쭉 독점해왔던 벨그리프를 빼앗겼다는 기분까지 든다. 생각했던 것 이상으로 자신이 욕심쟁이라는 생각이 들어 더더욱 안젤린을 침울하게 만들었다.

카운터에서 추가 술병을 갖고 온 마르그리트가 털썩 자리에 앉 았다.

"뭐냐, 카심이랑 퍼시한테 질투라도 하는 거야?"

"으으……. 진짜 질툰가? 그치만, 카심 아저씨도 퍼시 아저씨도 좋은데……."

딱히 두 사람이 싫지는 않다. 차라리 싫었다면 괜찮았겠다.

아넷사는 눈살을 찌푸렸다.

"질투할 만한 게 아니지 않나……. 두 분은 안제랑 입장이 다른 데다가 벨 아저씨가 친구 때문에 안제를 소홀히 할 분도 아니고."

"그렇긴 한데……. 그렇긴 한데에……."

안젤린은 술잔의 술을 단번에 들이켠 뒤 탁자에 풀썩 엎드렸다. 아넷사가 한숨 쉬었다.

"뭐, 지금 잠깐이야, 분명히. 환경이 달라져서 잠깐 당황스러운 거지."

"적응 문제지, 응. 너무 신경 쓰지 마라. 네가 자꾸 이러면 나까지 이상해진다고."

마르그리트가 웃으며 안젤린의 등을 두드렸다.

지금 잠깐이려나. 곧 가라앉을 마음이려나. 도무지 알 수가 없어서 안젤린은 한숨 쉬고는 병으로 술을 따랐다.

안젤린은 살짝 침울한 분위기였지만, 다른 세 사람은 즐겁게 떠들었다. 술을 마시면 더더욱 밝아지기 마련인지라 안젤린도 덩달아 점점 같이 술기운이 돌면서 조금이나마 기분이 후련해졌다.

그때 사람 그림자가 비쳤다. 「어머」 소리가 나서 돌아봤더니 모린이 서 있었다. 용케도 두 손에 접시를 잔뜩 들었는데 그 위에다가 요리를 산처럼 잔뜩 쌓아 놓았다.

"다들 여기에 계셨네요."

"모린 씨, 혼자야?"

"아뇨, 저쪽에, 어머? 토야? 어디 갔어요~?"

모린은 두리번두리번 주위를 둘러봤다. 조금 떨어져 있는 곳에서 똑같이 두 손에 음식을 안아 든 토야가 비틀비틀하며 걸어왔다.

"아, 찾았다. 어휴, 뭐하느라 늦은 거예요."

"그 대사는 내가 하고 싶은데. 왜 맨날 혼자서 가버리는 거
야……. 아, 안녕하세요."

토야는 안젤린과 다른 일행을 보면서 지친 모습으로 웃었다.

변함없이 대식을 하는 모린이 시장에서 이것저것 음식을 잔뜩
사다가 막 먹으려고 하던 단계였나 보다.

모르는 사이도 아닌지라 같은 탁자에 둘러앉았다. 소녀들도 몇
가지 음식을 더 주문했다. 고기구이, 야채와 내장을 푹 끓인 풍미
의 수프, 보드라운 과육에 과즙이 듬뿍 배어든 과실, 잼을 발라서
얇게 구운 빵, 묘하게 탱글탱글하며 투명감이 있는 물체 등 마수
에게서 채집한 재료만 쓴 음식이라는 생각은 안 들 만큼 이색적이
고 다채로운 구성이었다.

"이게 말이죠, 본 자이언트의 골수라고 해요. 참 신기하죠, 뼈
만 잔뜩 달린 마수로도 음식을 만들 수 있다는 게요. 정말 멋지다
니까요."

"모린 씨, 이거 토야랑 둘이서 다 먹을 생각이었어~?"

밀리엄이 묻자 모린은 고개를 옆으로 흔들었다.

"토야는 별로 많이 먹질 않아서요. 그러니까 대부분 제가 먹어요."

"이렇게 많이 용케도 먹는구나……. 난 절대로 무리."

마르그리트가 기막히는 표정으로 컵을 입에 가져갔다. 토야가
한숨을 내뱉었다.

"보통 무리지……. 모린, 너무 많이 사면 돈이 바닥날 거야."

"무슨 말씀인가요, 요 며칠 사이에 잔뜩 벌었는데요. 살라자르에게 받은 의뢰도 다 마쳤고요, 이 정도는 아무것도 아니라니까요."

"뭐, 그렇긴 한데 말이야………. 어휴, 아무튼 대해일도 이제 끝이구나. 슬슬 돌아갈 준비를 해야겠어."

토야는 고기 조각을 입에 쏙 넣고는 의자 등받이에 몸을 기댔다. 밀리엄이 빈 컵을 탁자에 내려놓았다.

"있잖아, 살라자르면 혹시 대마도사?"

"어머나, 아는 분이세요?"

"알지, 당연히 알지~ 『뱀의 눈』 살라자르! 시공 마술의 논문, 몇 번이나 읽었는데……. 결국 내 마법에는 도움이 안 됐지만."

"유명한가? 대마도사라면 카심이랑 비슷한 거야?"

"마법사의 최고 칭호니까~ 대마도사는. 마법을 공부할 때 싫어도 알게 된다냥~. 카심 아저씨가 만든 병렬식 마술 신공식도 굉장하거든."

"오, 카심은 촐싹데기 바보인 줄 알았는데 의외로 쓸 만하구나."

"마리, 너 굉장히 실례되는 말 하는 거야……."

"엥, 그런가?"

"……안젤린 씨, 왠지 기운이 없는데 무슨 일 있었어?"

즐겁게 떠드는 나머지 일행과 달리 혼자서 멍하니 탁자를 쳐다보고 있었던 안젤린은 토야가 말을 붙이자 퍼뜩 놀라며 얼굴을 들어 올렸다.

"으음……. 아무것도 아니야……."

"고민 있으세요? 아, 이거 맛있어~."

"먹든 이야기하든 하나만 해, 모린……. 털어놓으면 편해질 이야기일까?"

"글쎄……. 잘 모르겠어."

문제가 있어서 꼭 해결하고 싶은 마음이 있는 게 아니다. 단지 자신의 욕심이 싫어졌을 뿐이다. 딱히 누군가가 해답을 제시해줄 수 있는 경우가 아니라는 생각이 든다.

마르그리트가 툭, 소리를 내며 컵을 탁자에 내려놓았다.

"벨 말이야. 뭐, 이 녀석 아버지가 옛날 동료랑 사이좋게 지내는 게 마음에 안 든다나 봐."

"딱히 마음에 안 든다는, 말은…… 아닌데……."

아무 꾸밈도 없는 마르그리트의 설명에 안젤린이 입을 삐죽거렸다만, 썩 틀린 말도 아니었던 터라 조금 떠듬거렸다. 토야는 웃음 지었다.

"벨그리프 씨 얘기였구나……. 그런데 안젤린 씨와 벨그리프 씨는 부녀잖아? 아무리 옛날 동료와 다시 만났어도 딱히 무언가 달라질 사이는 아니지 않나……."

"말이야 맞는 말이기는 한데……."

뚱하게 대답하는 안젤린을 보고 토야는 살짝 재미있어하며 웃었다.

"하하하, 아무튼 좀 부럽네. 이렇게 깊이 아껴줄 만큼 아버지와 사이가 좋다는 게…….”

“……응? 토야, 아빠랑 사이가 안 좋아?”

안젤린이 되묻자 토야는 조금 당황하며 눈을 깜빡거렸다.

“으음, 뭐, 그러게……. 안 좋아, 좀.”

“어우, 너도냐. 나도 아버님 진짜 질색이다.”

마르그리트가 그렇게 말한 뒤 입에 문 꼬치를 까딱까딱 움직였다. 토야는 쓴웃음을 지었다.

“뭐, 나는 아예 몇 년이 넘게 안 만나서 말이야.”

“만나고 싶지 않아……?”

“글쎄……. 음. 별로 만나고 싶지가 않네.”

“……가족끼리 사이좋게 지내야지, 못써.”

지금 자신이 할 말이라기에는 몹시 우습다는 생각이 들었으나 그럼에도 말했다. 자기 자신을 타이르는 느낌이었다. 토야는 조금 서글피 웃음 지었다.

“벨그리프 씨 같은 사람이 아버지였다면 나도 비슷하게 생각할 수 있지 않았을까…….”

“토야…….”

모린이 은근히 걱정하는 눈빛으로 토야를 쳐다본다.

토야는 퍼뜩 놀라며 머리를 흔들더니 애써 미소를 지어 내면서 접시 위 고기 조각을 집어 들었다.

“아, 미안, 미안해. 음, 내가 푸념이나 할 자리도 아닌데. 다들 이제는 일정이 어떻게 되지? 다시 근거지로 돌아갈 거야?”

잠자코 있는 안젤린을 대신해서 아넷사가 입을 열었다.

"어떻게 될진 잘 모르겠는데 일단 벨 아저씨의 결정에 달렸어. 아직 찾아야 할 사람이 있거든."

"아, 전에 말했죠, 사티 씨였던가요? 엘프 모험가는 되게 드무니까 찾아보면 금방일 것 같기는 한데 말이에요."

"그치만 모린 씨도 모르잖아~?"

"엘프령도 제법 넓거든요. 서쪽과 동쪽은 문화도 다르고 별로 교류가 없는 데다가요, 서쪽 숲이랑 동쪽 숲 내에서도 속한 마을이 다르면 평생 안 만나고 살아가는 경우도 흔하니까요."

"그렇지, 뭐. 애당초 엘프는 은둔형 외톨이가 잔뜩이고 우중충하단 말야. 뜬구름 잡는 소리만 온종일 늘어놓질 않나, 얼간이 녀석들."

"아하하하! 마르그리트 님, 되게 신랄하시네요! 으, 은둔형 외톨이라뇨! 아하하하, 하하하, 하하핫, 콜록, 콜로옥! 콜록콜록!"

막 삼키려던 음식이 몸에 걸렸는지 모린은 입가를 꽉 누른 채 성대하게 꺽꺽거렸다. 마르그리트가 「에엑」 비명 지른다.

"더럽잖아, 이 자식아!"

"후, 뭐하는 거람……. 뭐, 대륙 최북부는 거의 다 엘프령이니까. 무리는 아니겠네."

아넷사가 절레절레 어이없어하며 컵을 입으로 가져갔다. 밀리엄이 과일을 베어 물고는 입가에 흘러내리는 즙을 닦았다.

"둘은 평소에 어디에서 근거지로 활동한 거야~?"

"우린 예전에는 글단의 룬토라는 마을을 근거지로 활동했었어.

다만 작년쯤부터는 로데시아의 제도에서 지내고 있고."

"제도구나. 그럼 다음은 제도로 돌아가는 거야?"

"그래야지. 아까 말했던 살라자르라는 마법사에게 소재 의뢰를 받았거든……. 맞다, 너희가 찾아야 할 사람 말이야. 살라자르라면 뭔가 알아낼 수 있지 않을까? 그 사람, 원견(遠見) 마법도 쓸줄 알았지?"

"아~ 그러고 보니 그런 마법도 있었죠. 아마 가능할 것 같기는 한데 순순히 말을 들어주려나……. 냠냠."

"고집통이야……?"

안젤린의 물음에 토야는 잠시 고민하는 표정을 지었다.

"고집도 세고…… 괴짜거든. 나, 아직까지 그 사람이 무슨 뜻으로 하는 말인지 못 알아들을 때가 있는걸."

"아하…… 대마도사답네."

밀리엄이 그렇게 말한 뒤 쿡쿡 웃었다.

안젤린은 턱받침을 했다. 만약 토야와 모린의 말이 사실이라면 분명 믿음직한 단서를 구할 수 있겠다. 퍼시벌에 이어서 사티까지 찾아내면 벨그리프의 여행도 끝난다.

그렇게 되면 어떡하지?

아무 의문도 없이 벨그리프를 돕고자 따라왔다만, 막상 자신의 이성과 감정의 차이가 눈에 들어오기 시작하자 자꾸 다리가 무거워진다. 사티와 만났을 때 자신은 과연 솔직한 마음으로 같이 기뻐해줄 수 있을까. 아니면 지금처럼 질투인지 부러움인지 종잡을 수 없는 기묘한 심정이 소용돌이치게 될까.

저런 마음이 솟구친다면 더 이상 안젤린은 자신이 자신을 믿지 못하게 될 것 같았다. 도대체 무슨 면목으로 아버지를 돕기 위해서라는 말을 할 수 있겠는가.

상념에 잠겨 있던 때 손가락이 하나 뻗어 오더니 콕 뺨을 찔렀다. 아넷사가 맞은편에서 손을 쭉 내밀고 있었다.

"왜 얼굴 찌푸리는 거야. 미간에 주름지겠다."

"끙......."

안젤린은 힘이 빠져서 탁자에 턱을 붙였다. 머리핀에 손을 가져다 댔다. 차가운 금속의 감촉을 손가락 끝에 느껴본다.

괜한 갈등에 몰두하면 안 된다. 대답이 없는 의문에 이것저것 고민해 봤자 무슨 소용일까. 사고의 늪에 빠져서 허우적거리게 될 뿐이다.

어쩌든 간에 이후 여정을 정할 사람은 자신이 아니잖은가.

쓸데없는 생각은 어서 떨치도록 하자.

다들 말해주듯이 분명 시간이 지나가면 어떻게든 해결될 테니.

안젤린은 한숨 짓고는 빈 컵에 손을 뻗었다.


○


담뱃대에서 피어 나오는 연기가 가닥을 이루어 살짝 위쪽으로 흘러가고 있었다. 야쿠모가 후유, 숨을 내쉬자 입에서 연기가 흘러넘치더니 뭉게뭉게 허공에 녹아들었다.

"이제 대해일도 다 끝났군……. 후후, 아무 사고도 없이 지나가서 다행이구나."

"안제랑 다른 사람들은 어디에 갔어?"

루실이 말했다. 지도를 들여다보던 벨그리프는 얼굴을 들어 올렸다.

"여자아이들끼리 나들이를 갔단다. 가끔은 편한 자리를 갖는 게 괜찮겠지."

"아이 씨~."

"그래, 너희는 어쩔 셈이냐?"

벽에 기댄 채 퍼시벌이 말했다. 루실은 눈을 끔뻑거리며 야쿠모를 돌아봤다.

"어떡할래? 야쿠몽."

"어찌해야 하나. 본래가 뿌리 없는 풀이니. 돈도 충분히 벌어들였겠다, 오랜만에 무릉에나 가볼까."

"맛있는 생선 베이베. 스시가 먹고 싶어."

"무릉이라. 대륙의 동쪽 끝이었던가?"

벨그리프의 물음에 야쿠모는 고개를 끄덕였다.

"그렇지. 나의 고향이기도 하다네."

"그럼 칼리파로 나가서 틸디스, 글단을 지나가는 거야?"

카심이 말했다. 담뱃대를 입에 문 야쿠모의 시선이 흔들거렸다.

"그게 가장 수월한 여로일 테지. 이스타프에서 산맥을 따라 글단으로 가는 길도 있네만, 극단에 도착한 이후 또 산맥을 넘어가야 하는 난점이 있으니까 말일세."

"길은 이런저런 경로가 있으니……. 어쨌든 간에 이곳에서는 나갈 계획인가?"

"아무렴. 더는 몸을 숨길 필요도 없잖은가. 게다가 이곳은 오락이 적어 지루하니까."

"그래, 심심하지. 뭐, 밥은 나쁘지 않은데 뭔가 던전에서 생활하는 느낌이 드니까 자꾸 답답해져서 별로더라."

카심이 그렇게 말한 뒤 기지개를 켰다. 퍼시벌이 흥, 코웃음 쳤다.

"한심한 녀석, 적응하면 별것도 아닌 것을."

"자네가 하는 말이니 설득력이 있군."

벨그리프는 쿡쿡 웃었다. 루실이 주전자를 손에 들어서 차를 따랐다.

"아저씨들은 이제 어디에 갈 거야? 왓츠 고잉 온?"

"물론 사티를 찾으러 갈 거다. 맞지? 벨."

카심이 그렇게 말한 뒤 수염을 쓸어 만졌다. 그러나 벨그리프는 눈을 내리뜬 채 고개를 살짝 옆으로 흔들었다.

"아니……. 오래, 많이도 생각했네만 나는 톨네라로 돌아가려고 하네."

"……엉? 어째서? 아니, 뭐야, 지금 돌아가버리면 다음엔 언제 또 나올 수 있을지 모르는데? 괜찮겠어?"

"그야 나 역시 사티를 만나고 싶지. 다만 미토의 문제가 있잖은가."

카심은 눈살을 찌푸리며 뺨을 긁적거렸다.

"영감한테 부탁받은 것 말인가?"

벨그리프는 고개를 끄덕거린 뒤 품에서 천에 싼 아 바오 아 쿠의 마력 결정을 꺼내 들었다.

"……안제와 퍼시 덕분에 구할 수 있었지. 그라함이 남아준 덕에 안심은 물론 되네만, 또 지난번 같은 일이 발생한 다음에는 늦어. 사티를 찾는 게 중요하다지만……. 내게는 톨네라도 중요하니까."

미안하네. 그렇게 말한 뒤 벨그리프는 머리 숙였다. 카심은 난처해하며 입을 다물고 수염만 비비 꼬았다.

퍼시벌은 눈이 가늘어지더니 몸을 움직여서 자세를 고쳤다.

"과거를 선택하느냐, 지금을 선택하느냐. 음, 너는 제대로 지금을 살고 있구나, 벨."

"그런 거창한 말은 하지 않았네. 다만 난 미토를 톨네라에서 보호한 책임이 있으니까 말이지……."

사티가 알면 아마도 섭섭해할 테지. 벨그리프는 혼잣말을 했다.

야쿠모가 후우, 연기를 뱉어 냈다.

"그 마석, 우리가 맡아줘도 되겠나?"

"음?"

"말하지 않았나? 어차피 뿌리 없는 풀, 목적도 없이 하루하루를 살아가는 생활이라네. 무릉에 가든 톨네라에 가든 달라질 게 아무것도 없단 말씀이야. 뭐, 우리를 신용하지 못하겠다면 어쩔 수 없네만……."

"아, 아니, 아니야. 그런 게 아니라…….."

천만뜻밖의 제안이었기에 벨그리프는 무척 당황했다. 루실이 기뻐하며 야쿠모의 어깨를 끌어안았다.

"자네의 이런 마음보를 나는 좋아한다네. 하늘을 나는 마음이라네…….."

"말장난 치지 말거라. 그래, 어떤가?"

"좋은 방안이라는 생각이 드는구려."

불쑥 다른 목소리가 들리더니 칸막이 천을 넘기며 던컨이 들어왔다. 손에 노점에서 산 음식을 들고 있다.

"본인도 톨네라에 가고 싶다고 생각하던 참이었다오. 본인이 동행하면 그라함 님께 말씀을 전하기도 수월할 테지."

"아항, 던컨은 이미 영감이랑 아는 사이였지. 얘기가 안 복잡해질 테니 좋겠네."

"한동안 더불어 기거했던 사이였잖소, 하하핫!"

"오오, 그러면 우리들 또한 마음이 든든하지. 던컨 님의 실력은 잘 보아 알겠다. 길 안내도 해준다면야 더할 나위가 없으렸다."

"마침 잘 해결이 되는군. 너희라면 맡길 수 있다."

퍼시벌이 그렇게 말한 뒤 작은 나뭇가지를 뚝 부러뜨려서 모닥불에 던져 넣었다. 야쿠모가 쿡쿡 웃었다.

"흐흥, 진짜 많이도 변했군. 믿어준다니 기쁠 따름일세."

"린 온 미~ 맡겨줘, 아저씨."

"자꾸 놀리지 마라……. 뭐, 이렇게 됐군. 거리낌 없이 사티를 찾으러 갈 수 있겠어."

들뜬 분위기의 일동을 앞에 둔 채 벨그리프는 잠시간 멍하니 말을 못 이었다가, 퍼시벌이 어깨를 두드려주자 깜짝 놀라며 머리를 흔들었다.

"한데…… 괜찮겠나? 우리 문제인데 괜히 고생을……."

"대가를 안 받겠다는 말은 한 마디도 안 했잖은가. 엄연히 의뢰 이야기라네. 내용은 톨네라에 마석을 운송하는 것. 의뢰료는 흥정을 해야 할 텐데……. 뭐, 신세도 꽤 졌겠다, 친구에게 장사를 할 수야 있나. 아주 거하게 깎아주리다, 후후."

"번역하면 아저씨들이 되게 마음에 드니까 의뢰라는 구실로 기꺼이 도와주겠소, 베이베, 라는 뜻으로……."

"시끄럽다, 쓸데없는 소리 말거라."

야쿠모는 살짝 뺨을 붉히며 루실의 머리를 찔렀다. 퍼시벌이 큰 목소리로 웃었다.

벨그리프는 머리를 긁적였다. 분명 야쿠모와 루실이라면 안심하고 맡길 수 있겠다. 실력도 있고 임기응변에도 능할 테니까. 여기에 던컨까지 동행해주면 반석이다.

일단 톨네라에 돌아간다면 아마도 다시 나오지 못할 수 있다는 생각은 어렴풋이 했다. 이곳 『대지의 배꼽』으로 오는 동안만 해도 매사에 몸이 비명을 질러 댔었다. 열이 솟아서 쓰러지는 민망한 모습까지 보였잖은가. 그러니까 마음이 약해져서 마력 결정을 핑계 삼아 귀로에 오르려고 했다는 말도 할 수 있겠다.

이런 처지라면 고향에서 다시 몸을 추스른 뒤에도 더 이상 여정에 나설 엄두가 안 날지도 모른다.

그러니까 이번 여행에서는 사티의 수색을 반쯤 포기하다시피 한 마음이었지만, 뜻밖에도 많은 사람들이 자신들의 재회를 기원해주며 도움의 손을 내밀어주고 있다.

벨그리프는 피로 때문인지 무의식중에 귀로에 오르고자 했던 스스로를 부끄러워하며 눈을 내리깔았다. 어쩐지 눈자위가 뜨거워졌다.

"미안하네······. 큰 도움을 받는군, 고마워."

"······아이고, 거 민망한 소릴. 내가 뭘 착한 사람이라고. 관두시게."

"그래, 착한 게 아니지. 일 얘기잖아? 헤헤헷."

"에잇, 시끄럽군. 이봐, 루실, 내 표주박은 얻다 두었느냐."

"옛날 사람들은 말했습니다, 네 것은 내 것, 내 것도 내 것."

"또 혼자서 몰래 마셨단 소리렷다, 이 멍텅구리가!"

"꺄~."

"와앗! 이리 오지 마, 좁다고."

몸을 피하는 루실이 카심에게 부딪힌다. 우당탕, 떠들썩하게 장내가 밝히지자 왠지 어깨의 힘이 빠지는 기분이었다.

다만 벗들이 이렇게까지 도움을 베풀어준다면 어떻게든 사티를 꼭 찾아내야만 한다.

결의를 새로 다지는 한편 어떠한 방법으로 단서를 찾아야 할까 생각하며 벨그리프는 팔장을 꼈다. 구름을 손수 잡아채려는 격이다.

고민에 빠진 벨그리프를 놓아둔 채 떠들썩한 분위기를 따라 술
잔치가 벌어지고 있다.

외출했다가 돌아온 이슈멜은 뜬금없이 떠들썩한 술판을 보고
눈동자가 동그래졌다.

"뭐, 뭡니까? 이 술판은……."

# 101 핀데일의 거리는 제도 로데시아와

핀데일의 거리는 제도 로데시아와 가깝기에 매우 활기차다. 세계 각지에서 제도를 목적지로 삼아 찾아오는 상인들의 중계 지점으로 기능하여, 물품도 각양각색이고 사람 출입이 많아 대단히 떠들썩한 곳이다.

도로의 양옆에는 빈틈없이 갖가지 상점이 쭉 늘어섰고, 아무것도 없는 벽 앞에는 노점을 꾸려 놓았다. 딱히 장사를 안 하는 곳에도 유랑민이 자리 잡아서 재주를 부리거나 연주를 하며 통행인들에게 즐거움을 주고 소소하게 적선을 받는 모습이다.

그런 번화가의 상점가를 한 명의 여자가 가벼운 발놀림으로 걸어간다. 살짝 곱슬거리는 밝은 금발을 묶어 내렸고, 손에는 바구니를 들고 있다. 바구니 안쪽으로 빵과 야채가 들여다보이는지라 한창 장 보는 중임을 알 수 있었다.

여자가 생선 가게 앞쪽에 멈춰 서자 주인장인 듯한 중년 여성이 이마의 땀을 쓱쓱 닦으며 웃음 지었다.

"어머, 메이벨. 오늘도 장 보러 왔어?"

메이벨이라고 불린 여자는 생긋 웃고는 고개를 끄덕거렸다.

"네, 여기 조그만 물고기를 한 바구니 담아줄래요? 그리고 저쪽, 소금절이도요."

"예이! 넌 항상 잔뜩 사주는구나. 매번 고마워. 식당 장사는 잘 되고?"

"덕분에 순조로워요."

"나도 짬이 좀 나면 가봐야 할 텐데 말이야, 미안해라."

"에이, 괜찮아요. 가게 열어야죠."

즐겁게 대화 나누는 두 사람의 뒤쪽에서 척척 지면을 사납게 밟는 소리가 들렸다. 한 사람이 아니다. 모래 먼지를 피워 올리며 제국의 군복을 입은 병사 집단이 나타났다.

"거기, 너."

"어?"

메이벨이 고개 돌렸다.

에스트갈 대공 가문의 삼남 프랑수아가 서 있었다. 뒤편에는 검은 코트를 입은 장신의 남자, 다시 뒤편에는 제국의 병사들이 대기 중이다.

검은 코트의 남자는 풍모부터 이색적이었다. 바짝 당겨서 뒤로 묶어 둔 긴 머리카락은 살짝 구불거리는 모양새다. 본래는 갈색이었을 테지. 다만 세월이 지난 탓인지 색이 엷어졌고, 군데군데 백발이 줄기를 이뤄 내달리고 있었다.

주름은 깊다. 그러나 아직 노년에는 이르지 않은 용모다. 쉰 초반, 혹은 마흔 후반으로 보이는 얼굴이다. 오른쪽 눈부터 턱에 걸쳐서 칼자국으로 짐작되는 한 줄기 오래된 흉터가 있었다.

생선 가게의 주인장이 화들짝 놀라 꾸벅꾸벅 머리 숙였다.

"제, 제도의 관리 나리께서 이런 곳까지……. 무, 무슨 용건이 있어 찾아오셨는지요?"

그러나 프랑수아는 주인장을 일별도 않은 채 메이벨을 위로 아래로 뚫어져라 쳐다보다가 입을 열었다.

"새싹 식당의 메이벨이라는 인물은 네가 틀림없겠지?"

"네, 네에, 맞는데요……. 저기, 저는 왜?"

"그런가. 제국에 대한 반역죄로 처형하겠다."

프랑수아가 턱으로 지시하자 뒤에 대기하고 있었던 병사 한 명이 재빨리 앞에 나서더니 허리에 찬 검을 뽑자마자 메이벨을 비스듬하게 베어 갈랐다.

선혈이 흩날리며 생선 가게의 주인장이 비명 지른다.

메이벨은 소리를 낼 겨를도 없이 등부터 바닥에 털썩 쓰러졌다. 통행인들이 놀라 걸음을 멈춘 뒤 뜻밖의 참극을 바라다보며 웅성거리고 있었다.

"흐음……?"

숨이 끊어진 메이벨을 프랑수아가 내려다봤다. 베어 갈라진 가슴에서 피가 흘러넘치다가 옷을 적시고 지면에 퍼져 나간다.

생선 가게의 주인장이 두려움에 몸을 움츠리며 뒷걸음쳤다.

"과, 관리 나리……. 이, 이 아이를 어찌?"

"말했을 텐데, 반역자다. 새싹 식당이라는 가게는 아예 존재하지도 않아."

"어, 어어? 그러면……."

"입 다물어라. 네년과는 무관한 일이니 쓸데없이 입을 놀리지 말고 썩 꺼지도록."

주인장은 얼굴이 핼쑥해져서 가게 안쪽으로 달려서 몸을 피했다. 물씬 코를 찌르는 피 냄새가 떠다니기 시작하자 주위의 웅성거리는 소리가 커진다. 프랑수아의 눈매에 힘이 들어갔다.

"……잘못 짚었나."

"아니, 잠시만."

막 발길을 되돌리고자 했던 프랑수아를 장신의 남자가 제지했다.

메이벨의 주검이 마치 실에 매달린 듯한 모양새로 일으켜졌다. 또한 윤곽이 안개처럼 녹아내리기 시작하더니 불현듯 바람에 날린 것처럼 싹 사라지고, 그곳에는 한 명의 엘프 여성이 서 있었다.

허리까지 내려오는 아름다운 은발을 아래 방향으로 묶었고, 삼베로 만든 동방풍의 앞여밈 의복의 위에 베이지색 로브를 걸쳐 입었다. 용모는 엘프답게 아름다우나 눈썹은 투박하게 굵고 거칠어서 은근히 성질이 강할 듯한 인상을 준다.

엘프 여성은 마치 지금 막 잠에서 깨어났다는 듯한 표정으로 이마에 손을 가져가더니 이리저리 머리를 휘저었다. 분명 어깨부터 반대쪽 허리에 걸쳐 베였던 상처는 안 보인다. 지면에 퍼져 나갔었던 피도 온데간데없이 사라졌다.

불쑥 중얼거린다.

"……난처하네."

프랑수아가 히죽 웃었다.

"찾았군. 고분고분 따라오게나."

즉각 병사들이 주위를 에워싸며 검과 창을 들이댔다.

엘프는 날카롭게 병사들을 일별한 뒤 살짝 손을 움직였다. 곧장
병사들이 비명을 지르며 털썩 쓰러진다. 손과 팔이며 다리에서 피
가 흘러나오고, 무기를 떨어뜨린 채 신음했다. 구경꾼들이 비명을
질러 대며 뿔뿔이 도망쳤다.

프랑수아는 눈을 가늘게 뜨며 허리에 찬 검으로 손을 가져갔다.

"과연 만만한 녀석이 아니로군……."

"잠깐, 나의 임무다."

장신의 남자가 프랑수아를 밀어내며 앞에 나섰다.

엘프 여자는 남자를 노려봤다.

"……너희는 처음 만나는데. 그 자식들과 한패야?"

"대답을 할 의무는 없군."

남자는 검을 뽑아 들었다. 기다랗고 폭이 널찍한 커틀러스다.
다만 끝부분이 파손되었다. 엘프 여자는 한껏 숨을 내쉬며 남자를
주시했다.

"오른쪽 눈의 흉터에 파손된 커틀러스……. 『처형인』 헥터가 그
딴 자식들한테 꼬리를 흔들 줄이야. S랭크 모험가라는 이름이 울
지 않겠어?"

"문답은 필요치 않다. 고분고분 따라올 텐가, 팔다리를 잃을 텐
가. 선택하라."

"둘 다 거절이야!"

엘프 여자가 손을 흔들었다. 『처형인』헥터가 겨누어 든 커틀러스에 참격이 적중된 듯 예리한 충격이 치달았다. 헥터는 눈을 부릅뜨며 충격을 되밀어 내기 위하여 강하게 앞으로 걸음을 내디뎠다. 커틀러스가 끝까지 휘둘러진다.

그러나 엘프 여자는 쓱 회피하고 가볍게 지면을 박차더니 허공으로 두둥실 날아올랐다가 가게에서 바깥에 내달아 놓은 처마에 다리를 붙이고 꼿꼿하게 섰다.

프랑수아가 당황하며 외쳤다.

"안 돼, 도망친다!"

"도망 못 친다!"

헥터는 커틀러스를 지면에 박아 세웠다. 끝부분이 파손되었는데도 불구하고 검은 지면에 푹 박혀서 섰다.

그 순간, 그림자가 수면처럼 흔들렸다. 그곳에서 갑옷 차림에 무기를 든 해골이 셋 뛰쳐나오더니 곧바로 벽을 타고 달려서 엘프에게 쇄도했다. 검이 내리 휘둘러진다.

"크윽!"

엘프 여자는 팔을 쭉 내밀었다. 검은 목표의 몸에 맞닿기 전에 보이지 않는 칼날에 막힌 것처럼 저지됐다. 엘프는 곧장 검을 휘두르는 듯이 두 팔을 교차시켰다. 해골들을 갑옷째 한꺼번에 동강이 나서 안개처럼 녹아 사라졌다.

그 뒤쪽에서 뛰어올라 온 헥터가 상단세로 검을 내리찍는다. 엘프는 즉각 두 팔을 내밀어서 보이지 않는 칼날로 커틀러스를 막아 냈다. 발 아래쪽 처마가 끼릭끼릭 소리를 냈고, 팔의 관절이 삐걱 거렸다.

"묵직하네……!"

"어설프다!"

몸을 번드치는 헥터의 발 차기가 엘프의 옆구리에 꽂혀 들어갔 다. 엘프 여자는 자세가 무너지며 처마에서 거꾸로 곤두박질쳤다. 아슬아슬한 높이에서 낙법을 하며 바닥을 굴렀다. 생선 가게의 진 열대에 부딪치고, 아까 놓아두었던 바구니가 뒤집히면서 생선이 바닥에 흩어졌다.

"아야야……. 미안, 생선 가게 주인아주머니……."

쉴 틈도 없이 위에서 재차 검격이 들이닥쳤다. 엘프는 즉각 뛰 어서 물러난다. 다만 왼쪽 어깨부터 위팔에 걸쳐 예리하게 상처가 그어지면서 선혈이 흩날렸다.

"다음은 다리다!"

뒤로 뛰어서 물러나는 엘프를 쫓아 헥터도 지면을 박찼다. 다리 를 노리며 커틀러스가 휘둘러진다.

엘프 여자는 팔을 쭉 내밀었다. 보이지 않는 칼날이 커틀러스의 도신을 막아 냈다. 그러나 고통에 얼굴이 일그러진다. 어깨의 상 처에서 피가 흘러넘쳤다.

엘프의 움직임이 경직된 것을 보자마자 헥터는 뛰어올라서 재 차 어깨를 걷어찼다.

"아윽!"

견디지 못한 엘프 여자가 무릎 꿇었다.

그 목덜미에 커틀러스가 바짝 다가온다. 헥터가 싸늘한 시선으로 엘프를 내려다보고 있었다. 시시하다는 표정을 지으며.

"맥 빠지는군."

"후우……. 과연『처형인』답네……. 쉽게 놓아주지는 않는구나."

"쓸데없는 저항은 마라, 내게서 도망칠 순 없다. 목숨이나마 부지한 것을 고맙게 여기도록."

"아하하. 무섭네, 무서워……. 그럼 아예 싹 날려버릴까?"

불현듯 분위기가 바뀌었다. 방금 전과는 비교조차 안 될 만큼 짙은 살기를 띤 보이지 않는 칼날이 주위에서 들이닥치는 것을 감지하고 헥터는 눈을 부릅뜨며 몸을 피했다.

공간이 흔들린다. 분명하게, 보이지 않는 검이 지나쳐 가는 것을 감지했다.

헥터는 추가 공격에 대비하여 자세를 낮췄다. 하지만 곧 잘못된 생각이었음을 깨달았다.

"아차……!"

"또 만나요, 못된 악당분들!"

짧은 찰나에 불과 몇 발자국 거리를 벌린 엘프가 장난기를 담아 미소 띠면서 가슴에 손을 가져다 댔다. 그러자 몸의 형체가 아지랑이처럼 일렁이더니 눈 깜빡할 틈에 사라져버렸다.

헥터는 혀를 찬 뒤 커틀러스를 칼집에 집어넣었다. 다만 입가에는 잔인한 웃음이 떠올라 있다.

"……발톱을 숨겨 놓았던가. 한순간이나마 내가 위축될 줄이야."

프랑수아는 노여움을 풀 길이 없다는 표정으로 헥터를 매섭게 노려봤다.

"네놈……."

"큭큭……. 정말로 공간 전이까지 쓸 줄이야. 오랜만에 재미있는 사냥감을 만났어."

"느긋한 소리를……. 간신히 찾은 목표를 놓쳤다. 전부 물거품이 됐단 말이다. 목표도 더욱 경계를 하지 않겠는가."

"가만히 숨어 다니지는 못하겠지. 급할 것 없다."

헥터는 코트를 펄럭이며 발길을 되돌렸다. 프랑수아는 몹시 불쾌해하며 주위를 둘러본 뒤 아직껏 망연자실하여 바닥에 앉아 있었던 병사들에게 고함쳤다.

"언제까지 나자빠져 있을 셈인가! 어서 일어나라!"

병사들을 허둥지둥 일어선 뒤 떨어뜨렸던 무기를 주워 들었다.

○

『대지의 배꼽』에서 이스타프로 내려올 무렵에는 이미 완연한 가을의 기운이 가득했다.

그러나 역시 남쪽의 땅답게 햇살이 비치는 때는 아직도 많이 더운지라 낮 동안은 도저히 외투를 입은 채 지내지 못한다. 다만 절

기상 톨네라는 이미 짧은 여름이 끝을 고했을 테고 주위의 산들에도 단풍이 들어 분주하게 겨울맞이 준비를 할 때이다.

야쿠모가 앞섶 안쪽에 손을 집어넣은 채 눈살을 찌푸렸다.

"눈이 내려서 굳어버리면 북부에 갈 수가 없으이. 톨네라에 방문하자면 길을 서둘러야 할 테지."

"응…… 미안해, 재촉하는 모양이 됐네."

"무얼, 엄연히 의뢰의 내용 아니겠는가. 되었네, 되었어."

야쿠모는 껄껄 웃고는 담뱃대를 입에 물었다. 안젤린은 후유, 숨을 내쉬고 컵 안의 주스를 마셨다.

『대지의 배꼽』을 나온 뒤의 귀로는 왔을 때 인원에 더하여 퍼시벌, 야쿠모와 루실, 토야와 모린까지 더해져서 상당히 많은 인원이 됐다. 게다가 같은 시기에 귀환하는 모험가들과 같은 길을 따라가게 된 터라 주위의 경계와 같은 역할도 번갈아 맡아 가면서 딱히 고생하지 않고 마무리 지을 수 있었다.

올 때는 지휘관 겸 경계와 색적 및 갖가지 임무를 처리하느라 몹시 지쳤던 벨그리프도 복귀 때는 실력자들과 함께한 덕에 썩 심력을 소모하지 않아도 됐다. 무엇보다도 퍼시벌이라는 리더가 있었다.

그럼에도 산을 내려온 뒤 숙소에 짐을 내려놓자 힘이 쭉 빠져버렸는지 지금은 방에서 쉬는 중이다. 이제 여행길도 제법 길어졌지만 역시 근본은 농민인지라 이동을 계속하는 생활은 많이 지치는가 보다.

"여기서 가자면 칼리파를 지나 북상하다가 그대로 요벰 방면에 가는 게 제일 편하고 빠르려나?"

카심이 말하자 던컨이 고개를 끄덕거렸다.

"그렇겠구려. 가도도 잘 정비되었겠다, 급행 마차를 잘 골라서 타면 꽤 빨리 도착할 수 있을 게요."

"칼리파인가……. 많이 예전에 돌아다녀봤다만 떠들썩한 곳이었지."

퍼시벌이 기억을 되새기며 중얼거렸다. 던컨이 턱수염을 쓸어만졌다.

"본인도 이곳까지 오던 여정에서 지나왔소만, 지금도 무척 떠들썩하다오. 사람 많은 것으로 치면 올펜과도 견줄 수 있을 게요."

"어떤 느낌이었냐? 이스타프랑 비슷한가?"

마르그리트가 흥미진진하게 몸을 내밀며 물었다.

칼리파는 동서남북의 교역료가 교차하는 큰 도시다. 틸디스 각지의 민족이며 부족의 대표, 왕들이 한데 모이는 평의회가 설치되어 있는 장소이기도 한 터라 명실공히 틸디스의 중심이라고 표현한들 지장이 없다.

서쪽으로 향하면 공국, 남쪽에는 이스타프, 북쪽으로 가면 동부 엘프령과의 관문, 동쪽으로 향하면 글단으로 이어진다. 그뿐 아니라 각 민족 및 부족들의 문화가 서로 조금씩 섞이면서 일종의 독특한 분위기를 연출했다.

다만 어쨌거나 사람이 많은지라 현기증이 난다. 공국 북부의 대

도시 올펜과 비교해도 결코 덜하지 않았다. 많은 문화가 서로 뒤섞인 만큼 사람들의 복장도 제각각이며 수인의 모습도 자주 보였다. 그런 잡다한 떠들썩함은 올펜 이상으로 느껴진다고 한다.

칼리파의 중심지에는 높다란 석조 건물이 쭉 늘어서 있었다. 한편 주변에는 별 여유도 없이 빽빽하게 크고 작은 천막이 자리 잡아서 눈길을 끈다. 다민족이라지만 많은 숫자가 유목민인 틸디스는 일정 지역에 뿌리를 내려서 사는 사람이 오히려 적다. 그 때문에 사람들은 도시 주변이든 어디든 간에 자신들의 천막을 치고 그곳에서 기거한다. 그런 천막이 쭉 늘어서 있는 장소는 주택가 같은 모양새에 시장 비슷한 역할도 한다던가.

"거대한 캠프 지역이라오. 음, 제법 잘 어울리는 표현이군."

던컨이 말했다. 퍼시벌이 고개를 끄덕거린다.

"그렇지. 시끄러운 곳이다. 떠들썩한 게 좋다면 심심할 짬은 없을 거다."

"오오, 괜찮네. 나도 가보고 싶다."

"그럼 마리는 던컨 씨 따라서 다시 톨네라에 갈래……?"

"뭐래, 나만 떼어 놓고 갈 생각은 마라!"

마르그리트가 뺨을 볼록거리며 안젤린을 콕콕 찔렀다. 아넷사와 밀리엄이 킥킥 웃는다. 던컨이 호탕하게 웃곤 말했다.

"뭐, 눈이 내리기 전에 도착해야 할 테니 말이오. 칼리파를 느긋하게 구경할 짬은 없겠구려."

"후후, 던컨 씨는 톨네라에서 정인이 기다리고 있다는 말을 들었네. 암, 마음도 더욱 설렐 수밖에."

"으음…… 그, 그렇구려."

던컨은 부끄러워하며 뺨을 긁적였다. 야쿠모가 히죽히죽 웃음 짓고는 담뱃대의 재를 떨궜다. 마르그리트가 깔깔 웃는다.

"한나가 애타게 기다리잖냐!"

"그렇구나, 한나 씨구나…… 잘 어울려."

안젤린은 아하, 고개를 끄덕거렸다. 물론 한나는 안젤린과 어릴 적부터 잘 알던 사이다. 이미 사망한 예전 남편도 아는 사람이며 혼자 지내는 한나의 모습이 가끔 쓸쓸해 보인다는 생각을 했었던 터라 안젤린도 환영하는 마음이었다.

야쿠모가 새 담배를 채워 넣으며 말했다.

"삶이 밝아지는 법이네, 그런 상대가 있어주는 덕택에."

"벨 씨도 던컨 씨도 똑같아."

루실이 말했다. 안젤린은 고개를 갸웃거렸다.

"똑같아?"

"만나고 싶은 사람을 만나러 가. 사랑 찾아 수천 리."

"으, 으음……."

거구를 움츠리며 쑥스러워하는 던컨을 보고 야쿠모는 껄껄 웃었다.

"좋을 때로군. 나 또한 본받고 싶은 마음이야."

"자네가 예쁜 신부님이 될 수 있겠어?"

"……뭐냐, 표정이 괘씸하군."

야쿠모는 미간을 찌푸린 채 믿기지 않는다는 표정을 짓는 루실을 손가락으로 콕콕 찔렀다. 퍼시벌이 살짝 쿨럭거렸다. 웃음이 나오는 것 같았다.

"거참, 사이좋은 녀석들이군."

"단짝이지~."

밀리엄이 고개를 끄덕거렸다.

"유브 갓 어 프렌드."

"관두지 못할까."

루실이 어깨에다가 두르는 손을 야쿠모가 찰싹 때렸다. 그러나 루실은 조금도 기죽지 않고 오히려 야쿠모의 어깨에 코끝을 문질렀다. 야쿠모는 질색하며 얼굴을 찌푸렸다.

"뭐냐, 왜 끈적끈적 들러붙는 게냐. 징그럽구나."

"왜냐면 만나러 갈 만큼 사랑하는 사람이 없는걸. 나도 자네도 쓸쓸하구나."

"시끄럽다, 나는 쓸쓸하지 않단 말이다."

"진짜 사이가 좋아…….."

안젤린은 쿡쿡 웃었다. 그러다가 살짝 암담해졌다. 다른 사람의 행복은 이런 식으로 순수하게 기뻐해줄 수 있는데도 정작 가장 좋아하는 아버지 벨그리프의 행복에는 질투를 품는 자신이 싫어졌다.

그래서 살짝 표정이 흐려졌나 보다. 아넷사가 의아하다는 표정을 짓고 물었다.

"왜 그래?"

"응, 아무것도 아냐……."

안젤린은 대강 얼버무리며 손에 든 컵을 입으로 가져갔다.

이곳은 숙소의 식당이다. 손님이 잔뜩 꽉 들어차서 와글와글 떠들썩하다. 엘프 마르그리트에게 눈독 들이고 수작을 부리러 온 자들이 몇몇 있었지만, 퍼시벌이 한 번만 노려봐도 허둥지둥 떠나갔다.

담배에 불을 붙이고 야쿠모가 주위를 둘러봤다.

"그래, 자네들은 이제 어찌하려는가?"

"분명 제도에 가면 단서를 찾을 수 있댔지?"

마르그리트가 말했다.

"그 애송이의 말이 사실이라면."

퍼시벌이 그렇게 말한 뒤 컵을 입에 가져갔다.

"아니, 진짜 믿어봐도 될걸. 『뱀의 눈』 살라자르라면 나도 아는 녀석이거든."

"아는 사이였어?"

"꽤 옛날에 잠깐 이야기한 게 전부지만. 같은 대마도사였잖냐. 그래도 뭐, 머리는 상당히 좋은데 다른 사람한테 뭔가 힘을 써준다는 것에 일절 가치를 못 느끼는 녀석 같아서, 과연 도와줄지는……."

"그런 성격인가. 골치 아프군."

퍼시벌이 의자 등받이에 몸을 기댔다. 카심은 고개를 끄덕거렸다.

"응. 만약에 사람 수소문을 도와줄 만한 녀석이었으면 옛날에 나도 틀림없이 벨을 찾아달라고 부탁했을 거야. 애당초 대화가 잘 통하지도 않는 느낌이라서 좀. 말하는 중에 자기 사고에 푹 빠져버리거들랑."

"뭐야, 대마도사는 왜 다들 이상한 거야?"

"아니거든, 바보야. 날 봐라, 나를. 상식인이잖아?"

"상식인……?"

마르그리트는 히죽히죽하며 손가락으로 탁자를 똑똑 두드렸다. 카심이 씩 웃더니 손가락을 빙글빙글 돌렸다. 마르그리트의 머리카락이 위로 떠올라 꼬불꼬불 비틀리며 뒤얽힌다. 마르그리트는 화들짝 놀라 엉클어지는 머리카락을 붙잡았다.

"와아앗, 무슨 짓이야, 바보!"

"헤헤헷, 조금 더 연장자를 존중해라."

"……뭐, 상식인이 맞냐를 따지자면 상식인은 못 되지, 카심은."

"어우, 퍼시까지 왜 이러냐! 뭐, 대마도사 중 괴짜가 많다는 건 부정하지 않겠지만 말이야. 안 그러냐? 미리."

"맞아! 우리 할망구도 괴짜라서 되게 난감하지!"

"야, 인마……. 마리아 씨한테 일러바친다, 이 녀석아."

"맘대로 해라~ 사실이거든~."

밀리엄은 태연하게 맞받아친다. 아넷사는 절레절레 고개를 흔들거렸다.

안젤린은 주스를 한 모금 마셨다.

"……그러니까 토야랑 모린한테 소개를 부탁하자고?"

"그래야지. 잘 풀리면 좋기는 한데, 걔네가 살라자르와 과연 얼마나 사이가 좋을지는 모르고……. 헤헤헷, 아무튼 그 녀석 처음

봤을 땐 놀랐다니까. 잠깐 만나기만 해도 가치가 있을 거다."

"와, 어땠는데, 어땠는데?"

"아직 비밀이다. 나중에 더 즐겁겠지?"

호기심에 눈을 반짝거리는 밀리엄을 손짓으로 제지한 뒤 카심은 껄껄 웃었다. 마르그리트가 희색을 띠며 웃었다.

"그럼 다음 목적지는 제도구나! 헤헤, 기대된다아."

"이스타프에서 가면 얼마나 걸리려나?"

아넷사가 지도를 펼쳤다.

이스타프는 틸디스에 속한 지역이지만, 다단 제국과도 루크레시아와도 가깝다. 일단 산맥을 따라 서쪽으로 나아가며 루크레시아와 로데시아 제국에 인접한 도시를 목표로 이동하는 것이 좋겠다.

가도가 넓기도 하고, 오가는 행상인들도 상당할 테니까 대략 한 달이 다 지나가기 전에 국경까지는 도착할 수 있겠다. 거기부터는 도시를 몇 군데 경우하며 제도로 가면 된다.

던컨이 빈 접시를 쌓아 올리면서 말했다.

"동쪽에서 오는 상인의 왕래 덕택에 제도까지 가는 길은 잘 정비되어 있다오. 여정에서 딱히 고생을 겪은 적은 없었지요? 이슈멜 님."

"그렇습니다. 승합 마차도 많이 다니고요, 상단이나 행상인 호위 의뢰도 제법 많습니다."

"이슈멜 씨도 제도로 돌아가시는 거죠?"

아넷사의 물음에 이슈멜은 웃음 짓고는 고개를 끄덕였다.

"네. 여러분과 함께면 여행길도 안심이지요."

"옛날 사람들은 말했습니다. 여행은 길동무, 세상은 인정사정없음. 힘들어라."

"네 녀석은 입 좀 다물거라."

살라자르를 만나자면 토야와 모린에게 소개도 받아야 할 테지. 그렇다면 두 사람도 함께 움직이게 된다. 이렇게 또 함께 여행할 일행이 늘어나는구나, 라고 안젤린은 생각했다.

루실이 모자를 고쳐서 썼다.

"사티 씨를 무사히 찾으면 좋겠네, 아저씨."

"빨리 나타나주면 고맙긴 할 텐데 말이다. 간단하게 해결을 볼 수 있단 기대는 안 하련다."

야쿠모가 품속에 손을 넣은 채 굼실굼실 몸을 움직거렸다.

"이곳 근방에서 지내려니까 알 수 없다만, 겨울이 제법 가까워졌잖나. 자네들이 제도에 가겠다면 톨네라에는 봄이 올 때까지 다시 돌아가지 못할 걸세."

"올펜에서 만났던 날도 겨울이었어. 인 디 윈터."

"그랬지. 그랬구나."

안젤린은 고개를 끄덕거렸다. 야쿠모와 루실과는 겨울이 끝날 무렵에, 톨네라로 돌아가는 승합 마차에서 처음 만났었다. 물론 나중에는 두 사람이 샤를로테를 쫓아왔다는 것이 드러났기에 만남 자체는 딱히 우연이 아니었다만.

루실이 코를 실룩실룩했다.

"곧 샤르와 만나겠네, 기뻐라……. 그 아이는 냄새가 참 좋아."

"아이들, 잘 지내려나……."

보르도에서 자른 머리카락도 지금쯤 꽤 많이 자라지 않았을까. 괜히 생각이 난다. 밀리엄이 쿡쿡 웃었다.

"그라함 씨도 같이 있잖아. 즐겁게 잘 지내고 있지 않을까냥~?"

"그래, 톨네라에는『팔라딘』이 있다 했던가……."

야쿠모가 살짝 떨떠름한 표정을 지었다.

"설마하니 살아 있는 전설과 대면하게 될 줄은 상상도 하지 못했군. 왠지 어울리지도 않게 긴장되는 심정이야."

"할배는 별로 안 무서운데……?"

"아니, 무섭거든? 큰숙부."

"그거야 마리가 조카라서지. 우린 무섭다고 생각한 적 없어. 항상 아이들 틈에 둘러싸여 있잖아."

아넷사가 말했다. 이슈멜이 재미있다는 표정을 지었다.

"『팔라딘』은 아이를 많이 좋아하시나 봅니다. 왠지 고고한 존재라는 이미지가 있었습니다만."

"그렇지요. 우리들 모험가가 보기에는 위엄 넘치는 모습이오만, 아이들은 제법 잘 따르더이다. 본인도 은근히 기뻐하는 기색이셨고. 허허, 평온한 마을에서 생활하면 자신이 모험가라는 사실을 잊을 것 같다는 기분이 들더구려."

던컨은 톨네라에서 지내던 때를 떠올리는지 입가에 미소를 띠고 있었다. 던컨은 줄곧 방랑 무예가로서 각지를 전전했다고 한다. 옛 떠돌이 시절과 달리 톨네라에서 지낸 시간은 평온하고도 안정된 기분이었을 테지.

모험가가 된 사람은 대체로 저런 생활이 지루했기에 태어났던 고향을 뛰쳐나왔을 텐데, 어째서 다시 친숙함을 느끼는 것일까. 잘 생각하면 조금 신기하다.

야쿠모가 담뱃대에 담배를 채워 넣었다.

"모험가의 정점이라 다들 인정할 『팔라딘』도 결국 다다르는 곳은 아이들에게 둘러싸인 평온한 생활인가. 기묘한 이야기로다. 뭐, 나이를 먹어 예전처럼 움직일 수 없다면야 이해된다만."

"지치기 마련이다. 단순하게 말이지."

퍼시벌이 그렇게 말한 뒤 하품을 했다. 안젤린은 고개를 살짝 갸웃거렸다.

"퍼시 아저씨도 지쳤어……?"

"내 경우는 진력이 나든 지치든 간에 달리 할 줄을 모른다. 뭐, 벨과 다시 만난 이후부터 힘이 쭉 빠진 느낌은 있지만 말이다."

"별로 나쁜 결과는 아니라고 생각하는데, 나는."

"그렇군. 뭐, 아직 마음을 다 풀어버릴 순 없잖냐. 사티를 찾아나서야 하니까."

"목적이 명확하다는 게 괜찮군. 우리같이 뿌리 없는 풀들은 가끔 무엇을 위해 방랑하는 것인가 헤매게 될 때가 있잖은가."

"자극을 찾기 위해서라든가 못 봤던 광경을 보기 위해서가 아니냐?"

마르그리트가 말을 꺼내자 야쿠모는 연기를 피워 내면서 살짝 고개를 흔들었다.

"젊은 시절에는 비슷한 마음이었네만, 차츰 자극에도 새로운 정경에도 익숙해져버리더군. 그럼에도 방랑을 관둘 순 없네. 마음속에서는 무엇인가를 찾아 헤매네만, 그것이 무엇인지는 알지 못하는 게야."

"본인도 같은 생각이 자주 들더군. 30여 년을 살아오며 그중 절반 이상을 모험가로 지냈잖소이까. 무언가 여기에는 없는 것을 찾아 헤맸다는 기분이 들긴 드오만……. 그것이 무엇인지 결국 알지 못하는 신세이구려."

"예쁜 신부를 찾기 위해서 아냐? 유 파인드 어 러브."

루실이 언제 꺼내다 놓았는지 육현금을 띠링 울렸다. 퍼시벌이 와하하 웃었다.

"자넨 찾아냈기 때문에 톨네라로 가는 게 아닌가. 똑같은 소리 꺼내면 신부에게 구박을 맞을 거야."

"끄, 끄응……."

던컨은 부끄러워하며 몸을 움츠렸다.

카심이 기지개를 켜고 중절모자를 고쳐서 썼다.

"어디 보자…… 슬슬 길드에나 가볼까, 안제."

"그러게."

길드 마스터 올리버와 만나야 했다. 일전에 받은 의뢰를 정산할 필요도 있고, 살라자르라는 단서를 얻은 지금도 일단 사티에 관한 정보는 확인하고 싶은 마음이었다.

마음속 응어리는 눈앞의 할 일에 집중함으로써 가라앉힐 수 있다. 이러니저러니 해도 벨그리프와 이야기하면 기쁜 데다가 퍼시벌이나 카심과 대화 나눌 때 같이 끼어도 제법 재미있다. 지금처럼 다 같이 이야기를 나누는 시간이 순수하게 즐겁다.

나는 어째서 모험가 되었더라? 문득 안젤린은 의문이 들었다. 자신의 경우는 단순하게 벨그리프를 동경했고 칭찬을 받고 싶었기 때문이었다. 그렇게 가장 가까운 곳에 있었던 동경이 불현듯 멀리 떠나가 버리는 것 같은 기분이 든다. 겉으로는 옛 친구와의 재회를 거들 수 있어 기쁘다는 행세를 할 따름이나 내심은 복잡하다. 카심이 나타나고, 퍼시벌이 나타나고, 벨그리프의 지난 과거의 윤곽이 점점 명료해짐에 따라서 점점 거기에 자신의 모습이 없다는 것을 섭섭하게 느끼게 됐다.

비교한들 별 소용이 없는 관계인데도 벨그리프에게 있어 옛 동료와 자신 중 누구의 추억이 더 소중한 걸까, 하는 묘한 생각을 떠올리곤 한다. 물론 아니라 생각은 해도 벨그리프가 과거를 더욱 아끼는 마음에 정작 자신은 홀대하면 어쩌나 불안감이 든다.

두려웠다. 그런 까닭에 뜬금없이 쓸데없이 벨그리프에게 어리광을 부려보기도 했다. 꼭 안겨 들거나 어부바를 졸라보기도 했다. 그때마다 벨그리프는 예전과 다를 바 없이 쓴웃음과 함께 다정하게 투정을 받아주었다.

바뀌지 않은 아버지의 모습 덕택에 잠시간은 안심할 수 있었지만, 이렇듯 억지로 밝게 덧칠한 이면에서는 역시 아니라는 목소리를 줄곧 중얼거리게 된다. 그래서일까, 방금 막 어리광을 부린 다음인데도 기묘하게 쌀쌀맞은 태도로 행동하는 경우가 있거나 해서 스스로도 불안정해졌음을 깨닫는 상황이 몇 번이고 있었다.

단지 문제를 뒤로 미루는 것이 아니냐는 생각은 한다. 그러나 달리 어떠한 방법이 있을까?

"안제, 가자고~."

멍하니 정신이 나갔었나 보다. 카심에게 이름 불려서야 안젤린은 깜짝 놀라며 가볍게 뺨을 때렸다. 곧장 일어나서 목을 돌린다.

"……아빠 잘 돌봐줘, 퍼시 아저씨."

"딱히 병 걸린 게 아니잖냐. 흠, 뭔가 기운이 날 보양식이라도 사다 먹여주마. 그나저나 벨 녀석, 혼자서 나이 먹은 티를 내는군…….나랑 같은 나이잖냐, 저 녀석."

"아저씨, 몇 살이야?"

루실이 눈을 끔뻑거렸다.

"엉? 어어……. 마흔…… 까먹었다."

"어라라, 까먹을 만큼 나이가 많았다냥~?"

밀리엄이 쿡쿡 웃었다. 퍼시벌은 눈살을 찌푸리더니 손가락을 접어 숫자를 셌다.

"……마흔은 분명 넘었다만……. 넷이었던가 다섯이었던가…….뭐, 그게 그거지. 난 시장에 가마."

"장 보러 가냐?! 나도 갈래, 나도 갈래!"

마르그리트가 다리를 동동 흔들었다.

"알겠다, 알겠다. 귀가 아프군."

마치 시끄러운 조카를 상대하는 듯한 말투인지라 안젤린은 쿡쿡 웃었다.

이스타프의 길드는 활기가 가득했다. 대해일 이후 희소한 소재가 반입된다는 내밀한 정황을 아는 상인이나 관계자들이 잔뜩 몰려들어서 무척 떠들썩하다. 공공연하게 내세우지는 않아도 아마 이스타프의 경제는 『대지의 배꼽』에 큰 비중을 의지하고 있을 것이다.

물론 굳이 이곳에서 판매하지 않고 평소의 거점으로 갖고 돌아간 뒤 더욱 가격을 올려 받으려는 부류도 많은지라 『구덩이』에 몰려들었던 모험가의 수와 비교하면 소재의 수량은 적은 듯싶다. 그 적은 소재를 두고 쟁탈전이 벌어진 눈치다.

열심히 소리 높이는 사람들을 슬쩍 훑다가 안젤린은 카심과 동행하여 길드 마스터의 방에 갔다.

올리버는 집무용 책상에 앉아 서류를 들여다보고 있었다.

두 사람이 안내받아 방에 들어서자 올리버는 얼굴을 들어 올리더니 오호, 반기며 미소 지었다.

"이제 복귀하셨군요……. 무사해서 다행입니다."

"안녕하세요, 올리버 씨……. 잘 썼어, 고마워."

안젤린은 책상 가까이 걸어가서 올리버에게 빌렸던 마수정 추를 올려놨다. 올리버는 빙긋 웃고는 수정을 손가락으로 집어 들었다.

"그저 도움이 되었다면 다행이지요. 그나저나, 소재는 어떻게……."

"여기 부길드장한테 맡겨 놨어. 산정 중이고. 전부 다 모아 오기는 했어."

"오호라, 정말 감사합니다. 이제 결계용 마도구를 늘릴 수 있겠군요……. 대금은 산정 금액이 확정되면 곧바로 지급하겠습니다."

"응……. 있잖아, 잠깐 물어보고 싶은 게 있는데. 괜찮을까?"

"흠? 물론 괜찮지요. 무엇입니까?"

"사람을 한 명 찾고 있거든."

올리버는 눈을 가늘게 뜨며 두 사람에게 손님용 의자에 앉도록 권했다.

"사람 찾기입니까. 어떠한 분이신지요?"

"엘프라네. 이름은 사티, 여자고."

"엘프……."

올리버는 눈살을 찌푸리며 팔짱을 꼈다.

"엘프 여성이라면……. 얼마 전 소년과 2인조로 다니던 분이."

"아, 걔네는 아니더라."

토야와 모린을 가리키는 말이겠지. 『대지의 배꼽』에서 만났다가 복귀도 함께했음을 설명하자 올리버는 어깨를 으쓱거렸다.

"흐음, 이미 알게 된 사이였단 말씀이군요……."

"다른 정보는 없어?"

올리버는 잠시 생각을 정리하는 듯 시선이 허공을 헤매다가 잠시 후 눈을 내리깔더니 머리를 옆으로 흔들었다.

"힘이 되어드리지 못하여 면목 없습니다."

"아냐, 고마워……. 도움 많이 됐어요."

안젤린은 꾸뻑 머리를 숙였다. 카심이 「어쭈」 감탄하는 표정으로 보고 있었다.

○

깊숙이 숨을 들이마셨다가 내뱉는다.

침대에 걸터앉아서 가볍게 명상을 하던 때 똑똑 문 두드리는 소리가 나서 벨그리프는 눈 떴다. 문 너머에서 목소리가 들렸다.

"벨 아저씨, 일어나셨어요?"

"아네구나? 일어났단다."

문이 열리며 아넷사가 들어왔다.

"몸은 좀 어떠세요?"

"푹 쉬어서 덕분에 괜찮단다. 고마워."

"그렇구나, 다행이에요……."

아넷사는 안심한 표정을 지으며 옆쪽에 있는 의자에 걸터앉았다.

"다들 시장에 장 보러 갔어요. 안제랑 카심 아저씨는 길드에 갔고요."

"흠? 너는 안 따라가고?"

"아, 네. 벨 아저씨 몸 상태가 나빠지면 큰일이니까 한 명은 남아야죠."

그렇게 말한 뒤 아넷사는 장난스럽게 웃었다. 벨그리프는 쓴웃음 짓고 머리를 긁적였다.

"미안하구나, 나 때문에. 심심할 텐데."

"에이, 아녜요…… 아, 차 한 잔 따라드릴게요."

아넷사는 나무 병에 든 차가운 차를 컵에 따랐다.

"아마 제도에 갈 것 같죠?"

"그러게나 말이다. 하하, 긴 여행이 되겠어……."

"아하하. 벨 아저씨, 튼튼하다는 인상인데 역시 여행은 지치는 데가 좀 다른가 봐요?"

"그런가 보다……. 잠자는 곳만 달라졌는데 몸이 제대로 쉬질 못하기도 하고 말이야."

아넷사는 쿡쿡 웃고는 컵을 벨그리프에게 건넸다.

"퍼시 아저씨가 은근히 투덜거리던데요? 같은 나이인 주제에 나이 먹은 척하냐고요."

"그 녀석과 비교하면 당할 재간이 없지. 거참, 다 같이 나를 이상하게 치켜올리니까……."

벨그리프는 난처해하며 웃고는 차를 한 모금 홀짝였다. 차가워서 가슴에 푹 스며드는 느낌이다.

서로 차를 마시며 잠시 말이 없다가 이윽고 벨그리프가 얼굴을 들어 올렸다.

"안제가 조금 이상하더구나."

아넷사가 흠칫 놀라며 표정을 굳혔다.

"이, 이상하다뇨? 어떻게요?"

"묘하게 데면데면하고, 조금 거리를 두려고 하는 기색이 보이고……. 그러다가 불쑥 치덕치덕 달라붙거나……. 불안정하다는 느낌이 드는구나."

"으, 으음……."

아넷사는 머뭇머뭇하며 발부리를 마주 비비면서 컵에 입을 가져갔다.

"……그 아이가 부모의 품을 떠나서 자립의 때를 맞이한다면야 상관없다만, 만약에, 다른 무언가 이상한 가슴앓이 때문에 일어나는 행동이라면 괴로울 테니 말이다. 아니, 예전에도 비슷한 경우가 있었거든. 또 혼자서 고민하는가 싶어 걱정되는지라……. 아네, 뭔가 아는 게 없니?"

"……벨 아저씨는 뭐든 다 꿰뚫어 보시네요."

아넷사는 난처해하며 웃고는 뺨을 긁적였다.

"다만, 제가 말씀드려도 되는 문제인지 조금 헷갈려서요. 걔도 자기 나름대로 이것저것 고민하는 눈치니까요……."

"그렇, 구나. 안제도 자기 생각이 있을 테니까……. 나도 자꾸 과보호를 하려 들어 곤란하군."

"후훗……. 그래도 안제가 벨 아저씨를 아주 좋아한다는 건 변함없어요. 많이 좋아하니까, 불쑥 환경이 달라져서 많이 당황한다는 느낌이 들거든요."

"……그래, 나도 안제도 쭉 좁은 세계에서 살아왔었지. 솔직히 카심이나 퍼시와 이렇게 다시 만났다는 게 믿기지 않아. 지난 2년 사이에 세계가 참 많이도 넓어졌구나."

"정말 신기하죠, 사람의 인연은……. 그런데 안제한테는 이런 변화가 당황스러운…… 앗, 아뇨, 죄송해요. 아무것도……."

말이 헛나왔다는 듯이 아넷사는 허둥지둥 수습했다. 대강 눈치를 챈 벨그리프는 살짝 웃었다. 딸아이의 아버지가 아닌, 카심과 퍼시벌의 친구로 행동하는 자신은 확실히 안젤린에게는 적응이 되지 않았으리라.

"……항상 익숙하게 대하던 사람이 달라지는 모습은 확실히 무서울 때가 있기 마련이지."

"아…… 으으……."

아넷사는 풀 죽어서 몸을 움츠렸다. 결국 다 떠들어버렸다는 생각을 하는가 보다.

벨그리프는 손을 뻗어서 아넷사의 어깨를 톡톡 토닥였다.

"부모라는 게 말이지, 의외로 아이에게 해줄 수 있는 게 별로 없단다. 고민할 때, 괴로울 때마다 오히려 친구가 받쳐주는 경우가 많지……. 뭐, 남자 친구가 있다면 더할 나위 없겠다만."

"아하하……. 그럴지도 모르겠네요."

"아네. 너와 미리 덕택에 안제의 세계도 많이 넓어졌을 거야. 앞으로도 녀석과 좋은 친구가 되어주려무나."

"……물론이죠."

아넷사는 쑥스러워하며 뺨을 붉히곤 미소 지었다.

벨그리프는 자신의 과거를 새삼 떠올렸다.

부모님 두 분을 모두 일찍 잃었기에 마을 어른들이 부모 대신이었다. 물론 다정하게 대해주었으나 쓸쓸한 마음을 채워주고 서슴없이 다가와준 것은 케리를 비롯한 친구들이었다.

그리고 모험가가 되자며 올펜으로 떠나서 몇몇 파티를 전전하다가 마침내 퍼시벌, 카심, 사티와 만났다. 자신의 가치를 인정받지 못했던 벨그리프를 인정해주었던 것은 역시나 친구들이었다.

안젤린도 점차 자신의 손에서 벗어나 떠나가려고 하는 참이다. 딸아이의 주위에는 존경할 만한 어른도 의지할 만한 친구도 있다. 곁에서 받쳐주는 수많은 사람들에게 둘러싸여 있다는 것은 아버지로서도 고마운 마음이다.

그렇게 자립의 시기를 맞이하려는 아이에게 부모가 무엇을 해줄 수 있을까?

고민해봐도 잘 모르겠다. 무엇을 하든 쓸데없는 참견일 테지.

안젤린의 고민이 불쑥 자신에게까지 전염된 기분이 들어 벨그리프는 눈살을 찌푸리며 상념에 잠겨 들었다.

다만 안젤린이 점차 아버지의 생각에 마냥 의지하는 것이 아니라 스스로의 생각 및 감정을 자각하게 바뀌었다는 것은 분명히 달가운 변화라 생각됐다. 굳이 방해를 할 뜻은 없었다.

그러나, 그럼에도 역시 조금은 섭섭한 마음이 있다.

부모라는 입장은 참 까다롭군. 벨그리프는 쓴웃음 지으며 수염을 비비 꼬았다.

# 102 닌디아 산맥에서 불어 내려오는

닌디아 산맥에서 불어 내려오는 바람이 모래 먼지를 일으키며 이스타프의 온 거리를 훑고 지나간다.

계절이 점점 가을로 나아감에 따라 본래부터 건조한 감이 있었던 지역의 기후가 더욱더 메말라지는 것 같았다. 자잘자잘한 먼지가 목을 찌르는지 퍼시벌이 거하게 기침을 터뜨리더니 향주머니를 입에 가져다 댔다.

"퍼시, 괜찮나?"

"쿨럭……. 제기랄, 먼지 날리는 곳은 못 버티겠군."

"여기 주변은 건조 기후라서 말이네. 가을이 오면 더욱 심하지. 후후, 『패왕검』에게도 약점은 있는 법이군."

"아저씨, 사탕 먹을래? 아니면 쉐키럼 베이베, 할래?"

"필요 없다. 너나 잘 챙겨 먹어라."

퍼시벌은 손을 뻗어서 루실의 어깨를 톡톡 두드렸다. 카심이 쿡쿡 웃었다.

"요 멍멍이는 퍼시가 마음에 드나 본데."

"응. 아저씨, 쓸쓸해?"

"그래, 쓸쓸하다. 무지막지하게 쓸쓸하군. 눈물이 나올 것 같

아. 너는 어떠냐? 엉?"

퍼시벌은 히죽히죽 웃으며 루실의 축 늘어진 강아지 귀를 붙잡아 휠휠 흔들었다. 루실은 뺨을 붉히며 눈을 끔뻑거렸다.

"쓸쓸해……. 아저씨, 또 쉐키럽 베이베, 하자."

"그래, 톨네라에서 기다려라. 감기 걸리지 말고."

퍼시벌은 그렇게 말한 뒤 루실을 쓱쓱 쓰다듬었다. 야쿠모가 얼굴에 묘한 웃음을 붙인 채 중얼거렸다.

"그림이 범죄 같구나."

"퍼시, 연하 취향이야?"

카심이 히죽히죽하며 놀렸다. 퍼시벌은 어이없어하며 한숨 쉬었다.

"이 녀석들이 또 무슨 황당한 소릴……."

다 같이 유쾌하게 웃는다.

광장에는 승합 마차가 다수 늘어서 있다. 출발하는 마차도 있고, 지금 막 도착한 마차도 있다. 승객이며 화물이 꽉 들어찬 터라 안 그래도 사람이 많이 붐비는 곳이 더더욱 시끄러웠다.

건너편에서 오는 마차는 수레바퀴의 연결 부분에 문제가 발생했나 보다. 화물을 꽉 채운 커다란 짐칸에서 삐걱삐걱 요란한 소리가 났다. 몇 사람이 뒤쪽에서 힘껏 밀어보지만 별 진척이 없다. 화물주인 듯한 인물이 안절부절못하는 모습으로 뭔가 호통을 치고 있다.

던컨이 짐을 고쳐서 멨다.

"그러면 벨 님, 확실하게 전해드리리다. 잠시간 작별이구려."

"미안하군, 던컨. 고맙네. 가는 길 조심하게나."

"하하핫, 야쿠모 님과 루실 양이 같이 계시는데 무슨 걱정이 필요하오리까. 무사히 사티 님과 재회하시기를 기원하겠소."

"그래, 열심히 찾아보겠네. 그라함과 아이들에게 안부 전해주게."

"잘 전해드리리다. 이슈멜 님, 그간 많이도 신세를 졌소. 기회가 되면 귀하도 꼭 한번 톨네라에 들러주시오."

"하하, 조금 먼 곳입니다만……. 언젠가 놀러 가보고 싶군요."

이슈멜은 웃으며 던컨의 손을 쥐었다.

야쿠모가 담뱃대를 꺼내 들어서 입에 물었다.

"어디, 때맞춰 눈 내리기 전에 도착해도 다시 떠나오려면 봄인가. 남에서 벌어 북에서 휴가렷다. 한 계절 푹 쉬어보도록 할까."

"그치만 야쿠모 씨, 톨네라는 놀 만한 곳이 아니야……."

안젤린이 말하자 야쿠모는 얼굴을 찌푸렸다.

"끄응……. 분명 북쪽의 변경이랬던가. 하는 수 없구나, 가는 도중에 이것저것 사서 챙겨야겠군."

"보르도의 구운 과자, 맛있었어. 에일도 맛있었어."

"도중에 있는 로디나라는 마을은 돼지고기가 유명하다오."

"반가운 말이군. 그나저나 다 도착할 무렵이면 제법 추위가 매서울 테지. 증류주를 잔뜩 가지고 싶은 마음일세."

눈에 막히기 전에 도착하려는 생각이면 꽤 많이 서둘러야 할 터이다. 다만 세 사람이 모두 여행에 익숙한 실력 있는 모험가다.

믿고 맡겨도 안심이겠다.

작별을 아쉬워하면서도 세 사람이 탄 승합 마차가 광장을 떠나가자 이번에는 자신들의 차례라는 기분이 든다.

벨그리프는 한껏 숨을 내쉬고 주위를 둘러봤다. 여전히 마차가 왔다 갔다 하면서 무척 떠들썩하다. 아까 시끌시끌했던 큰 짐차는 어딘가로 떠났다.

문득 돌아보면 안젤린이 어쩐지 쓸쓸함 묻은 표정을 짓고 있었다. 요즘 들어서 분위기가 묘했던 것도 어우러져서 조금 걱정이 된 벨그리프는 안젤린의 어깨에 손을 둘러다가 끌어안았다. 그러고 나서는 살짝 거칠게 쓱싹쓱싹 머리를 쓰다듬는다.

안젤린은 간지러워하며 몸을 비비 꼬았다.

"꺄아앙."

"그런 표정 말거라, 안제. 네가 이러면 아빠도 불안해지잖니."

"……에헤헤."

안젤린은 기뻐하며 벨그리프의 가슴에 머리를 꾹꾹 문지르다가 쏙 얼굴을 들어 올렸다.

"언제 출발이야……?"

"일단은 토야 군과 모린 씨를 기다려야 하니까……."

"그 녀석들은 어디서 뭘 하는 거야? 어우, 난 배가 고프군. 뭔가 먹자고."

"우선 숙소에 돌아가지. 여기는 먼지 날려서 못 있겠군. 쿨럭."

퍼시벌이 얼굴을 찌푸리며 헛기침했다. 카심이 동의하며 고개를 끄덕거린다.

"어차피 짐 정리부터 먼저 해야 되잖아. 토야랑 모린도 볼일 다 끝나면 숙소로 올 테고."

좋아, 움직이자. 일행은 숙소로 돌아와서 각자 방으로 갈라져서 짐을 점검했다.

만사에서 산백을 따라 내려가는 길이나 『대지의 배꼽』을 목적지로 했던 여정과 달리 특별히 거창하게 야영 준비를 할 필요는 없다. 넓은 가도를 지나갈 테니 아마도 상인도 많으리라. 최악의 경우, 돈만 있다면 물이든 식량이든 조달 가능하다.

그러나, 그럼에도 벨그리프는 왔을 때와 마찬가지로 큰 가방에 냄비와 프라이팬 및 물통을 매달고, 안쪽에는 휴대 식량과 약, 붕대와 옷감, 자질구레한 도구 종류를 채워 넣었다. 무게와 튼튼함, 사용하는 빈도 따위를 감안하며 순서대로 집어넣는다.

침대에 걸터앉은 채 카심이 재미있다는 표정을 짓고 있었다.

"와, 추억이네~ 옛날에도 이렇게 벨이 준비하는 걸 옆에서 구경했었잖아."

"맞다. 우리도 돕고 싶기는 했는데 벨이 솜씨가 좋아서 결국 구경만 했지."

자신의 작은 가방에 짐을 다 욱여넣은 퍼시벌이 말했다.

"그랬던가? 어쨌든 자기가 쓸 도구 종류는 각자가 관리했었잖나."

"최소한의 물품은 말이다."

퍼시벌은 자기 가방을 들어 올렸다.

"그래 봤자 항상 큰 짐은 네가 들어줬지."

"말을 안 해도 필요할 때 필요한 물건을 척척 꺼내줬잖아."

"하하, 적재적소이지. 여차할 때 자네들이 큰 짐을 메고 있어서는 싸우질 못하니까. 내가 짊어지는 게 파티의 효율을 고려해서 가장 좋았던 거야. 단지 그뿐이라네."

"음, 맞는 말이다. 순수한 전투력으로 말하자면 너는 확실히 가장 약했지."

퍼시벌이 진지하게 말했다. 카심이 웃음을 터뜨렸다.

"헤헤헷, 아주 대놓고 말하는구나. 그런데 지금은 어떨 것 같아?"

"너는 벨한테 질 것 같나?"

"아닌데? 벨한텐 미안하지만 전혀 질 것 같지가 않네."

"나도 마찬가지다. 결국 이렇게 되는 거지."

"나도 안다네, 약하다는 것쯤……."

벨그리프는 쓴웃음 지으며 머리를 긁적였다. 허물없는 사이라는 말은 이런 때 쓴다 하겠다. 그럼에도 묘하게 기분 좋았다. 이상하게 치켜올려주는 상대보다 마음이 편안하니까. 퍼시벌도 점점 태도에서 어색함이 사라져 가는지라 제법 안정감을 찾았다는 생각이 든다.

"어쨌든 벨이 짐을 들어주는 게 가장 안심이었지. 우리는 전투에 정신 팔려서 뭔가 부숴 먹거나 잃어버리지 않았겠냐."

"아~ 설득력 있네~. 퍼시도 사티도 전투가 벌어지면 의식이 온통 쏠려버리니까, 어우."

"너도 비슷한 녀석이었다. 상식인 행세하지 마라. 안 그런가? 벨."

"하하, 맞는 말이군. 카심도 어지간했었지."

세 사람은 유쾌하게 웃었다.

카심이 후우, 한숨을 쉬고 중절모자를 고쳐서 썼다.

"사티는 어떻게 지내고 있으려나……."

"그걸 확인하러 가는 거다. 만나면 일단 사과부터 하고…… 이번에야말로 결판을 내야 할 테지."

퍼시벌은 그렇게 말한 뒤 웃었다. 벨그리프도 미소 지었다. 그러고 보니까 결국 퍼시벌과 사티의 대련은 무승부가 이어졌더라는 생각이 떠오른다.

『대지의 배꼽』에서 퍼시벌의 실력을 본 지금은 누가 더 강할지 판단이 되지 않는다. 하지만 역시 사티를 상대하는 퍼시벌을 떠올리면 서로 동시에 얻어맞아서 머리를 부여잡고 아픔에 이를 악물고 있던 장면이 자꾸 연상됐다.

카심이 뒤로 손을 짚고는 말했다.

"검을 단련했을까? 아니면 마법으로 나갔으려나?"

"양쪽 다 재능이 있었잖냐, 그 녀석은……. 의외로 둘 다 더해서 독자적인 기술을 습득했을지도 모르겠군."

"헤헤, 가능성이 있네……. 건강해야 할 텐데 말이야."

"허망하게 객사나 할 녀석은 아니잖나. 보나 마나 유유자적 살았을 거다."

농담을 주고받는 한편, 카심도 퍼시벌의 말투에서 불안을 날려버리고자 하는 허세와 비슷한 감정을 느꼈다. 어쨌든 지금은 사타의 안부를 전혀 알지 못하는 상황이다.

물론 벨그리프 또한 최악의 상상을 딱히 안 했던 것은 아니다. 다만 입 밖에 꺼냈다가 덜컥 현실이 될까 봐 말하지 않을 뿐이다.

과거를 떠올리고 아쉬워할수록 이렇게 나이를 먹은 친구들과 함께 있다는 것이 어쩐지 꿈 같다는 생각이 들었다.

세 사람 모두 주름이 늘어난 데다 수염이 자라거나 머리카락이 꽤 길어지기도 했다. 그렇다 해도 이야기를 나누면 아직 소년이었던 시절의 기분이 떠오르는 듯한 기분이었다.

그래서 더더욱 어서 사타를 찾아 만나야 한다. 그리되었을 때 비로소 벨그리프뿐 아니라 퍼시벌도 카심도 과거를 청산할 수 있을 테니까.

문득 안젤린을 떠올렸다. 딸아이가 어른이 됐을 때, 언젠가 아넷사와 밀리엄, 마르그리트 같은 친구들과 옛 시절을 추억하게 될 날도 오려는가.

딸아이도 다행히 좋은 친구를 여럿 두었다. 지금은 아이에서 어른으로 가는 과도기일 테지.

안젤린이 마흔쯤 되면 자신은 이미 예순 중반을 넘겼을 무렵이다. 살아 있을지도 알지 못한다. 그런 훗날의 일은 헤아리지 않더라도, 분명히 언제까지나 아빠, 아빠, 어리광만 부리지는 않을 것이다.

그때가 오면 자신도 무엇인가 바뀌었을까. 상상은 좀처럼 되지 않는다.

미래를 그려보면 마음이 고양될 때도 있지만 조금 허전해질 때도 있다. 머리로 이해하는 것과 감정이 이해하는 것은 조금 다른가 보다. 40년 이상 살아왔어도 고민이 이리 많구나 싶어 벨그리프는 눈을 내리떴다.

창밖에서 말이 소리 높여서 히힝 울었다. 마부 목소리가 들렸다.

가방에 넣을 약병을 손에 든 채 가만히 있었더니 퍼시벌이 의아해하는 표정을 짓고 말했다.

"뭐하나, 손이 멈췄잖냐."

"음, 잠깐……. 생각을 좀……."

"안제 때문이겠지."

벨그리프는 흠칫 놀라며 몸을 굳혔다. 카심이 껄껄 웃는다.

"정곡이네, 정곡이야."

"뭔가 고민이 있나? 싸움이라도 했나?"

"……그 아이도 슬슬 부모의 품을 벗어나서 자립할 시기가 왔나 싶어서 말일세."

"흐음?"

"그런가? 난 아직 만난 날이 짧아서 잘 모르겠다만……. 그게 아버지 품을 벗어나려는 분위기 맞나? 전혀 감이 안 온다만."

퍼시벌은 벨그리프에게 어리광 부리는 안젤린을 떠올리는 듯 묘한 표정을 지은 채 고개를 갸웃거리고 있다. 벨그리프는 쓴웃음 짓고 머리를 긁적였다.

"음, 뭐라 말해야 하나……. 이래저래 사정이 있다네."

"그래도 안제는 올펜에서 잘 활약하고 있잖아. 아버지 품은 옛 날에 벌써 벗어난 거 아니야? 부모가 싫어진다는 뜻은 아니잖아, 자립이라는 말이."

"나는 안제만 한 나이에는 부모고 뭐고 너무나 싫었다만."

"퍼시한테 한 말은 아닌데. 난 아예 부모 얼굴도 모르거든?"

"그거야말로 아무 상관이 없잖냐, 바보. 애당초 안제가 벨을 싫 어할 이유가 있기는 하냐."

"없지."

"부모 품을 벗어나 자립해서 살아간다는 의미라면 S랭크 모험 가는 옛날에 벌써 자립한 게 맞지. 네가 말하는 부모 품이라는 게 뭐냐? 벨. 안제가 어리광을 안 부린다는 뜻인가?"

"으음, 어, 뭐, 글쎄……."

벨그리프는 뭐라고 말을 잇지 못하고 턱수염을 비비 꼬았다. 딱 히 어리광 부리는 짓을 완전히 관두기를 바라지는 않는다. 분명하 게 말로 표현하기는 좀 어렵다만, 부모 마음에도 미묘한 구석이 있잖은가.

그때 문이 열리더니 안젤린이 얼굴을 쏙 내밀었다.

"마리가 배고프대서 시장에 갔다 올 거야……. 먹고 싶은 거 있어, 아빠?"

"글쎄다……. 휴대용 비스킷이 있거든 두 자루만 사다 주겠니?"

"응! 다녀올게요."

"그래, 잘 다녀오거라. 조심하고."

덜컹 문이 닫혔다.

벨그리프가 후유, 숨을 내쉬고 퍼뜩 돌아봤더니 퍼시벌과 카심이 히죽히죽 웃고 있었다.

"우리한테는 아예 물어보지도 않는군. 아버지 품이 뭐 어쨌다는 거냐."

"에이, 뭐, 안제는 벨이 너무나 좋으니까 어쩔 수 없지. 이것만큼은 달라질 게 없겠어."

"무슨 소리들을 하나, 아이고……. 뭔가 먹고 싶은 게 있었나?"

"아니?"

"딱히, 아무것도."

"……거참."

벨그리프는 혀를 내두르며 탄식한 뒤 다시 짐 정리를 시작했다. 두 친구는 쿡쿡 소리를 죽여 웃음만 지을 뿐이다.

○

바람이 약해지는 까닭일까. 모래 먼지는 살짝 기세가 떨어졌지만 발 아래에 밟히는 자잘한 모래가 자꾸 흩날린다. 통행이 많은 거리는 인영이 희미하게 보일 정도였다. 올펜도 비슷한 때가 있지만, 이스타프는 건조 지대에 속하는 만큼 모래 연기의 기세도 한결 심했다.

"으엑, 이래선 퍼시 아저씨가 아니어도 힘들겠네~. 뭔가 오늘은 특히 더 건조한 날 같아~."

"목이 따끔따끔하다…… 빨리 출발하고 싶다아."

"루실이랑 다들 무사히 도착할 수 있으려나……."

"괜찮을 거야. 던컨 씨는 여기저기 여행도 많이 다녔고, 야쿠모 씨도 루실도 떠돌이 모험가였으니까 여행 쪽 경험은 우리보다 분명 더 많다고."

"이런 데 서서 떠들지 말고 빨리 어디든 들어가 앉자~. 목이 말라붙겠어."

건조 지대에 별로 익숙하지 않은 소녀들은 얼굴을 찌푸리며, 그럼에도 뭔가 먹을거리를 찾아서 노점들 사이를 돌아다녔다.

모래 먼지에 흐려졌어도 여기저기에서 풍기는 향긋한 냄새는 다를 게 없다. 육즙이 숯불에 떨어져서 피어오르는 연기나 수프가 끓는 커다란 냄비의 뚜껑이 열릴 때 새어 나오는 김 따위가 모래 먼지에 섞여 떠다녔다.

안젤린은 두리번두리번 주위를 둘러보다가 잘 구운 휴대용 비스킷을 샀다. 딱딱하고 단단해도 오래 보존되니까 여행이나 장기 의뢰 때 요긴하게 쓰인다. 이곳에서 판매하는 비스킷은 올펜의 물품과는 살짝 재료가 달랐지만, 그럼에도 여행자가 많이 오가는 도시답게 제대로 된 품질로 갖추어져 있었다.

부탁받은 장보기를 마친 다음은 꼬치구이 고기, 닭고기와 콩을 푹 끓인 수프, 얇게 구운 빵, 그리고 박하수를 구입해서 노점의

뒤편 탁자에 앉았다. 천을 드리워서 구색이나마 갖춰 칸막이를 쳐
놓은지라 모래 때문에 얼굴을 심하게 찌푸리게 될 일은 없다.

　배가 푹 꺼져버렸었는지 마르그리트가 꼬치구이를 맛있게 한가
득 베어 문다. 콩을 입에 가져가 넣었다가 얇은 빵을 수프에 적셔
서 먹어 치웠다.　·

　맞은편에 앉은 안젤린은 그런 모습을 멍하니 바라봤다.

　"……뭐야, 안 먹을 거냐?"

　쳐다보는 시선을 느낀 마르그리트가 고개를 갸웃거렸다. 안젤
린은 앗, 정신 차리고 수저를 쥐었다. 아넷사가 조금 걱정되는지
눈살을 찌푸린다.

　"아직도 고민하는 거야?"

　"그런 게 아니라……. 사티 씨, 어떤 사람일까 궁금해져서."

　안젤린은 그렇게 말한 뒤 수저에 담은 콩을 냠 입에 넣었다. 아
주 푹 끓였기에 혀와 위턱만 써도 으스러질 만큼 보드랍다. 밀리
엄이 얇은 빵을 뜯었다.

　"엘프잖아. 분명히 아름다운 사람이다냥~."

　"그렇겠지. 마리도 모린 씨도 미인이잖아."

　세 사람의 시선이 마르그리트에게 집중됐다.

　"……왜 나를 쳐다보냐."

　마르그리트는 쑥쓰러워하며 시선을 접시에 떨어뜨리곤 묵묵히
수저를 입에 가져갔다. 귀 끝이 살짝 주홍색으로 물들어 있다. 밀
리엄이 쿡쿡 웃었다.

"쑥스럽댄다~. 있잖아, 마리. 엘프는 40대여도 한창 젊은 외모라면서?"

"응, 아, 뭐, 그렇지. 대충 다들 50이나 60쯤 되어야 늙기 시작하는 것 같던데. 사람에 따라 조금씩 다르니까 뭐라고 말은 못 하겠네."

엘프는 조용하고 평온한 생활을 사랑하는 종족이라고 말을 들었지만, 그라함은 어쨌든 간에 지금껏 만난 엘프들은 조금 달랐다. 마르그리트도 그렇고 모린도 그렇고 특이한 구석이 있는 성격이니까. 자기 종족의 생활에 적응하지 못해서 모험가가 되어 바깥으로 뛰쳐나오는 엘프는 역시 별종일 테지.

안젤린은 박하수의 병을 손에 들면서 생각했다.

벨그리프를 비롯한 어른 세 사람의 이야기에서 사티는 쾌활하며 남자 이상으로 씩씩하고 검 실력은 퍼시벌에게 결코 뒤지지 않는 수준이라고 했다. 아직은 소년 소녀였던 시절의 이야기이니까 지금은 어떻게 달라졌을지 알 수 없다만, 분명 매력적인 소녀였을 것이라 생각한다.

쾌활한 성격이라면 혹시 마르그리트와 비슷한 느낌이려나. 그렇다면 만약에 울 엄마가 되면 꽤 큰일이겠구나. 엉뚱한 생각도 든다.

문득 마음속 한쪽 구석에서 거뭇한 감정이 머리를 쳐들었지만, 살짝 고개를 흔들어서 떨쳐 냈다.

어머니를 갖고 싶다는 말은 꾸밈없는 본심이다. 그 상대가 벨그리프가 진짜 좋아하는 사람이라면 얼마나 멋지겠는가. 순수하게 기뻐하면 된다. 질투를 할 이유가 어디 있단 말인가. 누가 엄마가 되든 간에 난 아빠의 딸이니까.

불현듯 맞은편에서 손이 뻗어 오더니 안젤린의 뺨을 꼬집었다.

"으냐⋯⋯."

"표정 왜 이러냐, 무섭게. 역시 고민이 많군, 바보 안제."

"누가 바보라는 거야⋯⋯."

안젤린은 손을 뻗어서 마르그리트의 뺨을 마주 꼬집었다. 아넷사가 어이없어하며 탁자 위에서 교차되는 팔을 붙잡았다.

"무슨 짓들이야, 그만해, 어휴."

"그나저나 안제, 혼자서 끙끙 앓는 거 아니야? 안 돼, 별로야~. 괜히 무리하다간 뻥 터져버린다~?"

"응⋯⋯."

몰랑몰랑 뺨을 꼬집히는 와중에도 안젤린은 입을 다물었다. 물론 별로라는 것은 잘 알지만, 어떻게 말해야 할지 모르겠다.

뭐라고 말을 잇지 못한 채 입만 우물우물하려니까 마르그리트가 휙 손을 놓더니 대신 안젤린의 팔을 붙잡아다가 자기 뺨에서 떼어 놓았다.

"네가 이렇게 굴면 나까지 이상해진다고. 결론이 도저히 안 나오면 대련이라도 할 테냐? 진탕 날뛰면 꽤 후련하거든?"

"끄응⋯⋯. 마리한테 혼났어. 굴욕⋯⋯."

"이 짜식이, 지금 뭐랬냐!"

"아, 가만히 좀 있어! 엎어지잖아!"

덜컹덜컹 흔들리는 탁자를 아넷사가 급히 붙든다. 밀리엄이 깔깔 웃었다.

마르그리트와 장난치려니까 왠지 기분이 상쾌해졌다. 그러고 보니 아빠도 퍼시 아저씨랑 한바탕 쌈박질하고 화해했었구나. 새삼 생각이 들었다. 딱히 마르그리트와 사이가 틀어졌던 것은 아니지만, 거침없이 대해도 되는 상대가 있다는 것은 분명히 기쁘다.

안젤린은 수프 접시를 손에 들고는 남은 분량을 한꺼번에 긁어먹었다.

"오, 잘 먹는다~. 기운이 좀 났어?"

"응, 조금……."

살짝 흐트러진 머리카락을 손빗으로 정리하며 마르그리트가 말했다.

"제도는 어떤 곳이려나? 올펜하고는 좀 다르겠지? 역시."

"그야, 로데시아의 중심지니까. 올펜은 물론 에스트갈과 비교해도 규모가 많이 클 거야."

"있잖아, 안제. 에스트갈은 어떤 느낌이었어~?"

"에스트갈은……. 큰 강이 흐르고, 그 물길을 따라 도시가 있었어. 배가 잔뜩 오가는데 부교 위쪽에다가 집도 만들어 놓고……."

"강인가. 엘프령은 별로 널찍한 강이 없었거든……. 배는 아예 타 본 적도 없구나."

"제도에도 강은 있네……. 그런데 바다도 꽤 가까워."

아넷사가 지도를 펼쳤다.

제도 로데시아는 산을 등지고 광대한 평원을 내려다보는 위치에 뻗어 나가고 있다. 과거의 황제들이 치수 사업을 벌여 정비했던 운하가 쭉 달려 나가다가 끝내는 바다까지 닿아서 해상 운송으로 연결시키는 모양새다. 비옥한 대지와 교역에 유리한 지역 특색으로 사람과 물자가 대단히 많이 오갔으며, 그로써 발전을 지속해 왔다.

알지 못하던 땅에 방문하는 것은 단순하게 즐겁다. 보지 못했던 풍경, 만나지 못한 사람들, 먹지 못했던 음식들. 저런 것들에 대한 동경은 모험가라면 여느 사람들의 곱절은 가지고 있다.

제도인가. 안젤린은 내심 중얼거렸다.

그러고 보니 에스트갈의 대공가에 호출받았을 때 무도회에서 황태자라는 무슨 남자와 만났던 적이 있었더랬다. 잘 모르겠는데 요컨대 황제의 아들, 차기 황제라는 뜻이다.

더 이상 만날 생각은 전혀 없지만 별로 좋은 느낌이 드는 녀석은 아니었지. 안젤린은 턱받침을 했다.

"뭐야~ 아직도 생각이 많아?"

"응…….  예전에 대공가에 불려 갔을 때 황태자라는 사람을 만났거든…….."

"아, 제도 얘기에 떠올렸구나…….  황태자라니, 나는 상상도 못하겠어."

"분명 굉장한 미남자랬지~? 같이 춤까지 췄다면서. 안제, 이왕이면 황비를 노려볼까~?"

그렇게 말한 뒤 밀리엄이 히죽히죽 웃는다. 안젤린은 입을 삐죽거렸다.

"느끼한 남자 싫어. 전혀 믿음직한 느낌이 안 들었단 말야…….
톨네라에서 아빠랑 춤췄을 때가 훨씬 즐거웠어."

"아…… 맞다. 안젠 마음속에서 이상적인 남자의 기준이 벨 아저씨였지."

"아항, 그런 거네. 뭐, 벨 아저씨가 기준이면 남자들 보는 안목도 꽤 까다로울 수 밖에~."

"아빠는 특별하니까…….."

안젤린은 쭉 뺨을 부풀리다가 박하수가 든 병을 손에 들었다.
마르그리트가 어처구니없어하며 의자에 몸을 기댔다.

"평생 독신이다, 이 녀석아."

"시끄러워, 게다가 마리가 할 말은 아니야…….."

"나는 괜찮거든? 혼자가 더 마음도 편하다고."

"……이런 녀석이 꼭 이상한 남자한테 홀랑 넘어가더라."

"마리는 단순하니까 말이다냥~."

"뭐래냐! 너희들 날 어떻게 생각하는 거야!"

마르그리트는 머리에서 풀풀 김을 뿜어내며 버럭했다. 셋이서
깔깔 소리를 높여 웃었다.

문득 아넷사와 눈이 마주쳤다. 아넷사는 웃음 지으며 윙크했다.
안젤린은 어깨를 으쓱이다가 박하수가 든 병에 입을 가져갔다.

어깨에서 괜한 힘이 쭉 빠진 덕택에 마음이 편안해졌다. 친구란 정말 좋다.

# 103 어둡고 긴 복도의 끝에

어둡고 긴 복도의 끝에 철문이 있었다. 묵직하고 엄중한 장식을 해 놓았기에 언뜻 보아선 감옥의 입구로 착각할 법하다.

그러나 그 문의 너머에는 정원이 펼쳐져 있었다. 성 안쪽 조그마한 비밀의 안뜰. 그러한 말이 떠오르는 풍경이다. 키 작은 정원수나 관목 수풀이 정연하게 늘어서 있고, 깔끔하게 손질된 각양각색의 꽃이 피어나 있다. 하지만 벽이 드높은 탓에, 머리 위에는 사각형으로 잘라 낸 조그마한 하늘이 간신히 보일 뿐인지라 묘하게 답답한 인상이다.

그 안쪽에는 작고 오래된 의자가 놓여 있고, 한 남자가 앉아 있었다. 반짝이는 금발과 단정한 용모, 황태자 벤자민이다.

벤자민은 사각으로 잘라 낸 하늘을 올려다보며 꼼짝도 하지 않은 채 가만있었다.

문 열리는 소리가 났다. 묵직하며, 한편으로 묘하게 새된 소리다.

"전하."

가까이 온 남자가 말했다. 프랑수아다.

벤자민은 얼굴만 내려뜨렸을 뿐 프랑수아가 있는 방향에는 눈길을 주지 않으며 재미있다는 어투로 말했다.

"실패했다면서?"

"면목 없습니다. 그 모험가가 실수를 하는 바람에."

"헥터를 데리고 가도 어려웠던 건가. 뭐, 슈바이츠의 손을 벗어날 만한 상대이니까 어쩔 수 없나."

벤자민은 유쾌하게 웃더니 프랑수아를 돌아봤다.

"그래도 녀석에게는 서약이 있어. 제도에서 너무 떨어지지는 못할 거야."

"서약, 말씀입니까? 대체 무엇이기에?"

"알고 싶어? 이 땅에는 과거에 솔로몬과의 전투에서 패한 옛 신의 시체가 잠들어 있어. 그 녀석과 맺은 서약이야."

"옛 신……."

프랑수아의 얼굴이 핼쑥해졌다. 전승에나 드물게 남아 있지만, 솔로몬 이전에는 옛적의 신들이 인간들을 지배하며 존재했었다고 한다. 그렇게 생각하다가 프랑수아는 문득 위화감을 느끼며 고개를 갸웃거렸다.

"솔로몬에게 패했다? 전승에는 분명히 주신 뷔에나에게 패배했다고 나와 있습니다만."

벤자민은 쿡쿡 웃었다.

"전해 내려오는 이야기가 꼭 전부 진실이라는 법이 어디에 있겠어. 뷔에나 교에 권위를 만들어주기 위해서 후세 사람들이 지어낸 이야기야. 후후, 역사 이야기는 길어질 테니 나중에 다시 천천히 해주도록 할게."

"네, 네엣."

아닌 밤중에 홍두깨 같은 이야기인지라 프랑수아는 당황하며 눈살을 찌푸렸다.

벤자민은 다시를 꼬아서 머리 뒤쪽으로 깍지를 꼈다.

"뭐, 옛 신이라고 말은 해줘도 이미 힘을 다 잃어서 기껏해야 잔류 사념이 희미하게 남아 있는 게 전부지만 말이야."

"하오나 서약을 맺을 수 있는 정도라면……."

"하하, 말이 좋아서 서약이지 사념 자체에 명확한 의사는 없어. 힘이라는 시스템만이 남아 있는 모양새거든. 아무튼 제대로 된 단계를 밟는다면 이용은 할 수 있단 뜻이지. 특히 결계나『자리』를 형성하는 분야에서는 슈바이츠마저 물리치는 힘을 얻을 수 있지. 그 대신에 해당 토지에서 벗어나지 못하게 되지만 말이야. 양날의 칼 비슷하겠네."

"그, 그렇군요……."

벤자민은 히죽 웃더니 짝짝 손뼉을 쳤다. 그러자 어디에선가 훌쩍 메이드가 한 사람 차를 쟁반에 담은 채 나타났다. 멍한 표정이었고 일절 기척이 느껴지지 않았다.

"그래, 헥터는 어떻게 했어?"

"일단 제도에 돌려보냈습니다만."

"그렇구나. 흠……. 제도 쪽 그물은 헥터에게 맡기도록 하자. 너는 병사를 다시 데리고 핀데일에 가도록 해. 일단 꼬리를 잡았으니까 붙잡는 것도 시간문제지만……. 맞다, 마이트레야를 데리고 갈래? 그러면 문제없을 거야."

"네……. 하오나 전하, 호위는……."

"하하, 내 걱정은 필요하지 않아. 우수한 호위를 두고 있으니까 말이야."

프랑수아는 퍼뜩 놀라며 뒤를 돌아봤다. 방금 전 메이드가 바로 뒤쪽에 서서 멍멍한 눈빛을 한 채 프랑수아를 쳐다보고 있었다. 프랑수아는 경직된 몸으로 벤자민에게 인사를 올린 뒤 발길을 되돌렸다.

무거운 철문 닫히는 소리가 나며 그 잔향이 더한 정적을 불러왔다.

벤자민은 의자에 걸터앉은 채 하늘을 올려다봤다. 여전히 푸른 하늘에 조각구름이 흐르고 있다.

"웃겨."

어두운 곳에서 목소리가 났다. 조그만 여자아이의 목소리다.

벤자민이 눈길을 주자 조그만 그림자가 앞에 나왔다. 검은색 옷을 입었고, 얼굴에는 베일을 드리우고 있었다. 나이는 기껏해야 아직 열 살에도 못 미쳤을 외모이다. 그러나 발걸음에는 힘이 있고, 목소리도 혀짤배기가 아닌 또렷한 음색이었다.

"아, 마이트레야. 거기 있었구나."

"언제까지 놀기만 할 거야?"

"하하, 인생이 원래 놀이가 아닐까?"

"놀려면 진지하게 놀아야지. 대충 건드리면 놀이도 되지 않아."

"엄격하구나. 그래도 말이야, 그 엘프는 정말 만만치 않아. 나와 슈바이츠 상대로 이렇게까지 버티는 녀석은 달리 없다니까."

조그만 마이트레야는 어깨를 으쓱거렸다.

"그것도 곧 끝이야."

"후후후, 좋은 소식을 기대하도록 할게."

벤자민의 눈앞에서 마이트레야의 모습이 그림자에 잠겨 들어갔다.

○

이스타프에서 제도로 가는 길을 상당히 잘 정비가 되었기에 돌을 깐 도로는 아닐지언정 요철이 적은 평탄한 가도였다. 도보 여행자뿐 아니라 크고 작은 마차가 몇 대나 오가는데도 불구하고 바퀴 자국이 깊이 파이는 사태도 없다. 상당히 주의를 기울여서 관리하고 있다는 의미다. 동방과의 무역은 로데시아의 경제를 떠받치는 기둥 중 하나이다. 무역에서 교통의 편의성은 이익과 직결된다. 유지 관리를 철저히 하는 것도 이해가 된다.

안젤린과 일행들은 딱히 별문제 없이 틸디스에서 제국령에 들어선 뒤 승합 마차를 갈아타거나 상단 및 행상인의 호위에 섞여들거나 하며 다수의 마을과 도시를 경유했다.

로데시아의 남서쪽 국경은 남부의 다단 제국, 뷔에나 교의 총본산인 루크레시아, 그리고 틸디스와도 가깝다. 따라서 국경 근처의 마을이나 도시는 제국 양식의 문화를 기초로 하면서도 다단 및 루크레시아, 틸디스를 비롯한 동부 연방의 문화가 자연스럽게 서로 뒤섞여 있었다.

물론 제도 방면으로 나아감에 따라 이국의 정취는 엷어지지만, 어쨌든 와본 적 없는 지방은 신선한 느낌이 많다. 모든 것들이 다 처음인 마르그리트는 당연하거니와 이스트갈 이남은 알지 못했던 안젤린과 친구들에게도 낯선 풍경이었다. 올펜의 양식과는 미묘하게 다른 건물의 모양새며 거리의 형태, 음식 따위를 한껏 즐겼다.

화물을 잔뜩 실어서 달각달각 덜커덩 소리가 나는 짐차와 엇갈렸다.

안젤린은 조금 몸을 움직거리며 엉덩이의 위치를 고쳤다. 평탄한 도로인 만큼 작은 돌멩이 따위를 밟았을 때 흔들림이 더욱 크게 느껴졌다.

안젤린은 거하게 하품을 한 뒤 흘러가는 풍경을 느긋하게 바라봤다.

오른편에 산기슭이 바짝 다가와 있고, 반대편은 평탄한 들판이 이어지며 더 나아가면 숲이 있다. 소재 채집을 하는지, 모험가로 보이는 젊은이들이 숲 부근을 오가고 있었다.

날씨가 좋다. 햇볕은 따스하고, 마음 푸근해지는 가을철 맑은 날이다. 다만 이따금 피부를 쓸어 만지고 떠나가는 바람은 여름 때와는 달리 살짝 싸늘했다. 이런 상황이면 북부는 이미 상당히 쌀쌀하겠다.

마차의 테두리에 몸을 기댄 채 아까부터 마르그리트가 줄곧 풍경을 구경하고 있었다. 전혀 싫증이 나지 않는가 보다. 어쩌면 풍경에서 연상되는 추후 여정을 떠올리고 있는지도 모르겠다.

안젤린은 불쑥 장난치고 싶은 마음이 일어났다. 슬며시 마르그리트의 뒤편으로 다가가 손을 뻗어서 겨드랑이를 콕 찔렀다.

"뜨햐아앗! 무슨 짓이냐, 바보!"

"뭔가 보이는 거야……?"

안젤린은 쿡쿡 웃으며 마르그리트의 옆에 앉았다. 마르그리트는 입술을 삐죽거리며 안젤린의 옆구리를 콕콕 찔러서 갚아줬다.

"쭉 숲인데 말야. 그런데 조금 더 가면 끊어지는 것 같다. 다음 도시까지 얼마나 남았으려나?"

"얼마 안 남았어. 제도와 가까워지면 도시와 도시의 간격도 좁아지거든."

토야가 말했다. 확실히 마차로 한나절도 안 걸리는 거리의 도시나 마을이 많아졌다는 생각이 든다. 분명 사람이 많은 까닭이겠지. 안젤린은 혼자 생각했다.

"핀데일인가. 오랜만에 오는군."

퍼시벌이 중얼거렸다. 카심이 고개를 끄덕인다.

"나도 일부러 들르지는 않았네. 그냥 지나간 적은 자주 있었지만."

"어떤 곳이에요~?"

밀리엄이 말했다. 퍼시벌은 턱에 손을 가져가며 눈을 살짝 감았다.

"제도의 바로 앞 도시라서 말이다, 제도에 가려면 꼭 지나가지. 그만큼 사람들 통행이 왕성하고 도시 자체도 상당히 커다랗다만……."

"과거에 틸디스의 기마대와 싸웠을 때 거점 역할을 해서 제도까지 진격을 못 하도록 막은 장소이기도 합니다. 오래된 요새의 벽이 아직껏 남아 있고요, 연병장도 있습니다."

이슈멜이 더 자세히 설명해줬다. 아넷사가 흠흠, 고개를 끄덕거렸다.

"올펜도 무역의 중계점인데요, 더 규모가 큰가 봐요?"

"제도가 좀 커다란 곳이어야죠. 저는 올펜은 잘 알지 못합니다만, 핀데일도 상당히 큰 지역입니다."

올펜은 안젤린이 보기에 굉장히 큰 도시였다. 그곳보다 더욱 규모가 큰 제도가 어떨지는 아예 상상도 되지 않는다. 에스트갈은 넓은 곳이었어도 애당초 방문하기가 싫었던 데다가 딱히 둘러보지도 않았던 이유도 있어 인상에 거의 남지 않았다.

밀리엄이 두 손으로 볼살을 쓰다듬었다.

"후~ 그나저나 온천 참 기분 좋았지~. 피부가 매끈매끈~."

"그러게 말야. 피로가 싹 가시는 느낌이야."

아넷사도 기분 좋게 말했다.

어젯밤 묵은 마을은 온천이 솟아나는 곳이었다. 멀리서 온천의 치료 효과를 바라고 오는 손님도 많을 만큼 좋은 품질의 온천수였다. 당연히 몸을 푹 담갔던 일행은 여행의 피로와 먼지를 싹 씻어서 흘려보낸 뒤 몹시 개운한 기분으로 이렇듯 다음번 승합 마차에 앉아 있었다.

"제법 괜찮은 온천이었어요. 고향을 떠올렸답니다."

"모린 씨 고향에는 온천 있어요~?"

"네, 추운 곳이지만요. 덕분에 항상 따끈따끈했죠."

모린을 말하면서 바스락바스락 짐을 뒤지더니 나무껍질 꾸러미를 꺼내 들었다. 밀가루를 반죽한 뒤 온천의 증기로 찌는 빵 같았다. 토야가 기막히다는 표정을 지었다.

"어느 틈에 산 거야? 그거."

"출발하기 조금 전에요. 아, 여러분 몫도 있답니다."

어서들 드셔보세요. 모린이 찐빵을 내밀었다. 안젤린과 젊은 일행들은 쓴웃음을 지으면서도 받아 들었지만, 벨그리프를 비롯한 중년 아저씨들은 나중에 먹겠다면서 사양했다.

덥석 찐빵을 베어 먹어본다. 빵 바깥에 슬쩍슬쩍 보이던 작은 갈색의 알갱이는 아마도 콩을 달콤하게 찐 것 같다. 아직껏 살짝 따뜻하기에 폭신폭신, 쫀득쫀득해서 맛있다.

찐빵을 다 먹고 문득 돌아봤더니 벨그리프가 뭔가 상념에 잠긴 표정을 짓고 있었다. 안젤린은 꿈실꿈실 가까이 다가갔다.

"무슨 생각 해? 아빠."

"응? 아, 톨네라는 이제 겨울나기 준비를 하겠구나 싶어서 말이다."

양파를 심는다거나 보리 파종을 한다거나, 일들은 끝났으려나. 벨그리프는 가만히 중얼거렸다.

안젤린은 묘하게 기뻐져서 벨그리프에게 쭉쭉 체중을 기댔다. 벨그리프는 의아하다는 표정을 짓고 안젤린을 돌아봤다.

"뭐냐, 무슨 일이니?"

"으응…… . 아무것도 아니야…… ."

여행에 나섰어도 옛 동료와 재회했어도 아빠는 아빠구나. 이상하게 안심되는 듯한 기분이었다. 이런 사소한 대화가 안젤린의 마음을 안정시켜줬다. 머리로 생각하면 자꾸 혼란스럽기만 하다.

카심이 껄껄 웃었다.

"여기에서 밭일 걱정을 해도 아무런 소용 없잖아?"

"그야 그렇네만 신경 쓰이기는 신경 쓰이지. 근본이 농부이니까."

"어이쿠, 거참. 너를 보다 보면 구태여 모험가를 한다는 게 바보 같아진단 말이지."

퍼시벌이 그렇게 말한 뒤 마차 테두리에 몸을 기댔다. 토야가 품에 안은 짐을 무릎 위에서 움직였다.

"벨그리프 씨, 그렇게 강한데도 모험가는 아니라는 게 정말…… ."

"그렇지? 얼른 복귀하라고, 벨."

"이런 곳에서도 밭이 걱정되는데 모험가를 할 수 있겠나."

벨그리프는 그렇게 말한 뒤 웃었다.

얼마 전 자신이라면 정말 벨그리프가 복귀하는 상황이 벌어졌을 때 얼마나 기뻐했을까. 물론 지금도 기쁠 터이나 덮어놓고 기뻐하며 맞아, 맞아, 소리 높이진 못할 것 같다. 이상하다는 생각이 들었다.

"그러고 보니 여러분은 어째서 모험가가 되자는 생각을 하신 건가요? 벨그리프 씨도 지금은 아니라지만, 옛날에는 모험가로 살고 싶다는 생각을 하셨던 거죠?"

토야가 문득 궁금해졌는지 물었다. 벨그리프는 난처해하며 턱수염을 비비 꼬았다.

"지금 와서는 명확하게 떠오르는 게 없다만……. 일찌감치 부모님이 돌아가셔서 말이지. 뭔가 다른 장소에서 다른 일을 해보고 싶은 마음이었을 거야, 분명. 젊었으니까……. 그 시절에는 마을에서도 제법 실력이 괜찮은 축에 들어갔었지만, 막상 도시에 나와 보니 우물 안 개구리였다는 것을 깨닫게 되더군."

안젤린은 뺨을 볼록거리며 벨그리프에게 쭉쭉 몸을 갖다 붙였다.

"그렇지 않아, 아빠는 엄청 세. 나는 아빠를 동경해서 모험가가 됐는걸……."

"뭐, 너는 그렇겠지."

아넷사가 기막히다는 듯이 어깨를 으쓱였다. 다 같이 유쾌하게 웃었다. 토야도 쿡쿡 웃는다. 다만 어딘가 쓸쓸함이 묻은 웃음이기도 했다.

"부럽네……. 벨그리프 씨, 진짜 강하시잖아요."

"아니, 그렇지 않다니까……. 아무튼, 자네들은 이유가 뭐였나?"

벨그리프가 웃음 짓는 퍼시벌과 카심에게 말끝을 돌렸다. 두 사람은 눈을 마주치며 고개를 갸웃거렸다.

"나는 단순히 다른 직업이 생각나지 않아서였다만. 카심, 넌 어땠나?"

"나는 빈민가의 고아였으니까 먹고살려고."

"아, 그러고 보니 그랬었지. 하지만 처음 만났을 때는 너, 무전

취식으로 쫓겨 다니지 않았던가? 그렇지, 벨."

"음, 그랬었지. 퍼시가 붙잡자는 말을 써내서 쫓아가다가 마법이 날아오는 바람에 나가떨어졌잖나."

"아주 강렬했지. 어쨌든 그 덕에 홀딱 반해서 말이야, 끈질기에 쫓아다녀서 파티에 잡아다 넣었더랬지."

"퍼시 기세가 굉장해서 난 틀림없이 병사한테 끌고 가려는 줄로만 알고 말이야, 막상 붙잡혔을 때도 죽기 살기로 저항했잖아. 뭐, 벨이 차분하게 설명을 해준 덕분에 결국 파티에 들어갔지만."

"와아, 그런 사연이……. 아, 카심 아저씨도 고아였던 거예요?"

아넷사가 눈을 끔뻑거렸다. 카심은 웃고는 코를 문질렀다.

"맞아. 헤헤헤, 그리운걸. 날품팔이도 꼬마한테 돌아오는 건 얼마 없는 데다가 급료도 나빠서 말야. 일거리를 못 구하면 나쁜 짓이라도 해야 근근이 먹고살 수 있었거든."

"도? 그러면 아네도?"

토야가 말했다. 아넷사는 고개를 끄덕거렸다.

"응, 나랑 미리는 같은 고아원에서 자랐어. 그러니까 장래에는 꼭 독립을 해야 할 처지였고, 그래서 모험가가 된 거야."

"맞아, 맞아. 수녀님들은 평범한 일을 권하고 싶어 했지만, 반대를 무릅쓰고 이렇게 짠! 초보 시절에는 진짜 힘들었지~."

밀리엄이 유쾌하게 웃는다. 토야는 감탄하며 팔짱을 꼈다.

"그렇구나……. 이슈멜 씨는요?"

"저는 딱히 모험가가 되고 싶었던 사람은 아닙니다만……. 실험에 쓸 재료를 수집할 때 다른 사람에게 의뢰하면 값도 비싸고, 시간도 많이 걸리고 해서……."

"하하, 그래서 직접 수집하자는 생각을 하신 거네요."

"그렇지요. 다만 실험보다도 모험에 쓰는 시간이 더 길어져서……. 약간 본말 전도의 느낌이 있긴 합니다."

이슈멜은 그렇게 말한 뒤 쓴웃음을 지었다. 모린이 세 번째 찐빵을 입에 물었다.

"냠냠……. 여러분 다들 훌륭하시네요. 저는 단순히 엘프령의 생활이 지겨워서 뛰쳐나왔거든요."

"나도 똑같은 이유다. 뭔가 꿈이 없다니까, 그냥 먹고사는 게 전부라서 말이야."

"일이라는 게 원래 그렇단다, 마리. 그것은 모험가도 다른 직업도 딱히 다르지 않아."

"흐응……. 뭐, 나는 모험가가 즐거워. 다들 그렇지?"

일행은 웃으며 고개를 끄덕였다. 마르그리트는 천진난만하구나. 안젤린은 흐뭇한 기분 반, 놀리고 싶은 마음 반, 아무튼 간에 재미있는 기분으로 마차 테두리에 몸을 기댔다. 그러다가 또 토야를 돌아본다.

"토야는 어떤 이유였어……?"

"어, 나? 아, 나는……. 반항심, 비슷한 마음이었을까."

"반항심?"

"뭐, 그게, 부모한테 조금. 안젤린 씨 앞에서 이런 이야기 하면

웃겠지만 말이야."

"하핫, 알지, 그 마음. 나도 비슷했다."

퍼시벌이 웃으며 토야의 어깨를 두드렸다. 안젤린은 뚱하게 뺨을 볼록거렸다.

"가족끼리 사이좋게 지내야지, 못써……."

"그렇긴, 한데. 하하."

토야는 난처해하며 웃고는 뺨을 긁적였다.

대략 한 시간쯤 이동하는 동안에 몇몇 마차와 짐말, 걸어 다니는 여행자와 엇갈리고, 같은 방향으로 나아가는 사람들을 추월하는 등 움직이면서 점점 도시가 가까워지는 분위기다.

안젤린은 마차 테두리에 손을 짚은 채 몸을 내밀어 앞쪽을 내다봤다. 크고 작은 구릉이 이어져 있는 평원 너머에 가늘고 긴 건물이 보였다. 탑이다.

"뭔가 탑이 보이네……."

"어, 뭔데?"

마르그리트도 몸을 내밀었다. 이슈멜이 말했다.

"핀데일의 감시탑입니다. 밤에는 여행자가 보고 찾아오도록 꼭대기에 빛을 밝혀 두지요."

"와, 등대 같아서 재미있네요."

아넷사와 밀리엄도 머리를 쭉 내밀어서 전진 방향을 내다봤다.

이윽고 웅성거리는 소리며 말의 울음소리, 고함치는 소리와 웃음소리 따위가 주변을 시끄럽게 채우기 시작했다.

성벽으로 보이는 구조물에 큰 문이 있다. 활짝 열어젖힌 그곳에서 수많은 사람들이 나오거나 들어가거나 하며 몹시도 떠들썩하다.

"와아……!"

문을 지나간 뒤에 주위를 둘러보며 마르그리트가 탄성을 흘렸다.

크고 작은 석조 건물이 잔뜩 늘어서 있고, 회반죽 및 색깔이 든 돌을 쓴 현란한 장식을 덧댄 건물도 있다. 2층 구조나 3층 구조는 당연하다시피 하고, 이 건물에서 저 건물로 거리를 넘나들며 쳐 놓은 밧줄에 제국 깃발이 나부끼는지라 올펜보다 하늘이 좁게 느껴졌다.

· 그나저나 떠들썩함이 굉장하다. 인종도 다양했다. 서방계, 남방계, 동방계의 용모, 그리고 여러 수인의 모습도 볼 수 있었다.

아직 제도에 도착하지도 않았는데 이렇다. 과연 제도는 어떤 곳일까. 안젤린은 기대되면서 무섭기도 한 종잡을 수 없는 마음으로 벨그리프의 팔을 꼭 껴안았다.

"굉장하네……. 엄청 떠들썩해."

"그래, 놀랍구나……. 올펜도 큰 도시였다만, 이런 정도일 줄은……."

항상 침착한 벨그리프도 많이 놀라는 모습이다. 그것을 보고 아빠도 마찬가지구나, 느낀 안젤린은 오히려 안심이 되는 기분이었다. 퍼시벌과 카심은 아무렇지도 않은 표정을 짓고 하품까지 한다.

도시에 들어선 뒤 조금 지난 곳에서 마차가 섰다. 광장처럼 트인 장소여서 승합 마차의 정류장이 있는 듯하다. 같이 탄 승객이 줄줄이 내리고, 안젤린과 일행들도 짐을 가지고 내렸다. 광장의 둘레에는 노점이 쭉 늘어섰고, 행상인들이 짐을 내리고 있었다.

"굉장해, 굉장해! 왜 이렇게 사람이 많냐?! 다들 어디에서 온 거야?!"

"알까 보냐. 어디 주변에서 솟아났겠지."

몹시 신나서 폴짝폴짝 뛰는 마르그리트를 퍼시벌이 아무 말이나 주워섬기며 상대하고 있다. 아넷사와 밀리엄도 조금 들썩들썩하는 모습으로 주위를 둘러보고 있었다. 올펜과 비슷한 면은 있지만, 확실히 분위기가 많이 다르다. 시끄럽고 여러 에너지가 서로 부딪치는 것 같다.

이곳에서 제도까지는 이제 엎어지면 코 닿을 데라고 한다. 그럼에도 걸어서 가기엔 조금 멀기 때문에 역시 마차를 구하고 싶었다.

그런 마음으로 안젤린이 두리번두리번 주위를 둘러보는데 어쩐지 묘한 분위기가 감돌고 있었다. 오가는 사람들이 무슨 이유인지 의아하다는 표정을 짓고 이쪽을 보거나 또는 소곤소곤 뭐라고 서로 속닥거리고 있다. 그 시선을 좇아갔더니 아무래도 마르그리트와 모린가지 엘프 두 사람에게 쏟아지는 것 같았다.

엘프가 드물기 때문일까. 그러나 그렇다기에는 시선에서 불온한 기색이 느껴진다. 안젤린은 티 나지 않게 시선을 이리저리 보내면서 허리에 찬 검의 위치를 고쳤다.

그때 비명이 터져 나왔다. 마르그리트에게 팔을 꺾여서 제압당한 남자가 몸을 가누지 못하며 꺽꺽, 떠들고 있었다. 마르그리트는 예리한 시선으로 남자를 꿰뚫었다.

"사람을 불쑥 붙잡으려고 했겠다, 무슨 수작이냐."

"으, 끄아앗, 누가 좀 도와줘라! 수배자다아! 엘프다아!"

남자가 소리 지르자 눈 깜짝할 사이에 주위 시선들이 집중되었다. 대부분은 단지 멀리서 구경만 할 뿐이었지만, 모험가로 보이는 부류는 저마다 손에 무기를 들고 눈앞까지 다가와 섰다.

마르그리트가 격앙하며 칼자루에 손을 가져갔다.

"수배자라고?! 이놈의 자식, 내가 엘프라고 아무 말이나!"

"잠깐 마리, 흥분하지 마라."

분노하는 마르그리리트를 제지하며 퍼시벌과 벨그리프가 앞에 나섰다. 퍼시벌의 사자와 같은 위압감에 모험가들은 숨을 죽이며 다리를 멈췄다.

"뭐, 뭐냐, 이 자식들……."

벨그리프가 한 발자국 앞에 나간다.

"무슨 사정인지 설명을 듣고 싶군. 이 도시에서는 엘프라는 이유 하나로 박해를 받아야 하나?"

모험가들은 얼굴을 마주 바라봤다.

"딱히 박해를 하자는 게 아니라……. 며칠 전부터 엘프는 일단 체포하라는 공고가 나왔다."

"얼마 전 제국 병사를 상대로 폭행을 한 엘프가 있어서 말이지."

"상금도 상당한 금액이지. 물론 대상이 된 엘프는 한 명이지만, 수사를 위해 닥치는 대로 잡아들이라더군."

143

"······여기 두 사람은 오늘 막 틸디스 방면에서 왔을 뿐이라네. 이 도시에서 지명 수배를 당할 이유도 의미도 없지 않겠나."

"변명은 직접 가서 말해라. 우리는 할 일을 할 뿐이니까."

"게다가 입으로는 무슨 소리를 못 하겠나. 너희가 진짜 사실을 말한다는 증거가 어디에 있지?"

"그러면 병사를 먼저 불러주게. 이 둘은 자네들이 찾는 엘프가 아니니까. 굳이 여기에서 체포까지 할 필요는 없지 않겠나."

"헹! 그 틈에 도망치려는 수작일 테지."

모험가들은 끝까지 기세등등했다. 다만 퍼시벌이 눈을 번뜩이고 있는 까닭에 쉽사리 못 움직이는 분위기다. 서로가 노려보는 구도로 몸을 못 움직이고 서 있게 된다.

어느 틈인가 주위에서만 사람이 물러났고, 다만 거리가 먼 곳에는 구경꾼들이 모여들어서 숨죽인 채 지켜보고 있다. 그동안에도 소동이 벌어졌음을 전해 듣고 어떻게든 한몫 챙기고 싶은 모험가가 모여들었고, 그에 따라 일행을 둘러싸는 원은 더 두꺼워졌다.

마르그리트는 눈에 눈물이 배어나는 모습이었다.

"제기랄······. 뭔데. 모처럼 기분도 좋았는데······. 최악이야."

이곳에서도 귀와 얼굴을 숨기고 다녀야 하나. 가만히 중얼거린다. 많이도 분했는지 바들바들 떨리고 있는 마르그리트의 어깨를 안젤린은 살짝 안아줬다.

"난처하네요. 얼마 전까지 이런 일은 없었는데요."

한편 모린은 의아해하며 고개를 갸웃거리고 있었다. 이쪽은 별로 충격을 받았다는 분위기는 아니다. 토야도 눈살을 찌푸렸을 뿐이었다. 다만 납득이 안 된다는 표정이었다.

안젤린은 슬쩍 토야에게 소곤거렸다.

"예전에는 이런 일 없었지?"

"그럼······. 아무튼 엘프가 문제를 일으켰다면 다른 지역에서 온 녀석이 뭔가 저질렀을지도 몰라······. 엘프는 어쩔 수 없이 주목받으니까."

듣고 보니까 일리가 있다. 마르그리트 역시 자신들이 잘 붙잡아 주지 않는다면 제국 병사든 누구든 싸움을 벌일 테지.

어쩐지 먹먹한 심정이 듦을 느꼈다. 만약 자신이 엘프령에 갔는데 인간이 문제를 일으켰으니까 인간은 닥치는 대로 체포하겠다는 황당한 말을 듣는다면 당연히 싫을 테니까. 그러나 많은 사람은 이렇게 딱 잘라 구분을 짓지 못할 것이다.

결국에 서로 기다리다가 지칠 무렵이 되었을 때 새된 목소리가 울려 퍼졌다.

"안제?! 안제다, 맞지?!"

안젤린은 퍼뜩 놀라며 얼굴을 들어 올려서 목소리가 들린 방향을 쳐다봤다.

호화롭게 장식된 마차가 한 대 저쪽에 멈춰 있었는데 거기에서 여자아이가 한 명 뛰어내리더니 달려왔다.

여자아이는 주위의 험악한 얼굴들을 전혀 개의치 않고 달음박질로 온 뒤 안젤린에게 뛰어 안겼다.

"역시 안제였구나! 이런 데서 만나다니 정말로 기뻐! 잘 지냈어?!"

"리, 리제……? 어떻게 된 거야, 너야말로…….'"

에스트갈 대공의 딸, 리젤로테는 기뻐하며 안젤린에게 뺨을 비비다가 눈을 반짝이며 얼굴을 들어 올렸다. 뺨에 홍조가 떠올라 있다.

"에헤헤, 얼마 전 프랑수아 오라버니가 벤자민 황태자 전하의 친위대장으로 발탁됐거든! 그래서 안부를 물을 겸 제도 관광이나 하라며 아버님이 보내주셨어! 설마 안제도 여기 있었을 줄은…….'"

"신기하게 만났네……. 혹시 대공님도 같이 오셨어?"

"아니, 아버님은 몸 상태가 별로 안 좋아서. 그러니까 멀리 나올 수 없어서, 그러니까 대신에 나를 보내주신 거야."

안젤린은 저도 모르게 웃어버렸다. 장남 페르난도는 후계자로서 정무를 맡아봐야 할 테니까 외유를 나오지 못하는 것은 어쩔 수 없겠지만, 설마하니 차남 빌라르를 제치고 리젤로테가 이렇게 바깥나들이를 맡을 줄이야.

리젤로테는 살짝 흥분한 모습으로 떠들어 댔다.

"설마 여기에서 만나게 될 줄은 몰랐어. 분명 주신께서 인도하심이야! 있잖아, 안제. 네가 돌아간 날에 카심까지 훌쩍 사라졌거든! 뭐 아는 거 없어?"

"으음……."

안젤린은 시선이 흔들리다가 슬쩍 카심이 있는 방향을 돌아봤다. 카심은 히죽히죽하며 손을 들었다.

"오, 꼬맹이. 기운 넘치는구나."

"와아! 카심까지 있었네! 꿈꾸는 것 같아! 게다가 저쪽은 혹시 엘프님 아니야?! 안제랑 친구려나?! 굉장해! 나, 엘프하고도 만나 보고 싶었어!"

리젤로테에게 손을 붙들린 채 마르그리트는 당황하며 입을 우물우물했다.

"뭐, 뭐냐, 이 녀석……."

"나는 리젤로테라고 해! 잘 부탁해, 엘프님!"

"어, 어어……? 나, 나는 마르그리트, 인데……. 엉?"

"마르그리트구나! 에이, 울지 마. 예쁜 얼굴이 다 구겨지는걸?"

"아, 안 울었거든!"

갑작스러운 난입자 덕에 긴박했던 분위기가 느슨해졌다. 대치하던 모험가들은 서로 얼굴을 마주 바라보고 있고, 벨그리프와 다른 일행들도 영문을 알 수 없었기에 리젤로테와 안젤린을 번갈아 쳐다볼 따름이다.

"안제, 이 아가씨는……."

"있잖아, 으음, 이 아이는 리제…… 리젤로테, 에스트갈 대공님의 딸이야."

"뭐라고? 대공의 딸이라고?"

퍼시벌이 기막혀하며 눈에 힘을 주었다. 마차의 문장을 뒤늦게 보고 깨달은 구경꾼들의 웅성대는 목소리도 더욱 커졌다.

리젤로테는 주위를 둘러보며 고개를 갸웃거렸다.

"무슨 일 있었어? 왠지 시끄럽네."

"아니, 좀, 그게."

안젤린이 짤막하게 설명하자 리젤로테는 언짢아하며 팔짱을 꼈다.

"엉망진창이네! 엘프님들한테 엄청 실례잖아!"

리젤로테는 발끈하며 가슴을 쭉 펴더니 주위를 둘러싸고 있던 모험가며 구경꾼들에게 또랑또랑 선언했다.

"여기 두 분의 신병은 대공가에서 책임지겠습니다! 끼어드는 사람은 에스트갈 대공께 불복하려는 것임을 명심하세요!"

이런 말까지 듣고 손을 쓸 수는 없겠다. 모험가들은 마지못한 태도로나마 무기를 거둔 뒤 김이 다 빠졌다는 듯이 떠나갔다. 구경꾼들도 웅성거리며 조금씩 흩어졌고, 점점 광장에는 본래의 활기가 돌아왔다.

안젤린은 후유 숨을 내쉬며 리젤로테의 손을 쥐었다.

"고마워, 리제. 덕분에 살았어."

"에헤헤, 괜찮아. 그럼, 친구인걸! 있지, 같이 와줄래! 이 사람들, 안제랑 카심의 친구인 거지? 나도 소개해줘!"

안젤린은 벨그리프를 쳐다봤다.

"어떻게 할까……?"

"이대로 여기에 있어도 다른 사람이 마리와 모린 씨에게 눈독을 들이겠지……. 말씀을 고맙게 받아들이도록 할까."

벨그리프는 그렇게 말한 뒤 리젤로테에게 정중히 머리 숙였다.

"일전에는 딸아이가 신세를 졌습니다. 리젤로테 님, 다시 한 번

감사드립니다."

"앗! 혹시 안제의 아버님이야?! 와, 이렇게 만나다니 영광이에요!"

"이런 황송할 데가……."

리젤로테에게 손을 붙들린 벨그리프는 쓴웃음을 지었다. 안젤린은 쿡쿡 웃으며 리젤로테의 어깨에 손을 얹었다.

"혼약자는 같이 안 왔어……?"

"오지는 제도의 저택에 있어. 다른 귀족의 파티에 참석하거든. 나는 심심하니까 핀데일까지 놀러 왔고."

변함없이 담이 큰 아이다. 안젤린은 새삼 감탄했다.

리젤로테는 마차 옆쪽에 서 있는 키가 큰 여성을 불렀다. 여자는 노란색이 살짝 섞인 긴 녹색의 머리카락을 세 가닥 땋기로 묶고 있었다. 봉술사인지 키보다 더 큰 철봉을 휴대하고 있다.

"수티, 가자."

"끝나셨습니까. 거참, 조마조마해서 못 보겠습니다."

"우후후, 너는 나를 안 말리니까 좋아해."

"말려도 소용없으니까요. 아무튼, 어찌할까요."

"저번에 갔던 레스토랑이 좋겠어. 이 인원으로도 들어갈 수 있을 거야."

"인원수가 무슨 문제일까요. 대공의 여식께서 내점하신다는데 거부할 리 없잖습니까. 뭐, 일단 가시죠. 다만 마차에 다 오르지는 못하겠군요."

"괜찮아, 걸어갈 거야."

"당신이 진짜 대공가의 아가씨입니까? 아이고."

수티는 한숨 쉬고는 마부에게 두세 마디 뭔가 말하더니 곧 선도하듯 걸음을 뗐다. 리젤로테는 안젤린의 손을 붙잡고 빙긋 웃었다.

"자, 가자. 이야기 잔뜩 듣고 싶어."

"응, 알았어……."

다 같이 줄줄이 거리를 나아간다.

전혀 겁내지 않고 잇따라 상대를 바꿔 가면서 연신 수다를 떠는 리젤로테에게 일행은 완전히 마음을 터놓는 모습이다. 표리가 없는 천진난만한 호기심을 거듭 드러내는지라 마르그리트도 방금 전 느꼈을 불쾌함은 어디에 갔는지 아주 즐겁게 대화 나누고 있다.

안젤린은 슬쩍 뒤쪽을 돌아봤다. 벨그리프와 퍼시벌이 작은 목소리로 뭔가 이야기를 나누고 있었다. 말의 내용은 안 들려도 대강 짐작이 된다.

지명 수배되었다는 정체불명의 엘프.

괜히 가슴이 들썩거린다만, 일단 지금은 귀여운 친구와의 재회를 기뻐하도록 하자. 이것저것 고민은 나중에 해도 늦지는 않을 테니까.

해는 조금씩 서편으로 기울어지고, 햇살에 붉은 빛깔이 서리고 있었다.

# 104 시끌시끌 사람이 많은 올펜의 거리를

시끌시끌 사람이 많은 올펜의 거리를 회녹색 머리카락의 소년이 걸어 나아간다. 성큼성큼, 자신감 가득 찬 걸음걸이다.

그 조금 뒤쪽을 적발 소년과 갈색 머리카락 소년이 나란히 걷고 있었다.

"……있잖아, 이 파티는 너랑 저 녀석이랑 달랑 둘뿐이었던 거야?"

"으음, 뭐."

적발 소년은 쓴웃음 짓고 뺨을 긁적였다.

무전취식범으로 쫓겨 다니던 갈색 머리카락 소년을 대뜸 붙잡으려다가 마법에 나가떨어졌었다. 이후에 체포하자는 것이 아니라 영입이 목적이라며 회녹색 머리카락의 소년이 피력하기를 며칠, 드디어 갈색 머리카락 소년을 붙잡아서 파티에 끌어들였다.

처음에는 저항했던 갈색 머리카락 소년도 딱히 좋아서 범죄 행위를 저질렀던 건 아니었다. 정당한 일거리를 구해서 일할 수 있다면 더할 나위가 없다며 기쁜 내색으로 파티에 가담했다. 다만 상상과 살짝 실태가 달랐던 터라 당황하는 모습이었다.

"나 말야, 사람이 더 많은 파티라고 생각했는데. 나 같은 어중간한 녀석을 굳이 받아줄 여유가 있을 정도니까."

"여유라고 해야 하나, 뭐라고 해야 하나……."

이렇게 말하는 적발 소년도 비슷한 입장인 것이 회녹색 머리카락의 소년에게 「내 파티에 들어올 테냐?」라고 제안을 받았던 터라 자연스레 다른 사람이 더 있을 것이라 생각했었다.

그러나 막상 들어왔을 때는 자신이 첫 번째 멤버였고.

사정을 물어보니까 예전 파티와 싸움이 나서 갈라졌고, 그 탓에 새로운 파티를 만들기 위해 알아보던 와중이었다던가.

갈색 머리카락 소년이 어이없어하며 숨을 내쉬었다.

"바보 아니냐……. 이래 가지고 진짜 돈 벌 수 있겠어? 나, 약초 뜯기는 이제 질렸는데."

"으음, 의욕이 너무 지나치면 위험한데……. 하지만 슬슬 토벌 의뢰를 받아도 괜찮기는 할 거야."

"토벌이면 마수? 헤헤, 나 말야, 그런 거 해보고 싶어. 새로운 마법도 써보고 싶고."

갈색 머리카락 소년은 그렇게 말한 뒤 손바닥을 앞으로 뒤로 들여다봤다.

아무에게도 사사하지 않은 자기류의 마법이지만, 소년의 기량은 이미 눈이 휘둥그레지는 경지에 올랐다. 마도서 등 여러 서적을 읽을 기회가 주어진다면 더욱 실력이 향상될 테지. 그런 가능성을 꿰뚫어 봤기 때문에 회녹색 머리카락의 소년도 끝내 포기하지 않고 쫓아다니며 영입에 힘을 쓰지 않았겠는가.

"너희들, 뭐하는 거야, 놓고 간다!"

퍼뜩 놀라며 앞을 봤더니 회녹색 머리카락 소년은 꽤 앞쪽을 가고 있었다. 두 사람은 허둥지둥 걸음을 빨리했다.

길드에 도착했다. 역시 사람이 흘러넘치고 있다. 왁자지껄 시끄러운 데다가 끊임없이 사람이 드나들기에 조심하지 않으면 부딪힐 것 같았다.

"오늘은 어떻게 할래?"

"조금 일을 해보니까 이 녀석의 실력과 성격은 알겠더라. 토벌 의뢰를 받아도 되겠지."

"그래, 아마도. 토벌 쪽 일을 하자면 이 아이하곤 처음 의뢰니까 신중하게 살펴서 골라야 할 텐데……."

"걱정 마라, 우리 셋이면 문제없."

말을 꺼내던 회녹색 머리카락의 소년이 입을 멈추더니 한 지점을 주시했다. 적발 소년은 의아하다는 표정을 짓고 소년의 시선을 좇아가다가 눈이 확 커졌다.

"……엘프?"

"끝내준다. 진짜다."

기다란 귀에 은발. 시선의 끝, 인파 사이에 엘프 소녀가 있었다. 나이는 소년들과 대강 비슷한 정도일 테지. 비록 엘프는 나이를 먹어도 외모가 금방 달라지지 않는다지만, 표정 및 자세에서 배어나는 싱그러움까지 다 숨겨지지는 않는다.

드문 엘프의 방문에 길드 안쪽도 술렁거렸다. 소녀는 금세 모험가들에게 둘러싸여서 이래저래 시달리고 있는 것 같았다.

"굉장하네……. 엘프는 진짜 처음으로 봤어."

"정말로 있긴 있구나, 엘프라는 게. 나는 동화에서 나오는 종족인 줄 알았는데."

"뭔가 시비가 붙었나 본데? 괜찮겠냐, 가만 놔둬도?"

과연, 확실히 험한 분위기다. 실력은 어쨌든 간에 엘프라는 이유만으로 파티에 끌어들이려는 사람은 잔뜩 넘쳐날 테지. 그런 패거리끼리 으르렁대며 서로를 위협하고 있다.

엘프 소녀도 고개를 위아래로 흔들지 않고 완고하게 버틴다. 팔 붙잡는 손을 뿌리치거나 어깨에 얹히는 손을 때리거나 혀를 메롱 내밀거나 묘하게 도발적인 태도를 취하는 까닭도 있어 주변 분위기가 점점 험악해지고 있다.

누군가의 어깨가 누군가에게 부딪힌다. 그러자 주먹을 휘둘러서 되갚아준다. 이것이 발단이 되어 마침내 싸움판이 벌어졌다.

이렇게 되면 더 이상은 누가 무엇을 어쨌는지 알 바가 아니다. 휘둘러 올린 주먹이 다른 사람을 때리고, 그 때문에 굳이 개입하지 않던 사람이 흥분하여 난입한다. 우당탕퉁탕. 난전, 혼전이란 딱 이런 꼴을 말하는 것이겠다.

이러면 일거리를 찾을 상황이 못 되는데. 그렇게 판단한 뒤 적발 소년은 갈색 머리카락 소년을 보호하는 듯이 움직이며 뒤로 물러났다. 갈색 머리카락 소년은 재미있다는 표정을 짓고 있었다.

"헤헤, 역시 모험가는 거친 녀석들이 많구나."

"뭐, 목숨이 걸린 직업이니까……. 어라?"

뒤늦게 깨달았는데 회녹색 머리카락 소년이 안 보인다.

눈에 힘주며 주위를 둘러보려니까 인파의 틈을 누비며 돌아온다.

"이봐들, 가자! 오늘은 철수다, 철수!"

"어, 아아……. 어라, 잠깐! 그 아이!"

회녹색 머리카락의 소년은 엘프 소녀의 손을 붙잡아 끌어왔다. 엘프 소녀는 무엇이 어떻게 된 일인지 모르겠다는 표정을 짓고 있었다.

"저 싸움판에 놔뒀다가는 좋은 꼴 못 볼 테니까."

"너는 도대체……. 에잇, 이러쿵저러쿵 떠들 여유는 없지."

불씨가 된 것은 이 소녀다. 지금은 싸움판이 벌어진 탓에 다들 주의가 못 미치고 있지만, 대강 수습이 되면 또 화살촉은 소녀에게 쏠린다.

갈색 머리카락 소년이 감탄한 표정으로 엘프 소녀의 뺨을 몰랑몰랑 만지작거렸다.

"와, 굉장하네. 피부가 비단처럼 매끈매끈하잖아."

"뭐야, 손 치워. 아니, 누군데, 너희들."

"누구든 뭔 상관이냐. 일단 나가자."

그렇게 말한 뒤 회녹색 머리카락의 소년은 빠른 걸음으로 떠나간다. 엘프 소녀는 가볍게 저항하면서도 순순히 끌려 나갔다.

남겨지게 된 두 사람은 얼굴을 마주 쳐다보다가 허둥지둥 뒤를 쫓았다.

어떻게든 길드를 빠져나온 뒤 통행이 적은 곳까지 도망쳐서 간신히 숨을 돌렸다. 냅다 달음박질을 친 이유도 있어 네 사람 모두 호흡이 거칠다.

적발 소년은 무릎에 손을 얹은 채 숨을 가다듬으며 엘프 소녀를 돌아봤다. 소녀는 가슴에 손을 얹고서 후우후우, 가쁘게 숨을 몰아쉬면서도 어떻게든 심호흡하고자 애쓰는 모습이다.

"……괜찮니?"

그렇게 묻자 엘프의 에메랄드색 눈동자가 소년을 향했다. 맑고 투명한 색깔은 가슴속을 꿰뚫어 보는 것 같아서 무의식중에 덜컥 놀라게 된다.

엘프 소녀는 소년들 세 사람을 수상쩍어하는 표정으로 차례차례 보더니 투박하게 굵은 눈썹을 찡그렸다.

"무슨 볼일이야?"

"그냥 도와준 거다. 너, 아까 패거리들 죄다 상대했다가는 멀쩡하게 못 빠져나왔다니까?"

"흥이다. 도와달라는 말은 아무도 안 했는데."

엘프 소녀는 고맙다는 시늉도 않은 채 삐쭉이며 고개를 돌렸다. 뭔가 짜증이 난다는 분위기였다. 회녹색 머리카락의 소년도 눈썹이 치켜 올라갔다.

"어엉? 이 자식, 태도가 좀 괘씸하네."

"도와준 척 생색내 봤자 소용없어. 어차피 너희도 내가 단순히 엘프라는 이유 때문에 접근한 거 아니야? 다들 바보 같다니까. 영

입을 하고 싶어도 일단 실력을 본 다음이어야 할 텐데."

"누가 영입은 해준대냐. 너같이 비실비실한 녀석은 나부터 절대 사절이다."

"뭐, 뭐라고! 너희야말로 약해 보이는 애들만 잔뜩이잖아! 괜히 잘난 척이야!"

"약해 보인다고! 이 자식아, 듣자 듣자 하니까!"

"왜, 붙을래? 좋아, 한 방에 날려버려줄게!"

"어, 잠깐만, 잠깐! 두 사람 다 일단 진정하자!"

끼어들려는 적발 소년을 두 사람이 동시에 밀어냈다.

"물러나 있어. 이 바보 녀석에게 분수라는 것을 깨닫게 해줄 테다."

"내가 할 말이거든! 살짝 따끔한 맛을 보여주겠어!"

두 사람은 허리에 찬 검을 칼집째 뽑아 들더니 동시에 덤벼들었다. 소년의 검은 소녀의 허리를 세차게 타격했고, 소녀의 검은 소년의 정수리를 직격했다. 두 사람은 무릎을 꿇고 몸부림쳤다.

갈색 머리카락 소년이 배를 부여잡고 웃는다. 적발 소년은 기가 막혀서 한숨 쉬었다.

"이게 웬 난리람……."


○


잠시 바깥의 공기를 마시고 싶다고 말한 뒤 빠져나왔다. 가게의 뒤편 벽에 기대어 서서 팔짱을 낀다. 맞은편에는 다른 건물이 가까이 자리 잡았기에 올려다본 하늘이 길고 가늘다. 점점 날이 저물고 있었다.

식사는 썩 오래 걸리지 않아 끝났지만, 이야기 듣기를 좋아하는 리젤로테는 잇따라 이야기를 졸라 댔다. 또한 매사에 호들갑스럽게 반응하는지라 이야기하는 사람도 덩달아 즐거워진다. 장내 분위기가 잔뜩 고조되었기에 아직은 자리가 한참 길어질 듯싶었다.

"벨."

이름을 불려 돌아봤더니 퍼시벌이 다가왔다.

"기운 넘치는 아가씨더군."

"그래. 꽤 싹싹한 아이야……. 어쨌든 덕택에 큰 도움을 받았어."

"아주 동감이다. 귀족 따위야 고리타분한 것들이 다인 줄 알았다만, 저런 아이도 진짜 있었군."

도무지 대공가의 영애라는 생각이 들지 않는다. 귀족이면서도 신분 차이를 전혀 개의치 않고 대해주는 태도는 보르도 가문의 세 자매를 방불케 했다. 그러나 시골 귀족과 대공가는 입장이 많이 다르다. 귀족들의 엘리트 가계에 속한 처지에서 저런 천진난만한 아이는 무척이나 희귀하겠다.

그렇다 한들 벨그리프도 귀족들의 내부 사정에 썩 해박하지는 않다. 다만 에스트갈의 귀족이면 예전에 보르도의 소동에서 목격한 마르타 백작 등등의 인상이 강한지라 아무래도 좋은 느낌을 받진 못했다. 하지만 리젤로테를 보면 저렇듯 못된 녀석들이 전부는 아니라는 생각도 든다.

퍼시벌은 벨그리프와 나란히 벽에 기대어 섰다. 살짝 기침하더니 향주머니를 꺼내 들었다.

"……그래, 어떻게 할 텐가?"

"고민 중이네. 확증은 없지만 엘프가 썩 많지는 않아. 확률은 꽤 높을 테지."

그렇게 말하면서도 벨그리프는 머리를 긁적였다.

"……그런데 지난 몇 년 동안에 나는 엘프를 많이 만났군. 그라함, 마리, 모린 씨……. 솔직히 그 엘프가 사티는 아니어도 딱히 실망할 일은 아니라고 생각되는군."

"동감이다. 다만 정체를 밝혀낼 필요는 있지 않겠나."

"그렇지. 다만 아직은 정보가 부족하네. 살라자르 님이 얼마나 많은 정보를 가지고 있는지에 달렸을 텐데……."

"……그쪽이야말로 얼마나 도움이 될지 의문이군."

퍼시벌은 향주머니를 품에 넣은 뒤 가늘고 긴 하늘을 올려다봤다.

핀데일에 와서 곧장 소동이 벌어짐으로써 알게 된 정체불명의 엘프에게 어떻게 대처할 것인가. 벨그리프가 고민하고 있는 주제였다.

물론 사티일 가능성도 충분하다. 그러면 핀데일을 수색할 필요가 발생하는지라 제도까지 가서 구태여 살라자르와 만날 필요성은 희미해진다.

"아예 일행을 나눌까."

퍼시벌이 말했다. 벨그리프는 수염을 비비 꼬았다.

"그 방법도 생각했네. 그러자면 어떻게 하느냐가 관건인데……."

"토야와 모린은 원래 살라자르에게 볼일이 있지. 이슈멜은 제도에 돌아가는 길이고. 그 세 사람은 애당초 제도에 갈 예정이었다는 뜻이다. 누가 같이 다니며 안내를 부탁할 텐가. 그게 문제겠지."

"그렇군……. 다만 이 문제는 우리끼리 대뜸 결정할 수 없겠어. 일행을 따로 나누든 같이 움직이든 간에 한번은 다 같이 상의하는 게 좋겠군."

"정체불명의 엘프인가. 좀 상황이 지나치게 잘 맞아떨어지는 것 같기도 한데……."

"그렇다 해도 무시할 순 없는 입장이잖나."

퍼시벌은 슬쩍 웃고는 얼굴을 찌푸리며 쿨럭거렸다. 그러고는 성큼성큼 걸어서 골목길 바깥으로 나가고자 한다.

"이 친구야, 어디에 가나."

"저렇게 격식 차리는 곳은 숨이 막힌다고. 바깥에서 한잔 걸치고 오마. 너도 갈 테냐?"

"나까지 자리를 비울 수야 있겠나. 거참……. 아직 숙소도 안 정했으니까 일찌감치 돌아오게나?"

"하하, 알겠다, 알겠어. 잔소리 듣는 어린아이의 기분이군."

퍼시벌은 웃으며 그대로 훌쩍 가버렸다.

벨그리프는 잠시간 벽에 기대서 있었다. 땅거미가 점점 짙어지며 하늘만 반짝반짝 밝은데도 조금 앞쪽의 건물 벽면에 묻은 때 자국까지 잘 보이지 않게 되었다.

자, 돌아가볼까. 생각했을 때 누군가가 다가왔다.

"어라, 벨그리프 씨 혼자만 계시네요?"

"아, 토야 군이군. 퍼시를 찾으러 왔나?"

토야는 머리를 긁적이며 쓴웃음을 띠었다.

"퍼시벌 씨가, 리젤로테라는 아가씨가 얘기를 자꾸 보채는 와중에 나가버리셔서……. 누가 바깥을 좀 보고 와달라기에 제가 나왔죠."

"하하하, 그렇게 된 건가. 그 녀석은 아까 도망쳤다네. 바깥에서 한잔 걸치고 온다더군."

"자유인이네요……."

토야는 벨그리프의 옆쪽에 서서 마찬가지로 벽에 기댔다. 내뱉는 숨결이 살짝 하얗다. 단정한 옆얼굴은 중성적이다.

"제가 말이죠, 귀족의 식사 자리에 초대받는 게 아예 처음이라서요. 식사는 맛있는데 조금 진정이 안 된달까……."

"그 마음 아네. 나는 몇 번인가 경험했지만……. 역시 자리에 안 어울린다는 느낌이 있어서 말이지. 아직껏 익숙해지질 않는군."

"전에는 어디였나요?"

"보르도라는 북부의 도시였지. 그곳의 백작가 막내 따님을 안제가 구해줬다는 인연이 생겼지 뭔가. 이후에 쭉 호의를 베풀어주시더군."

"와아……. 그러고 보니 이번에도 안제 씨 관련의 도움을 받은 셈이죠. 굉장하네……."

토야는 감탄하며 팔짱 끼더니 고개를 끄덕거렸다.

들고 보니까 맞는 말이다. 너무나 자연스러웠기에 잊을 뻔했다. 먼저 안젤린이 훈장을 받는다는 이야기가 있었고, 그때 공작가를 방문해서 친구 사이가 된 소녀가 바로 리젤로테였다. 카심도 제법 안면이 있는 사이 같았지만, 역시 같은 여자아이라서 그런지 안젤린을 더욱 잘 따르는 듯이 보였다.

아버지가 오히려 아이의 뒤를 따라다니는 격이다. 이런 생각을 하니 괜히 우습다. 쑥스러움 비슷한 감정 같기도 하고, 딸아이가 쌓은 인간관계나 업적을 실감할 수 있어서 기쁜 마음도 들었다.

토야가 뭔가 머뭇머뭇하는 기색으로 벨그리프를 돌아봤다.

"벨그리프 씨는……. 안제 씨와 사이가 참 좋잖아요? 같이 여행을 할 정도고요."

"그러게나 말이다. 다만 조금은 부모에게 자립을 해도 괜찮지 않나 생각은 들더구나."

"……부모에게 아이는 어떤 존재인가요? 그게…… 벨그리프 씨와 안제 씨는 핏줄은 이어지지 않았다지만, 그래도 역시 소중하겠죠?"

벨그리프는 턱수염을 쓸어 만졌다.

"확실히, 안제는 숲에 버려졌던 아이지. 그래도 소중하게 키웠다네. 젖을 먹여주거나 기저귀를 갈아주거나 밤에 한창 일하는 와중에도 울음을 터뜨리면 안아서 달래주거나……. 많이 힘들었어. 내가 아무리 지쳐도 아랑곳하지 않으니까."

"싫은 마음이 들거나 하진 않으셨고요?"

"하하, 나도 인간인데 진저리가 날 때는 있었지. 다만 푹 안심해서 잠든 얼굴이라든가 날 보고 웃어주는 모습이라든가 작은 손발을 버둥버둥 움직이는 모양새라든가, 그런 것들을 보기만 해도 정말이지 마음이 누그러지더군. 남자 혼자서 아이를 키우려니까 보통 고생이 아니었지만, 틀림없이 행복했다고 말할 수 있지. 안제는 나에게 있어 가장 소중한 보물이라네."

"……진짜로, 벨그리프 씨가 아버지였다면 좋았을 텐데."

토야는 그렇게 말한 뒤 고개를 수그렸다. 벨그리프는 의아해하며 눈을 가늘게 떴다.

"아버님과 사이가 안 좋은가?"

"그냥 안 좋은 정도가 아니라서요. 증오한다고도 말할 수 있겠군요."

표현이 심상치 않다. 벨그리프는 눈살을 찌푸렸다.

토야는 한숨을 쉬고 깊숙이 벽에 몸을 기대섰다.

"아버지도 모험가거든요. 이미 오래도록 만나질 않았지만요……. 검도 마법도 아버지에게 호된 수련을 받았고, 다만 재능이 없다며 항상 욕을 들었고……. 결국 저도 모험가가 되었다는 게 얄궂은 일이지만요."

벨그리프가 건네야 할 말을 찾아내기 이전에 토야는 살짝 자조하며 말을 이었다.

"이렇게 모험가로 살아가는 데 아버지에게 배운 검과 마법에 의지할 수밖에 없다는 것이 분해요. 그래도 이게 천성인가 봐요. 달리 할 줄도 모르고……. 안제 씨도 아버지에게서 검을 배웠는데

저랑 다르게 무척 자랑스러워하죠. 그게 부러워서⋯⋯. 죄송합니다, 벨그리프 씨에게 이런 얘기를 해 봐야 그냥 푸념일 텐데⋯⋯."

"⋯⋯내가 가볍게 뭔가 말해주기는 어렵지만 말일세, 자네가 모험가로서 싸우며 살아오던 중 배우고 익힌 재주는 자네 본인의 힘이네. 굳이 비하를 할 필요는 없어."

말을 잘 골라서 타이른다. 비겁한 발언인가 생각은 든다. 다만 얼마나 어떤 본심을 담아 말해줘야 할지 판단하기에는 조금 고민할 시간이 부족했다.

토야의 발언에는 아버지를 증오하는 마음과 아버지를 동경하는 마음 두 가지가 살짝이나마 함께 들여다보였다. 모순된 두 가지 감정이 갈등을 불러들여서 괴로움을 겪었을 것이라 생각된다. 그래서 더더욱 너무 뻔하고 안이하게 격려의 말을 건네기가 망설여졌다.

토야는 머리를 긁적이다가 미안해하며 벨그리프를 바라봤다.

"죄송합니다, 괜히 신경만 쓰이시게⋯⋯."

벨그리프는 쓴웃음 짓고 얼버무리려는 듯이 토야의 어깨를 톡 두드렸다.

"이런 때 어떻게 뭔가 멋있는 말을 해줘야 하나 모르겠군⋯⋯. 미안하네, 못 미더운 아저씨라서."

"에이, 아니에요. 들어주시기만 해도⋯⋯. 바깥이 많이 쌀쌀하네요. 슬슬 들어가실까요?"

"그렇군, 가지."

나란히 가게 안으로 돌아간다.

복도를 지나 계단을 올라 마법으로 적정 온도가 유지되고 있는 방까지 들어선다. 높은 천장에는 황휘석 조명이 매달려 있고, 항아리 및 회화를 장식했으며 바닥에는 융단을 깔아 놓았다.

자신의 차림새와 잠깐 비교해도 너무나 안 어울린다는 느낌이 든다. 이래서는 확실히 퍼시벌이 아니더라도 숨이 막히겠구나 싶어서 쓴웃음이 나왔다.

자리는 아직껏 즐거운 분위기였다. 좋은 청자인 리젤로테가 잇따라 이야기를 졸라 대기에 수다는 끊어질 틈이 없다. 틸디스를 지나온 이야기며 마르그리트와 모린의 엘프령 이야기 등등 화제는 바닥나지를 않는 듯했다.

톨네라 생활이 길어서 다른 인물들과 비교하여 별 대단한 모험담도 갖지 못한 벨그리프는 처음에 안젤린의 어린 시절 이야기를 잠시 했을 뿐 이후는 현역 모험가들에게 맡겨 놓았다. 숲의 이변이나 미토의 이야기는 별로 가볍게 할 만한 내용이 아니다.

의자에 걸터앉아 조금 먼 곳의 물 주전자로 손을 뻗었더니 맞은편에 앉은 카심이 들어주었다.

"퍼시는?"

"도망쳤다네. 난감한 녀석이지."

"쳇, 자기만 홀랑. 나도 슬쩍 따라갈걸."

"무슨 소리를 하나, 아이고."

벨그리프는 쓴웃음 지으며 물을 유리잔에 따랐다. 그나저나,

음, 비록 조금도 거리낄 건 없다지만 카심의 차림새는 마치 부랑자 같다. 가게에 들어올 때도 대공의 여식을 앞에 둔지라 싫은 표정까지는 짓지 않았지만, 점원이 제법 놀랐던 것을 떠올린다.

방금 전까지는 아직 파랬던 하늘에 별이 드문드문 반짝이고 있었다. 창밖은 이미 땅거미가 제법 내려앉았다. 이야기가 많이 즐거운 듯하나 슬슬 오늘 밤 묵을 숙소를 결정해야겠다. 벨그리프는 몸을 쓱 내밀었다.

"리젤로테 님, 아낌없는 베풂에 진심으로 감사드립니다. 그러나 이제 날도 저물어 가는군요. 저희도 숙소를 정해 두어야 하는지라……."

"어머, 정말이네. 미안해요, 이야기가 다들 재미있어서!"

리젤로테는 겸연쩍어하며 웃고는 뺨을 긁적였다.

"그런데 모험가의 얘기는 진짜 두근두근하거든. 나, 귀족이 아니었다면 분명 모험가가 되었을 거야!"

"뭐래냐, 너는 못 됐어."

카심이 그렇게 말한 뒤 껄껄 웃었다. 리젤로테는 뺨을 볼록거렸다.

"나빴어! 카심은 자꾸 심술궂은 말 한다니까!"

"헤헤헷, 온실 속 화초는 얌전하게 아가씨 노릇이나 해라. 어우, 누나야, 너무 째려보지 마라. 꼬마가 진짜 모험가 되겠단 말은 못 하게 말려줬잖아?"

리젤로테의 뒤에서 대기하고 있던 수티가 흠칫 놀라며 입을 우물우물했다.

"……딱히 전 아무런 생각도 안 합니다만."

"안 쑥스러워해도 괜찮아. 헤헤헤, 실력도 제법인 것 같고. 꼬마야, 너 좋은 수행원을 찾아냈구나."

"맞아! 수티는 말야, 굉장히 센 데다가 머리도 좋아!"

"칭찬하신들 아무것도 안 나옵니다."

"어머, 내가 보답을 바라서 너한테 뭔가 말했던 적이 있었어?"

"쳇, 한마디도 지고 넘어가는 법이 없다니까."

수티는 입을 삐죽거렸다. 안젤린이 재미있다는 표정을 짓고 있었다.

"사이좋네……. 수티 씨, 작년에 내가 갔을 땐 없었는데. 언제부터 리제의 수행원이 된 거야?"

"반년쯤 전부터였죠. 이 말괄량이 아가씨가 남몰래 모험가 길드에 나타나서 말입니다. 그 탓에 길드 마스터가 기겁을 하며 저더러 배웅하라고 지시했던 겁니다."

"그렇게 돌아가는 길에 수다 떨다가 이대로 수행원이 되면 어떨까 물어봤더니 따라와줬어. 지금까지 있던 수행원들은 내가 그런 짓 하면 화냈단 말야."

"당연하지요, 무슨 소리를 하는 겁니까."

"그래도 수티는 한숨만 쉬고 안 말리니까 기뻐."

"단지 귀찮아섭니다."

"그러면 수티 씨, 원래는 모험가셨군요."

아넷사가 말했다. 수티는 뺨을 긁적였다.

"아직 자격은 유지하고 있는지라 모험가이기도 하지요. 뭐, 지금이 생활도 더 안정적이라 편합니다. 이 아가씨라면 조금 내버려 둬도 괜찮으니까요."

"어머, 그렇게 칭찬하면 쑥스러운데."

"칭찬 아닙니다."

"조금 부럽네요~ 귀족 수행원. 매일 맛있는 음식 먹을 수 있잖아요, 멋져라. 냠냠."

"모린, 조금은 사양을 하자……."

연달아 접시를 비워 나가는 모린을 보고 토야가 힘 빠진 목소리로 말했다. 리젤로테는 너그럽게 웃었다.

"괜찮아, 괜찮아. 잔뜩 먹어도 돼. 어서, 마리, 너도."

"난 모린처럼 많이 못 먹는데."

"어머, 정말로? 엘프는 다들 먹보인 줄 알았어."

"저기, 저기~ 디저트 주문해도 될까?"

"미리, 너까지……."

"뭐 ,어때. 좀처럼 없는 기회인걸. 괜찮지~? 리제."

"그럼! 나도 먹고 싶었어. 차도 주문할까? 안제, 뭔가 먹고 싶은 거 없어?"

"음…… 아무것도."

또 이야기꽃이 피어날 것 같은 분위기다. 본의 아니게 외면당하고 있던 벨그리프는 가만히 중얼거렸다.

"……숙소를 ……잡으러 나가봐야 할 텐데……."

○

　좁은 길이었다. 양쪽에 나무가 우거지고, 가지 틈 사이로 비치는 햇살이 지면에 얼룩무늬를 만들어 놨다.

　그러나 태양은 없다. 하늘 전체가 금색으로 반짝이며, 그 빛이 내리쏟아지는 듯한 모양새다. 빛 자체에 색깔이 있다는 생각이 들고, 주위는 마치 빛바랜 세피아색 같았다.

　그 길을 나아간 곳에 작은 가옥이 있었다.

　삼각 지붕에는 짚을 덮어 놓았고, 앞뜰에는 우물이 있고, 작은 채소밭에는 다양한 채소가 사계절의 차이와 관계없이 여물어 있다. 주위에는 나무 울타리가 둘러쳐 놓았는데 그 너머는 깊은 숲에 에워싸여 있는 모양새였다.

　집의 처마 끝 쪽에다가 내놓은 의자에 여자가 앉아 있었다. 매끄러운 은발에 대나무잎처럼 뾰족한 귀를 가진 엘프이다.

　"아야야……. 제길, 한 방 먹었네……."

　엘프 여자는 의복을 풀어 헤쳐서 어깨부터 팔까지 뻗은 상처를 젖은 수건으로 꼼꼼하게 닦고 있었다. 이미 출혈은 멎은 듯하나 딱딱하게 굳어 달라붙은 자국이 수건을 움직일 때마다 붉은 얼룩을 만들었다.

　깨끗하게 피를 닦아 낸 다음에 약을 발라서 붕대를 감는다.

　"저쪽도 제대로 힘을 쓰려나 본데……. 어휴."

붕대를 다 감은 여자는 한숨 쉬고는 다시 의복을 걸쳐 입었다.

시잇시잇, 맑은 벌레의 울음소리가 여기저기에서 울려 퍼지고 있다.

몹시 조용한 곳이었지만, 불현듯 집 안에서 탁탁 가벼운 발소리가 들리는가 싶더니 문이 열리며 작은 아이가 뛰쳐나왔다. 앞을 달리는 아이가 손에 나무 조각 장난감을 들고 있다. 뒤쪽 아이는 힘껏 쫓아다닌다.

엘프 여자는 눈살을 찌푸렸다.

"이 녀석들~ 뭐하는 거야."

"그치만 장난감 들고 가버렸단 말이야."

"아닌데, 빼앗으려고 했던 탓이야."

양쪽 다 자기 주장을 굽히려 하지 않는다.

아이들 둘의 용모는 서로를 쏙 빼닮았다. 쌍둥이인지도 모르겠다. 양쪽 다 검은 머리카락에 검은 눈동자를 지니고 있다. 엘프는 쿡쿡 웃고는 씩씩하게 일어나서 쌍둥이를 붙잡아 두 옆구리에 안아서 빙글빙글 돌았다.

"싸움은 안 된다네~ 에잇, 에잇."

쌍둥이는 꺄아꺄아 환성을 질렀다.

"앗, 아야야, 아차, 까먹었네······."

엘프는 얼굴을 찌푸리며 아이들을 내려놓았다. 쌍둥이는 눈을 끔뻑거렸다.

"괜찮아?"

"어디 다쳤어?"

"아냐, 멀쩡해. 난 강하잖니. 자, 놀다가 오렴. 싸우면 못쓴다?"

쌍둥이는 잠시 우물쭈물하다가 이윽고 나란히 달려갔다.

그 뒷모습을 지켜보던 엘프는 거하게 숨을 내쉬고는 의자에 걸 터앉았다. 왼쪽 어깨를 쓸어 만지며 옷을 살짝만 풀어 헤쳐서 피 가 배어나지 않은 것을 확인한다.

"……나는 쓸데없는 짓을 하는 걸까."

시선을 올려서 처마 너머에 보이는 황금색 하늘을 쳐다봤다. 가 끔 하늘이 아롱아롱 명멸하기에 흐릿하게나마 노을 비슷한 것이 흘러가는 광경도 보였다.

엘프는 잠시간 앉은 채 움직이지 않았지만, 이윽고 일어나더니 옆에 놓아두었던 소쿠리에다가 처마 밑에 말려 놓았던 양파를 몇 개 넣었다. 그리고 채소밭으로 걸음을 옮긴다.

"요리, 이제 나쁘다 말할 정도는 아닌데. 지금 먹으면…… 세 사 람 모두 맛있다고 말해주려나."

작게 중얼거리며 허리를 굽혀 당근 및 향초를 뽑아 소쿠리에 넣 었다.

부드러운 바람이 불어오는가 싶더니 숲의 나무들이 술렁거린 다. 곧이어 연녹색의 인광(燐光)이 물 흐르듯이 춤추며 하늘로 올 라갔다.

# 105 깊은 밤중에 묘하게도 눈이 떠져서

깊은 밤중에 묘하게도 눈이 떠져서 안젤린은 바스락바스락 몸을 일으켰다.

창문에 걸린 커튼의 틈에서 달빛이 비스듬하게 비쳐 들어오는 터라 방 안은 살짝 어둑하며 푸르스름하다. 둘러보면 같은 방 여자아이들은 침대에 잠든 채 새근새근 숨소리를 내고 있었다.

안젤린은 눈가를 꾹꾹 눌렀다. 거하게 숨을 내쉰다. 내일은 또 돌아다녀야 한다. 수면이 부족하면 몸에 영향이 온다. 그러나 다시 졸음이 올 기미는 없다.

어젯밤, 리젤로테와 헤어진 뒤 숙소에서 짐을 내려놓고 다 같이 상의를 했다.

핀데일의 거리 어딘가에 나타났다는 엘프의 정체를 조사하고 싶다. 하지만 살라자르와 만나 사티의 정보를 얻을 수 있다면 그쪽도 포기할 수는 없다. 그러니까 둘로 나뉘어 행동하면 어떨까. 이런 제안이 있었기에 안젤린은 즉각 자신이 제도에 가겠다고 말했다. 리젤로테라는 연고도 있다는 것이 구실이었지만, 왠지 몰라도 벨그리프와 잠시 거리를 두는 편이 좋겠다는 생각이 들어서였다.

자신의 마음속 감정을 먼저 정리해야 한다는 부담감 또한 있었다. 그것이 과연 올바른지는 제쳐 놓더라도 무언가 자꾸 울적해지는 현 상황을 타파하고 싶은 마음이 강했기에 자연히 환경의 변화를 강하게 바랐던 까닭이다.

살라자르와 일단 면식이 있으며 사티와 알고 지냈던 카심이 제도에 동행하기로 했고, 안젤린의 파티 멤버인 아넷사와 밀리엄도 함께 움직인다.

토야와 모린, 그리고 이슈멜은 본래부터 제도에 갈 예정이었다. 마르그리트도 핀데일에 진입했을 때 겪은 말썽이 마음에 안 들었는지 제도에 가겠다는 뜻이 강했다. 따라서 벨그리프와 퍼시벌 두 사람이 핀데일에 남아 수수께끼의 엘프를 조사하기로 이야기가 마무리됐다.

다시 침대에 똑바로 누운 안젤린은 잠시간 몸을 이리저리 뒤척인 끝에 결국은 잠이 안 와서 다시 몸을 일으켰다.

1층 별채의 술집이 떠들썩한지라 바닥 및 벽을 사이에 두었는데도 소리가 들려온다. 다른 곳들이 조용한 만큼 일단 신경이 쓰이니까 자꾸 귀를 찔러서 도저히 잠들 수가 없었다.

물이라도 마실까 싶어 방을 나섰다.

복도는 몹시 조용했으나 계단을 내려가서 외부 복도를 지나 옆 건물로 들어가자 그곳에 있는 주점의 공간에는 취한이 가득 차서 시끄러웠다.

이래서는 괜히 더 잠이 달아나버린다.

안젤린은 뺨을 긁적였지만 목마른 것은 분명하다.

카운터 쪽에 가보니까 구석 쪽 자리에 퍼시벌이 앉아 있었다. 어라라, 생각이 들어 다가간다. 안젤린이 말을 붙이기 전에 퍼시벌이 곁눈질로 돌아봤다.

"뭐냐, 안 자는 거냐."

"잠이 깨버렸어……. 퍼시 아저씨도?"

"술이 부족했을 뿐이다. 이 녀석도 말이지."

퍼시벌의 맞은편에서 카심이 쏙 얼굴을 내밀었다.

"밤술이 맛있다니까, 헤헤헷."

"카심 아저씨까지……. 아빠는?"

"잔다. 아주 푹."

카심은 그렇게 말한 뒤 손에 든 유리잔을 기울였다. 안젤린은 어쩐지 안심이 되는 마음으로 퍼시벌의 옆에 걸터앉았다.

"뭔가 마실 테냐."

퍼시벌이 말했다. 안젤린은 고개를 옆으로 흔들었다.

"물 마실래……."

"그러지 말고 같이 한잔해라. 여기, 브랜디. 온수에 섞어줘라."

안젤린이 뭔가 말하기 전에 바텐더가 이미 컵에 온수를 따랐다. 안젤린은 포기하고 턱받침을 했다.

빠르게 제조가 끝난 뜨거운 브랜디가 앞에 놓인다. 이미 내용물이 절반밖에 없는 고블릿(goblet)을 퍼시벌이 치켜들었다.

"건배."

"응……. 건배."

수증기에 실려 콧속을 빠져나가는 알코올에 숨이 막힐 뻔했지만, 곧 은은하게 달콤한 브랜디가 목부터 가슴과 배까지 훑고 지나갔다. 그러자 배 안쪽에 화르르 불이 피어오르는 기분이 든다.

카심이 텅 비운 컵을 손가락으로 튕겼다.

"그나저나 안제, 제도에 가는 건 좋은데 벨과 같이 안 있어도 괜찮은 거야?"

"응……. 나도 이제는 어른이니까."

허세다. 뻔히 알면서도 안젤린은 가슴을 폈다. 퍼시벌이 큭큭 유쾌하게 웃었다.

"벨의 딸내미와 이렇게 술 마시는 날이 올 줄이야……. 바로 얼마 전까지는 상상도 못 했군."

"뭐야, 늙은이 같은 소리를 하네."

"시끄럽다."

퍼시벌은 카심을 툭툭 때렸다. 안젤린은 쿡쿡 웃었다.

"카심 아저씨도 저번에 비슷한 말 했었잖아……."

"아, 요것아, 지금 떠들면 안 되지."

"뭐라? 얼씨구, 카심, 남 흥만 보는 녀석이군."

퍼시벌이 주먹으로 카심의 머리를 툭 때렸다. 카심은 머리를 매만졌다.

"마법사한테 주먹 휘두르지 마라. 넌 힘이 세단 말이야."

"자업자득이다, 까불이 녀석."

또 살짝 얻어맞은 카심은 원망스럽다는 얼굴로 퍼시벌을 쳐다봤다.

"옛날부터 진짜 난폭하다니까."

"그러는 너는 옛날부터 시건방졌지. 한 살이나 어린 주제에."

"벨은 어쨌든 간에 너랑 사티는 나이 많다는 느낌이 안 들었거
들랑."

"시끄럽다. 이런 태도가 시건방지다는 거다."

카심은 카운터에 두 팔꿈치를 짚은 채 몸을 앞으로 기울여서 안
젤린을 바라봤다.

"거봐, 네가 괜히 떠들어서 퍼시가 아주 신바람이 났잖아."

"미안해."

안젤린은 후후 웃고는 뜨거운 브랜디를 홀짝거렸다.

그러고 보니 퍼시벌과 합류한 이후 벨그리프를 제외하고 이렇
듯 셋만 모여서 마시기는 아마 처음인 것 같다. 딱히 맞아떨어지
는 시간이 없었다는 생각도 들었다.

퍼시벌도 포함해서 아저씨 셋이 나누는 옛날이야기는 이것저것
다 즐거움이 묻어났다. 가만히 들으면 몹시 부러운 마음이 들었
다. 겨우 1, 2년만을 함께 활동했던 네 사람이 이토록 많은 사건
을 겪을 수 있다는 것이 안젤린은 놀라웠다.

자신의 추억과 비슷할 만큼 진솔함을 느끼게 되는 많은 이야기
들은 물론 듣기에는 무척이나 즐거웠지만, 동시에 질투와도 비슷
한 선망을 품게 만드는 데도 충분했다. 자신은 아직 태어나지도
않았던 무렵의 이야기이니까 당연한 일이다. 그럼에도 묘하게 분

한 마음이었다.

하지만 이렇듯 벨그리프를 빼고 이야기하면 신기하게도 저러한 감정이 솟아나지 않았다. 벨그리프가 자신은 알지 못하는 추억을 떠올리며 기뻐하는 모습을 눈앞에서 보았던 탓에 질투심이 생겼는지도 모르겠다. 어쩐지 벨그리프가 멀리 가버릴 것만 같다는 두려움이 들어서였다. 자신이 몹시 속 좁은 사람 같아서 살짝 기분이 울적해질 뻔했다.

안젤린은 바들바들 머리를 흔들어서 싫은 생각을 날려 보냈다.

"……옛날에는 넷이서 같이 마셨어?"

"음? 아, 그런가. 그랬지. 다만 넷이서 막 파티를 꾸렸을 때는 이것저것 마련하느라 오히려 돈이 모자라서 말이다, 장비와 소지품을 쭉 갖출 때까지는 물배 채우는 모험가였지. 여하튼 벨이 돈 낭비는 허락을 안 해줬거든"

"맞아, 맞아. 기본적으로 웬만하면 자기 고집을 안 부리고 뒤쪽에서 지켜봐주는 녀석이었는데 유독 안전이라거나 목숨과 관련된 문제는 완강하게 뜻을 안 굽히더라니까. 그래도 조금씩 돈에 여유가 생긴 이후에는 마시러 다녔어. 그때는 참 기뻤는데."

카심이 그립다는 듯이 눈웃음을 지었다. 퍼시벌이 껄껄 웃는다.

"모험가라는 게 하룻밤 넘길 때까지 돈 간수를 못하는 녀석들도 잔뜩 있잖냐. 거금이 들어오면 진탕 마시고 다른 사람들한테 술을 사버리지. 나도 벨과 같이 다니게 될 때까지는 그게 보통이라고 생각했다."

"맞아, 맞아. 나도 모험가는 돈 씀씀이 헤픈 게 당연한 줄 알았어. 그러니까 벨처럼 착실한 녀석을 만나니까 처음에는 좀 당황했지. 뭔가 시시하다는 생각도 잠깐 했었거든."

"그런가……. 그랬던가. 나도 영입한 후에 터무니없는 녀석을 데려다 놓았다고 생각하던 때가 잠깐은 있었다. 고지식하고 침착할 뿐 딱히 재미는 없는 녀석 같기도 했지. 시시한 생활이 싫어서 모험가가 되었을 텐데 왜 저러냐고. 다만 의뢰를 하러 나가면 믿음직스러웠고, 덕분에 이때까지 살아남을 수 있었다. 게다가 말이다, 벨은 고지식하지만 딱히 융통성이 없는 녀석은 아니니까."

"엉, 동감이야. 나도 좀 지내다 보니까 알겠더라고. 그 녀석은 항상 우리들 주변을 잘 생각해줬거든. 그걸 깨달은 다음부터는 벨의 완고한 구석도 점점 고맙게 느껴지더라. 의지할 만한 형아 같다는 느낌 말이야. 퍼시랑은 아주 달랐어."

"왜 자꾸 군소리를 갖다 붙이냐, 이 자식아."

아빠답구나. 안젤린의 입가에 미소가 떠올랐다.

브랜디를 한 모금 마시고 상상해봤다. 벨그리프도 카심도 아직 수염이 나지 않았고, 퍼시벌도 젊을 때이니 얼굴 찌푸리느라 미간에 주름이 새겨지지 않았을 것이다. 사티는…… 생각을 이어 가다가, 다만 과거에 아버지와 친구들의 동료였다는 엘프 소녀의 모습은 좀처럼 상상이 되질 않았다.

추억 이야기 속 성질이 강한 엘프는 자꾸 마르그리트의 모습으로 연상이 되어버린다. 그렇지 않아. 부정하면 다음에는 모린이 떠오른다. 안젤린의 마음속 엘프의 상은 저 둘과 그라함뿐이다.

"사티 씨는 어떤 사람이었어? 미인이었겠지? 마리랑 비슷했을까?"

퍼시벌이 상념에 잠긴 듯 시선이 허공을 응시했다.

"아니……. 마리하곤 다른 타입이었군."

"그러면 모린 씨……?"

"역시 좀 다른데. 뭐, 분위기는 모린에 조금 가깝다만, 키는 모린보다 작았군. 머리카락은 조금 더 길었고 눈썹은 또 두꺼웠지."

"그래도 피부는 말랑말랑했어. 머리카락도 찰랑찰랑 부드러웠고."

"엘프니까 당연하잖냐, 바보. 눈매는 얌전하게 생긴 주제에 억척스럽고 고집쟁이였지."

"헤헤헷, 퍼시는 쌈박질도 자주 했잖아."

"고양이끼리 장난치는 짓이었다, 지금 생각하면."

추억을 되새기며 이야기 나누는 두 사람의 표정은 무척 부드러웠다.

안젤린은 다시 브랜디를 한 모금 머금었다. 조금 식어서 더 이상 코를 뚫고 들어오는 술기운은 없다. 그만큼 단맛이 진해졌다는 생각이 든다.

퍼시벌의 입으로 듣는 사티의 이야기는 벨그리프나 카심이 말한 모습과는 또 다른 감흥을 안젤린에게 상기시켰다. 아마도 세 사람 중 누구보다도 사티와 사이좋았음을 짐작케 하는 내용이었다.

세 사람이 세 사람 모두 제각각 사티를 기억하고 있다. 사이에 둔 시간이 어떤 이미지는 선명하게, 어떤 이미지는 애매하게 만드는 것 같았다. 우정과 애정, 동경.

안젤린은 초절임 나무 열매를 한 알 입에 넣었다.

"퍼시 아저씨랑 카심 아저씨는 사티 씨랑 결혼하고 싶다는 생각 해봤어?"

아닌 밤중에 홍두깨 같은 한마디에 퍼시벌은 내뿜을 뻔한 술을 간신히 입안에 담아 냈다. 카심은 이마에 손을 가져다 대서 폭소 하고 있다.

"……뜬금없이 뭔 소리를 하는 거냐, 이 녀석. 쿨럭."

코 쪽에 술이 흘러들어 갔는지 살짝 눈물을 글썽거리며 퍼시벌 이 말했다. 기침까지 터져 나올 뻔했다. 향주머니를 꺼내서 코에 가져다 댄다.

"그게, 미인이었다며……? 같이 쭉 행동했었고…….."

"헤헤헷, 요 젊은 녀석~. 뭐, 지금 돌이켜보면 확실히 나도 사 티한테 아마 반했던 게 맞아. 지금은 전혀 그런 마음이 없지만."

"그런가? 왜?"

"왜냐면 나한테는 시에라가 있는걸."

"아."

그랬다. 안젤린은 머리를 긁적거렸다. 만사의 길드 마스터가 머 리를 스쳐 지나갔다. 퍼시벌이 향주머니를 품에 넣으며 의아하다 는 표정을 지었다.

"그건 또 누구냐. 카심, 이 녀석. 어느 틈에."

"자, 자, 그 얘기는 나중에 천천히 하고……. 아무튼, 사티하고

183

눈이 마주치면 의미도 없이 두근두근했던 적도 많았잖아? 퍼시."

"쳇, 말 돌리기는……. 뭐, 인정한다. 다만 미인과 눈이 마주쳐서 쑥스러운 것은 당연한 반응이다."

"그게 전부야……?"

"글쎄다. 지금 와서는 단순하게 쑥스러움이었는지 연모였는지 잘 떠오르질 않는구나."

둘러대면서 도망치는 것 같아. 안젤린은 불만스럽게 턱받침을 했다.

사티의 이야기를 들을 때마다 아버지 벨그리프의 신부는 사티라고 제멋대로 결정해 놓았다만, 퍼시벌의 이야기를 들을수록 저 생각이 자꾸 흔들린다. 한편으론 저런 발언에 살짝 안심하는 자신이 존재한다는 데 언짢음을 느끼며 안젤린은 이미 미지근해진 브랜디를 단숨에 들이켰다.

"……아빠는 어땠을까."

물론 벨그리프에게도 사티를 좋아했었나 물어본 적은 있었다. 그렇지만 역시나 옛날 일이라며 얼버무리기만 했었다. 매사에 무던한 벨그리프의 태도를 떠올리면 아마도 진심으로 한 말임은 확실하겠다. 그러니까 안젤린도 더는 캐묻지 못했었다.

퍼시벌이 재미있다는 표정을 지으며 안젤린을 바라봤다.

"한잔 더 마실 테냐?"

"응……. 마실래."

"슬슬 술이 들어가는군, 헤헤헤."

바텐더에게 주문하며 퍼시벌이 말했다.

"벨은 분명히 사티에게 반했었다. 사티도 벨을 가장 좋아했을 테고."

안젤린은 놀라서 퍼시벌을 쳐다봤다. 퍼시벌은 히죽히죽 웃으며 곁눈질로 안젤린을 돌아봤다.

안젤린은 입을 빠끔빠끔했다. 자기 얘기가 아닌데도 어째서인지 뺨이 뜨거워지는 기분이 들었다. 아니야, 브랜디 때문이야. 두 손으로 뺨을 부여잡았다. 그러나 손바닥도 뜨겁게 느껴진다. 이마를 손가락으로 콕 눌렀다.

"왜 네가 부끄러워하냐."

"그치만…… 그치만, 퍼시 아저씨랑 사티 씨, 싸움할 만큼 사이가 좋았다는 느낌을 받았는데……."

"딱히 나하고 사티 사이가 나빴다는 말은 아니다. 다만 나와 그 녀석은 호적수라는 느낌이었지. 벨하고 있을 때 사티는 분명 푹 안심한 모습이었으니까. 쭉 함께 지내고 싶은 생각이 들었다면 내가 아니라 벨이었을 거다."

"어, 그런 거야? 난 전혀 몰랐는데."

"여전히 꼬맹이 같군, 이 녀석은. 뭐, 나도 지금 와서 든 생각이니까. 당시에는 대강 흘려보냈을 뿐이다. 나하곤 싸움 친구라는 느낌이었고, 그렇다고 카심에게 반한다는 건 말이 안 되지. 그렇다면 벨밖에 없지 않겠냐."

"난 말이 안 된다니, 조금 실례 아니야?"

"네 생각에는 사티가 너한테 반할 것 같냐?"

"어, 아니, 전혀."

"그렇지? 잘 아는군."

멍하니 눈앞에서 나누는 대화를 듣고 있었던 안젤린은 퍼뜩 놀라며 고개를 흔들었다.

"저기, 저기……. 아빠도, 혹시 알았어?"

"글쎄다. 벨한테 직접 물어봐라."

"그치만 아빠, 별일 없었다며, 옛날 일이라는 말만 하는걸………."

"하핫, 벨답구나. 뭐, 아무튼 녀석의 문제잖나. 내가 이러쿵저러쿵 떠들 얘기는 아니지. 마흔 넘어서 다른 사람에게 사랑이 어쩌고 연애가 어쩌고 참견당하면 멋이 없잖나. 안 그러냐, 카심."

"어? 아, 뭐, 그런가?"

카심은 겸연쩍어하며 수염을 비비 꼬았다.

안젤린은 괜히 갈팡질팡하며 눈앞에 놓인 컵에다가 입을 갖다 댔다가 뜨거운 열에 놀라서 급히 카운터에 내려놓았다.

"윽! 퍼시 아저씨는, 저기, 지금은 사티 씨 좋아하지 않아?"

"나는 사티에게 몹시 심하게 화풀이를 한 시기가 있었다. 죄책감이 더 강한지라 이제 와서 좋아한다거나 다른 말은 못 하겠군."

"아…….."

그런 이야기를 들었던 것 같기도 하다. 벨그리프의 다리를 고칠 방법을 찾아 세 사람이 가혹한 나날을 보낸 시기의 이야기다.

풀 죽은 안젤린의 등을 퍼시벌이 웃으며 두드려줬다.

"그런 얼굴 관둬라, 안제. 과거는 바꿀 수 없지만, 나는 드디어 미래를 내다보게 됐다. 게다가, 너 역시 어머니를 갖고 싶다는 말을 했다며. 내가 벨의 라이벌이 아니라 잘된 일 아니냐?"

"으, 으응……. 그래도……."

우물쭈물하는 안젤린을 보고 카심이 히죽히죽했다.

"아항~ 알겠다, 안제. 너, 사티에게 벨을 빼앗길까 봐 무서운 거냐?"

"앗! 뭐, 뭐래, 아닌데……."

불쑥 핵심을 찔린 기분이라서 안젤린은 시선이 흔들렸다.

퍼시벌이 유쾌하게 웃고는 안젤린의 머리를 덥석덥석 쓰다듬었다.

"뭐냐, 뭐냐. 귀여운 녀석이군. 아무튼 안심해라. 벨의 마음속에서는 언제나 네가 1등이니까."

"그럼 그럼. 이런저런 이야기 많이 했는데 말이야, 우리랑 같이 다녔던 추억 이야기보다 너를 키우던 때 기분이라든가 부녀끼리 톨네라에서 살던 얘기라든가 그런 이야기를 할 때면 벨 녀석, 갑자기 기운이 넘쳐난다니까?"

"일단 흥이 돋으면 말이 많아지더군. 최근에 재미있었던 게 네가 세 살 때였던가, 뭔 무서운 꿈을 꿨다며 침대에서 쉬야를 했다고, 그래서 한밤중에 바닥용 짚단을 전부 갈아 치워야 하는 봉변을 당했다는."

"왓, 와아앗!"

안젤린은 뺨이 새빨개져서 퍼시벌을 퍽퍽 때렸다. 아빠, 나빴어. 무슨 소리를 하고 다니는 거야.

퍼시벌은 웃음 짓고는 안젤린의 머리를 와락 쥐어서 빙글빙글 움직였다.

"나한테 화풀이하지 마라, 화나거든 벨한테 가서 따져라."

"으극……."

카심이 컵을 비운 뒤 카운터에 내려놓았다.

"그런 이야기를 할 때 벨은 진짜로 기뻐 보이거든? 오늘도 입 밖에 꺼내진 않았지만, 안제랑 같이 여행할 수 있다는 게 기쁜 얼굴이었어."

"그러게나 말이다. 너무 자랑하지 않게 조심하는 것 같다만, 네 이야기를 할 때 말투는 아주 딸바보가 따로 없더군. 이야기를 듣는 내가 부끄러워질 정도다. 사티도 된통 당할 거라 생각하면 벌써부터 기대돼서 못 견디겠다."

처음으로 안젤린이 아빠라고 불러주었던 때 이야기를 하는 벨그리프의 흐뭇해하는 표정, 검술을 연습하던 중 살짝살짝 보이는 안젤린의 재능을 뜨겁게 피력하는 모습 등등. 두 사람은 이것저것 벨그리프의 이야기를 하고 재미있어하며 웃었다.

어쩐지 몸의 심지까지 뜨거워지는 기분이 든다.

아빠는 언제나 아빠였구나. 옛날 친구와 재회했어도 아무것도 달라지지 않았구나.

마음의 한쪽 구석에서 지끈지끈 욱신거리던 거무칙칙한 감정이 급격하게 사라져 가는 듯 생각됐다.

"에헤……. 에헤헤……."

갑자기 얼굴이 헤죽헤죽 수습되지 않는다. 스스로 자기 뺨을 꾹꾹 꼬집어봐도 이상하게 자꾸 흐물흐물해진다. 분명히 난처해야 할 텐데 기뻤다. 카심이 재미있다는 표정을 짓고 수염을 비비 꼬았다.

"되게 기쁜가 보네."

"후후, 후후후후……."

안젤린은 히죽히죽 웃으며 카운터에 착 뺨을 붙였다. 나무로 만든 카운터는 으슬으슬 차가워서 기분이 좋다. 그대로 꾸물꾸물 얼굴을 좌우로 흔들거린다. 퍼시벌과 카심이 얼굴을 마주 바라봤다.

"녹아버렸군."

"혼자 오르락내리락 바쁜 녀석이군, 거참."

그러나 안젤린은 조금도 신경 쓰는 기색이 아니었다. 헤죽헤죽 표정이 흐무러진 채 살짝 미지근하게 식은 브랜디를 단숨에 쭉 들이켰다. 알코올이 목에 걸려서 살짝 목이 메었지만, 그럼에도 손을 들어서 추가로 술을 주문했다. 퍼시벌이 눈을 동그랗게 떴다.

"이 녀석, 뭐하는 짓이냐. 이렇게 잔뜩 마시다간 내일 뻗는다."

"후후……. 괜찮아. 마실래. 후후……."

눈앞에 놓인 컵에서 피어오르는 김이 흔들흔들 생물처럼 떠다니다가 허공으로 녹아들었다.

○

아침, 방에서 바스락바스락 짐을 확인하던 때에 안젤린이 뒤에서 안겨 드는지라 벨그리프는 하마터면 앞으로 쓰러질 뻔했다.

"좋은 아침이야, 아빠!"

"그, 그래. 좋은 아침이구나, 안제."

"에헤헤……. 아빠! 어째서 쉬야 얘기를 퍼시 아저씨랑 카심 아저씨한테 얘기한 거야!"

"어, 아니……. 그렇지만 한참 어렸을 적 얘기니까……."

"나도 여자아이거든! 옛날이야기라도 그런 건 비밀이지!"

"그, 그래, 미안하구나……. 그나저나, 어떻게 알고."

안젤린은 대답을 기다리지 않고 벨그리프의 등에 얼굴을 꾹꾹 문지르다가 곧이어 머리카락에 입가를 파묻고 습습 숨을 쉬었다. 숨결이 간지러웠다.

벨그리프는 당황하면서도 손을 뻗어서 안젤린의 머리를 쓰다듬어줬다.

이제껏 여정에서도 이렇게 불쑥 어리광을 부리는 때가 있었다만, 그때는 뭔가 정서가 불안정하다는 느낌을 받았다. 그러나 이번에는 예전처럼 전력으로 어리광 부리는 안젤린의 모습이다. 무슨 일이 있었던 걸까, 벨그리프는 고개를 갸웃했다. 저쪽 탁자에서 퍼시벌과 카심이 히죽히죽하며 쳐다보고 있다.

"……기분이 많이 좋구나, 안제."

"응!"

안젤린은 휙 떨어지더니 몸을 굽히고 있던 벨그리프의 앞에 마주하는 위치로 탁 주저앉았다. 기뻐하며 만면에 미소를 띠고 있었다.

"사티 씨, 빨리 찾아내자!"

"그, 그러자꾸나……. 무슨 일 있었니? 왜 이렇게 의욕……."

"나도 준비하고 올게……!"

벨그리프가 말을 다 마치기 전에 안젤린은 가벼운 몸놀림으로 방을 뛰쳐나갔다.

돌풍이 불어닥쳐서 지나간 기분인지라 벨그리프는 고개를 갸웃했다.

"이게 웬일이람, 도대체……."

"안제는 네 딸이라는 뜻이다."

"그럼, 그럼."

"……다만 쓸데없는 짓을 저지를 것 같다는 기분이 살짝 드는군."

"그러게 말이야."

"……음?"

친구 두 사람이 종잡을 수 없는 소리를 늘어놓기에 벨그리프는 더더욱 당황했지만, 일단 짐부터 꾸리자는 생각으로 다시 작업에 집중했다.

오늘 일행은 둘로 갈라진다. 그렇다 해도 핀데일에 남는 인원은 벨그리프와 퍼시벌 둘뿐이다. 따라서 짐을 조금 덜어서 필요한 물품을 분배해야 한다. 어제 저녁에 가볍게 준비는 했지만, 날이 밝앗으니 다시 정확하게 확인할 필요가 있다.

얼굴을 씻으러 바깥에 나갔던 이슈멜이 돌아왔다. 짐 정리를 하는 벨그리프를 보고는 살짝 쓸쓸해하며 머리를 긁적였다.

"갑자기 헤어지게 될 것 같군요, 벨그리프 씨."

"아, 그러게나 말일세. 이슈멜 씨, 여러모로 신세를 졌군…….
안제와 아이들을 잘 부탁합니다."

"아뇨, 아뇨. 카심 씨도 토야 군과 모린 씨도 함께잖습니까. 제가 할 일은 많지 않을 겁니다. 저야말로 신세 많이 졌습니다. 언젠가 톨네라에도 꼭 방문하고 싶군요."

"하하, 바라지도 못할 만큼 반가운 말이군. 다만 우리가 먼저 제도의 공방에 방문하게 될 것 같기는 하네."

"예, 꼭 와주십시오."

"이 녀석들아, 벌써 작별 분위기를 내서 어쩌자는 거냐. 아침 식사도 아직인데."

퍼시벌이 어이없어하며 말했다. 벨그리프는 쓴웃음을 지었다.

"맞는 말이군……. 짐은 문제없어. 아침 식사나 하러 가세."

"좋아, 배고프다."

카심이 일어섰다.

주점의 내부는 아침부터 떠들썩했다. 이 주변은 가도가 넓어 사람들의 왕래도 많다. 야간 이동을 하는 일행도 제법 많은 듯 아침이 되어서야 도착한 행색의 사람들이 쌓인 피로를 풀어내려는지 무척 떠들썩하게 술을 마시고 있다. 전부 의자가 꽉 들어찼기에 다른 데 끼어야 겨우 앉을 수 있는 분위기다. 다 같이 똑같은 탁자를 두고 식사하기는 좀 어렵겠다.

조금 뒤늦게 들어온 여자아이들과 좋은 아침이라며 인사를 주고받으면서도 다른 자리에서 각각 식사를 했다.

그렇게 짐을 챙겨다가 숙소를 나와 건물 앞에서 안젤린과 아이들을 기다리며 거리를 바라보던 때에 한걸음 먼저 나온 마르그리트가 벨그리프를 콕콕 찔렀다. 후드를 뒤집어써서 은발과 귀를 숨겨 놓았다.

"둘만 다녀도 괜찮은 거야? 조사가 제대로 되나?"

"하하, 걱정되니?"

"별로? 그냥 물어봤는데."

퍼시벌이 거하게 하품을 했다.

"뭐, 애당초 둘이 철저하게 다 조사할 생각은 하지도 않았다. 어차피 제도까지 하루도 안 걸리는 거리잖냐. 무슨 일 터져도 금방 합류할 수 있다고."

"흐음…… 그럼 처음부터 다 같이 제도로 가면 되는 거 아니야?"

"어떤 단서가 남아 있을지 모르잖니. 지금 이때를 놓치면 나중에 후회할 거다. 제다가 굳이 다 같이 살라자르 님을 만날 필요도 특별히 없고 말이야."

"그렇긴 하네."

마르그리트는 납득했는지 고개를 끄덕이고 벽에 기대어 섰다.

회색 말 몇 마리가 함께 거리를 지나간다. 큰 짐을 둘러멘 점원 소년이 주인으로 보이는 풍채 좋은 상인의 뒤를 종종걸음으로 따라간다. 그 맞은편에서는 모험가 행색의 무장 집단이 다가오다가 서로 엇갈렸다.

마르그리트가 흥, 코웃음을 쳤다.

"빨리 그 엘프를 찾아내줘라. 괜히 불똥만 튀었잖아, 완전 민폐라니까."

"그러게나 말이다. 다만 마리, 어제는 잘 참더구나. 잘했다."

"……뭐, 뭐어, 사실은 싹 날려버리고 싶었지만."

"뭐라 떠드는 거냐, 안 말렸으면 당장에 덤벼들 기세였잖냐. 나와 벨이 앞으로 먼저 나섰기에 망정이지."

"음, 마음이야 이해가 되지. 냅다 난투를 벌였으면 진짜 수배자가 됐을 테지만, 헤헤헤."

마르그리트가 입을 삐죽거렸다.

"너희도 엘프령에서 불쑥 인간이라는 이유로 체포당하는 신세가 되면 당연히 화나지 않겠냐. 너무 불합리하잖아. 화가 안 나면 오히려 이상한 사람이지."

"……맞는 말이군."

"그렇게 생각하면 확실히 불합리하네. 그래그래, 착하다, 착해. 애썼구나."

"관둬라, 바보. 네가 쓰다듬어줘도 안 기쁘다고."

머리를 쓰다듬는 카심의 손을 마르그리트는 퉁하게 쳐냈다. 카심은 웃으며 손을 팔랑팔랑 흔들었다.

"헤헤헷, 역시 이런 건 벨의 역할인가."

"뭐래, 왜 벨이 튀어나오냐! 상관없잖아!"

마르그리트는 카심을 콕콕 찔러 대면서 화냈다. 벨그리프는 쿡쿡 웃었다.

"빨리 해결하고 싶구나. 마리도 사실은 핀데일은 천천히 둘러보고 싶겠지?"

"으, 응⋯⋯."

마르그리트는 먼 곳을 바라봤다. 건물이 저 너머까지 잔뜩 늘어서 있다. 아침의 맑은 공기 덕택에 어제보다 풍경이 확 트여서 먼곳까지 또렷하게 내다볼 수 있을 듯하다. 넓은 도시였다. 불과 며칠 동안에는 도저히 다 둘러볼 수가 없을 것이다.

이윽고 안젤린과 다른 일행도 밖에 나왔다. 벨그리프가 나올 때는 없었던 토야와 모린도 함께였다. 후드를 뒤집어쓴 모린은 크게 하품을 하고 있었다.

"흐앙⋯⋯. 후우, 좋은 아침이에요."

"뭐냐, 잠을 덜 잤나?"

퍼시벌이 말했다.

"아뇨, 아뇨. 방금 막 일어나서요."

"항상 늦잠이라서요, 모린은."

토야가 반쯤 포기했다는 듯이 말했다. 식사도 그렇고 모린은 자기 나름의 주관이 무척 뚜렷하구나 싶어서 벨그리프는 슬쩍 웃었다.

요리도 나오는 데 시간이 제법 걸려서 이미 태양은 높게 떠올랐다. 안젤린이 벨그리프의 팔을 붙들었다.

"가자……."

"그래. 그러고 보니까, 리젤로테 님이 편의를 봐주겠다는 말씀을 하셨던가."

"응. 제도에 도착하면 리제를 만나러 갈 거야."

어젯밤 실컷 수다 떨면서 즐거운 시간을 보낸 리젤로테는 밤이 되어서야 제도로 돌아갔다. 이곳 부근은 밤중에 귀가해도 될 만큼 치안이 괜찮다고 한다. 그러니까 야간 행군으로 이동을 하는 행상인도 많았을 테지.

마르그리트와 모린이 괜히 오해를 받지 않도록 대공가의 이름이 적힌 소개장을 써주기도 했다던가. 무엇인가 말썽이 일어난다면 그 소개장을 보여주라는 배려다. 아직 어리고 아이처럼 천진난만한데도 무척 수완이 좋다는 생각이 들어 벨그리프는 깊이 탄복했다.

아무튼 간에 다 같이 승합 마차가 모이는 광장으로 갔다. 사람도 많다만 마차도 많다. 별달리 고생하지 않고 제도행 마차를 잡아탈 수 있었다.

"안제, 빼먹은 물건은 없지?"

"응."

올라타기 전에 안젤린은 벨그리프에게 꼭 안겨 들었다. 그러고는 가슴께에 꾹꾹 얼굴을 눌러 비볐다.

"……좋아. 다녀오겠습니다."

"그래, 잘 다녀오거라. 조심하고."

"아빠도 조심해야 돼……. 후후."

안젤린은 기뻐하며 얼굴을 활짝 펴고 마차에 올라탔다. 먼저 타 있었던 아넷사와 밀리엄이 의아하다는 표정을 지은 채 서로를 마주 바라보고 있었다.

"……뭔가 아침부터 기분이 되게 좋구나, 안제 녀석."

"평소처럼 기운이 막 솟아나는 느낌이네."

무언가 좋은 일이라도 있었던 걸까, 벨그리프는 고개를 갸웃했다. 퍼시벌과 카심이 재미있다는 표정을 짓고 있었다.

이슈멜과도 다시금 작별 인사를 나누고, 토야와 모린에게도 인사했다. 모린은 평소와 같은 분위기였다만, 토야는 왠지 몰라도 머뭇머뭇하는 모습이었다.

"저기……. 벨그리프 씨가 톨네라로 다시 돌아가시기 전에, 또 만나 뵙고 싶어요."

"하하, 그렇구나. 두 사람에게는 제법 신세도 졌고, 이것저것 해결하면 천천히 술이라도 마시도록 할까."

"네, 네에!"

토야는 기뻐하며 웃음 짓더니 벨그리프의 손을 붙잡았다.

승객이 다들 탑승하자 작별을 아쉬워할 틈도 없이 분주하게 마차가 출발했다.

안젤린과 다른 일행들이 고개를 내밀어 바라보면서 힘껏 손을 흔들었다. 광장을 벗어난 뒤 마차가 모퉁이를 돌아서 안 보이게 될 때까지 벨그리프는 일행을 배웅했다.

옆에 선 퍼시벌이 고개 돌렸다.

"어디…… 우리도 움직여볼까."

"그러세. 일단 정보를 모으도록 할까."

"길드에 갈 텐가, 병사들 주둔지에 갈 텐가……. 뭐, 급하게 굴 필요도 없나."

퍼시벌은 히죽 웃고는 벨그리프의 어깨를 두드렸다.

"이렇게 같이 다니는 게 얼마 만인가, 훗"

"하하, 그러게나 말이야."

벨그리프는 미소 짓고는 의족으로 톡톡 지면을 살짝 걷어찼다.

"……아무튼, 일단은 조금 더 작은 숙소를 잡아 놔야지. 짐을 짊어진 채 움직이기는 불편하잖나."

"그것도 그런가. 하하하, 넌 역시 냉철한 녀석이다."

퍼시벌은 유쾌하게 웃곤 망토를 펄럭였다.

벨그리프는 짐을 고쳐 메고는 뒤를 따랐다.

# 106 은발을 묶어 위에다가 천을 두른

　은발을 묶어 위에다가 천을 두른 엘프 소녀가 고심에 찬 표정을 지은 채 냄비의 내용물을 노려보고 있었다.

　옆에 놓아둔 작은 조미료 상자에 눈길을 주며 조그만 병 하나에 손을 뻗었다가 다시 거두고, 다른 조그만 병에 손을 뻗었다가 또 붙잡지 못한 채 손을 거둔다. 간신히 하나를 손에 들더니 내용물을 보고 냄새를 맡고 고개를 갸웃거리다가 되돌려 놓았다. 무엇을 쓸까 망설이는 모습이었다.

　조금 뒤쪽에 선 적발 소년은 살짝 조마조마한 얼굴로 가만히 지켜보고 있다가, 이윽고 말을 붙였다.

　"……괜찮아?"

　"괜찮아. 너는 옆에서 봐주기만 하면 돼."

　엘프 소녀는 미간에 주름살을 지은 채 소년을 돌아봤다가 곧이어 다시또 냄비를 노려봤다. 조그만 병에 손을 뻗는다. 고개를 갸웃거리다가 관둔다.

　마법약이라도 만드는 걸까, 싶은 생각도 들지만 그저 요리를 하는 중이다. 잡탕이라며 야유를 듣는 밍밍한 요리 때문에 자주 놀림당하던 엘프 소녀가 적발 소년에게 가르침을 청한 까닭이다. 그럼에도 이렇다 할 진척이 없다. 아주 약간만 배운 뒤 소녀는 이제 소년을 외면한 채 냄비와 끙끙 대치하고 있다.

"……저기, 굳이 이렇게까지 고민할 게 아닌데."

"안 돼. 진짜 맛있는 걸 만들어서 둘 다 찍소리도 못 하게 만들어줄 거야."

"그러면 내가 제대로 가르쳐줄 테니까……."

"아니야. 그럼 내 요리가 안 되잖아. 꼭 나만의 요리로 승부할 거야."

"그런 건가?"

소년은 잘 이해가 되지 않았지만, 소녀의 얼굴은 아주 진지했다. 포기한 뒤 다시 묵묵히 지켜봐주기로 했다.

"소금은 괜찮을 테고……. 향신료……. 향초? 매운 게 아니라……. 으음……."

중얼중얼 혼잣말한다. 냄비 아래의 불은 타오르고 있다. 내용물은 보글보글 끓어오른다. 적발 소년은 조바심이 차올라도 끝내 참견하지 않고 지켜봤다.

"좋아……. 이거야. 결정!"

드디어 작은 병 하나를 손에 들더니 내용물을 훌훌 뿌린다. 이제 자신감이 좀 붙는지 소녀는 방금 전까지 우물쭈물하던 모습과 전혀 다르게 망설임 없는 손놀림으로 몇몇 양념이 든 병을 붙잡아 간을 맞췄다.

"이제 끝!"

소녀는 만족스럽게 웃더니 냄비 내용물을 나무 국자로 휘젓고 퍼 올려서 입에 가져갔다.

"……어때?"

소녀가 입을 안 여는지라 소년은 머뭇머뭇하며 말을 건넸다. 엘프 소녀가 고개 돌렸다. 떨떠름한 표정을 짓고 있다.

"왜 그래?"

"……탔어."

○

가도 옆쪽에 커다랗고 넓은 훈련장이 있고, 그곳에서 제국병으로 보이는 인원들이 둘로 나뉘어 모의전을 치르는 중이었다. 크고 작은 천막을 쳐 놓았고, 군마가 울음소리를 냈다. 갑옷과 무기가 맞부딪치는 소리가 들려온다. 이러면 도적도 접근할 엄두가 안 나겠구나. 안젤린은 생각했다.

승합 마차는 여전히 승차감이 딱히 좋다고 말할 순 없으나 길이 잘 정비된 만큼 북부보다는 편한 느낌이 든다. 이스타프 방면에서 핀데일까지 온 길도 잘 정비되어 있었다만, 이 도로는 특히 제도와 맞닿은 길이잖은가. 왕후귀족도 왕래하는 도로인지라 관리 상태가 경탄할 만했다.

마르그리트가 눈을 반짝이며 마차 바깥으로 얼굴을 내밀고 있다.

"굉장하네. 길이 엄청나게 깔끔하잖아."

"그렇지? 우리도 처음 제도에 왔을 땐 많이 놀랐어."

토야가 말했다. 아넷사가 고개를 끄덕거린다.

"이러면 마차도 꽤 빠른 속도를 낼 수 있겠네."

"네. 핀데일에서 제도는 거리가 가까운 이유도 있습니다만, 이 길의 깔끔한 관리 상태가 더욱 수월한 이동을 뒷받침하지요. 덕분에 왕래 자체가 빠릅니다."

이슈멜이 말했다. 카심이 중절모자를 고쳐서 썼다.

"내가 제도에 있던 시절보다 더 깔끔해졌네. 최근에 뭘 했나?"

"벤자민 황태자의 제안이라더군요. 저 훈련장의 설립도 황태자의 발안이라고 들었고요. 덕분에 이 주변에서는 도적이 전부 자취를 감췄고, 마수도 거의 없습니다. 그렇게 예전보다 교역이 활발해졌고, 제국의 경제 상황도 상승 추세입니다."

"벤자민인가."

카심은 눈살을 찌푸리며 수염을 비비 꼬았다. 안젤린은 눈을 깜박거렸다.

"분명, 대공가에서 만났던 사람이지……?"

"그래……. 좀 조심을 많이 해야 할 상대지."

"엥~ 어째서? 그치만, 엄청 우수한 사람이잖아."

밀리엄이 이상하다는 듯이 고개를 갸웃했다. 가도 정비에다가 훈련장 서립에 따른 치안 유지 등 확실히 눈에 보이는 성과는 크다. 카심은 힐끗 주위를 둘러보며 목소리를 낮췄다.

"대공가에서 프랑수아를 꼬드겨서 안제와 충돌시킨 게 바로 그 녀석이야. 남들 보기에는 우수한 놈일 수 있겠지만, 뱃속에는 무슨 꿍꿍이를 갖고 있는지 짐작도 안 된다니까."

"프랑수아⋯⋯. 아, 리제의 오빠라는?"

어제도 이야기가 나왔다. 대공의 첩출이며 대공가 자체에 대해 무엇인가 앙심을 가지고 있는 남자였다. 자포자기한 카심을 부추겨서 안젤린과 싸우게 만들고자 했던 장본인이다. 결국 겨울철 강에 내동댕이쳐지는 신세가 됐었는데 무사했나 보다.

그런 프랑수아가 지금은 벤자민 황태자의 친위대라고 했다.

뭔가 불길한 예감이 든다. 안젤린은 눈살을 찌푸렸다. 리젤로테를 만나러 가면 프랑수아나 벤자민과 마주칠 가능성도 높다. 조금 망설여지는 이야기다.

카심이 탄식한 뒤 마차의 벽에 몸을 기댔다.

"뭐, 심상찮은 상대지만 잘 경계하면 괜찮을 거다. 조심들 하라고~ 얼굴은 절세의 미남자라서 너희들 아무것도 몰랐음 홀랑 반해버린다."

"엥, 미남자야? 그럼 좀 보고 싶은데~. 그치~? 마리."

"왜 나한테 묻는 거야."

"황태자요, 한 번은 본 적 있었죠, 토야. 확실히 미남자였어요, 냠냠. 특별히 꿍꿍이가 있는 사람 같아 보이지는 않았지만요~."

모린은 잼 바른 빵을 베어 먹으며 말했다. 토야가 푹 고개를 떨어뜨렸다.

"또 어디서 구해 가져온 거야? 뭐, 확실히 황태자는 미남이었지. 꽤 싹싹하게 웃는 사람이었다고 생각했어. 사람은 겉모습만 봐선 알 수 없다는 걸까……."

그러고 보니 그랬던가. 안젤린은 새삼 떠올렸다. 쓸데없이 친한 척 굴던 태도는 어쨌든 간에 좀 무딘 구석이 있는 안젤린마저 뭐, 괜찮긴 하네, 생각이 들 정도였다. 다만 어쩐지 싫은 느낌을 받았기에 마음은 열지 않았었는데 카심의 이야기를 들어보니까 납득이 됐다. 달리 꿍꿍이가 있는 남자인가 보다.

딱히 제도에 발을 들인다고 꼭 벤자민과 마주치리란 법은 없다. 애당초 S랭크라고 해 봤자 일개 모험가가 황태자와 만난 것 자체가 드문 사례였다. 다만 상대가 적극 접근한다면 상황이 확 달라질 테지. 게다가 이번에는 리젤로테라는 대공의 딸과 만남이 이루어졌다. 그쪽에서 벤자민에게 무엇인가 소식이 전해진들 이상할 것이 없겠다.

단지 벤자민의 뱃속을 읽을 수 없다.

비록 훈장을 받은 젊은 모험가라는 드문 인재라곤 해도 구태여 자신에게 구애될 만한 이유가 전혀 떠오르지 않는다. 젊고 미인이니까? 역시 이렇다 할 느낌이 오지 않는다. 미남인 황태자라면 아름다운 여자야 마음껏 골라잡을 수 있을 것이다. 그렇다면 강자끼리 싸움을 붙이며 즐거워하는 변태인가…….

안젤린은 잠시간 어렵다는 표정으로 짓고 생각에 잠겼지만, 곧 포기한 뒤 숨을 내쉬었다. 잘 알지 못하는 타인의 마음속을 상상하는 것만큼 어려운 게 없다.

고민해 봤자 시간만 아깝다는 생각이 든다. 실제 무엇인가 사건이 터진다면 그때는 그때다. 방심하지 말고 잘 경계하면 침착하게 대처할 수 있을 만큼 자신은 강하다. 카심 수준의 실력자와 맞닥뜨린다면 조금 고전할 순 있어도 패배는 하지 않는다. 대강 매듭을 지었다.

똑, 머리를 살짝 맞았다. 고개 돌렸더니 마르그리트가 엷은 옥색의 눈동자로 안젤린을 보고 있었다.

"얼굴에 다 드러난다, 모자란 머리로 궁리해 봤자 뭔 소용이야."

"모자라다니, 누가……. 마리만큼 바보는 아니거든?"

"뭐라고, 짜샤?"

"왜 불쑥 싸우는 거야, 가만히 좀 있어."

아넷사가 어이없어하며 말했다.

비스듬하게 비치던 햇빛이 더욱 기울어지며 점점 색채에 깊이가 더해졌다. 가도 주변의 평원에 크고 작은 밭이 펼쳐지는가 싶더니 저쪽 너머에서 큰 도시의 그림자가 보이기 시작했다.

밭과 가까운 곳, 그래 봤자 가도에서는 좀 떨어져 있는 곳인데 그곳 주변에 작은 촌락 비슷한 지역이 다수 자리를 잡고 있었다. 목조, 석조, 그리고 천막 비슷한 건물이 늘어서 있다. 농민들의 거주지일까.

안젤린은 마차에서 몸을 내밀어 전방을 봤다.

제도는 배후에 산을 두고 있는데 그 산의 경사면까지 건물이 넓게 자리를 잡았다. 평원과 도시를 가로막는 모양새로 성벽이 쭉 뻗어 나가고, 감시탑으로 보이는 긴 건물 다수가 우뚝 서 있다.

멀리서 보면 썩 거대하다는 느낌은 못 받았는데 시야에 들어오고 난 이후에 가까워질 때까지 시간이 꽤나 걸리는구나 생각이 우선 들었고, 문득 깨달았을 때는 무시무시하게 높은 성벽이 눈앞에 있었다. 사람과 마차 따위의 왕래가 많다.

성벽을 따라서 넓고 깊숙하게 해자를 파 놓았는데 녹색의 물이 흔들거렸다.

그 부근에는 천막이 다수 늘어서 있었다. 짐수레가 오가고, 누군가가 목소리를 높이고, 거리 공연을 하는 사람이 음악을 연주하고, 말이 울음소리를 내고, 닭이 달려다니고, 몹시도 시끌시끌하다. 아마도 자유 시장 비슷한 장터가 운영 중인지 몹시 떠들썩했다.

승합 마차의 정류소도 성벽 바깥에 있었다. 바깥에서 내린 뒤 도보로 수도에 들어가는 것 같다. 성벽에는 몇몇 커다란 입구가 있는데 목적한 장소까지 가려면 내린 뒤 또다시 이동을 해서 움직여야 하는가 보다.

마차에서 내렸으나 아직 수도에 들어가기 이전인데도 불구하고 근방이 온통 사람으로 붐빈다. 천막과 노점에는 갖가지 상품이 진열되어 있고 위세 좋은 행상인들이 말다툼을 벌이고 있다.

아넷사가 어안이 벙벙한 모습으로 중얼거렸다.

"굉장하네……. 도시 바깥이 아니었나? 여기."

"놀랐어? 행상인 수가 많으니까 이렇게 도시 바깥에서 시장이 열리는 거야."

토야가 그렇게 말한 뒤 저쪽 먼 곳을 가리켰다.

"꽤 멀리까지 시장이 이어지지. 시간 있으면 한번 구경해봐. 대륙 각지에서 사람이 모여드니까 재미있는 가게가 무척 많아."

"그렇구나……. 다 돌아볼 수 있으려나."

이에 더하여 수도의 내부에도 물론 평범하게 가게와 시장이 있을 것이다. 수도에 들어가기 전부터 압도되는 기분이구나. 안젤린은 살짝 몸을 떨었다. 올펜, 요벰, 이스타프, 핀데일 등 커다란 도시를 많이 경험했는데도 역시 이곳은 다른 지역과 다른 무엇인가가 있다는 느낌이 든다.

마르그리트도 두근두근하는 모습으로 주변을 둘러보았다.

"진짜 굉장하네! 이 성벽, 전망이 되게 좋을 거야. 올라갈 수 있나? 어때? 이슈멜."

"글쎄요, 성벽은 군부의 관할이니까요. 과연 올라갈 수 있을지는……."

이슈멜이 어깨를 으쓱거렸다.

"뭐야, 김빠지게."

마르그리트가 발밑의 작은 돌멩이를 걷어찼다. 카심이 하품을 하며 모자를 고쳐서 썼다.

"자, 어떻게 할까. 꼬마가 있는 곳으로 가볼까, 아님 배부터 채워볼까."

"그러고 보니까 배가 고프네~. 리제네 저택까지 가려고 해도 꽤 거리가 있을 테니까 먼저 밥부터 먹을래~?"

"그것도 괜찮겠네……. 이제 거의 밤이고, 오늘 밤 묵을 숙소를 어딘가 잡은 다음에 내일 가봐도 괜찮겠어."

아넷사도 말을 거들었다. 안젤린은 같이 고개를 끄덕거리려다가 문득 생각이 나서 토야에게 말을 붙였다.

"아, 그런데 살라자르 씨는 언제 만나는 거야?"

"만나려고 하면 언제든 만날 수 있어. 다만 산기슭에 연구실이 있으니까 여기에서 가려면 또 대강 한 시간은 이동해야 되거든. 어차피 소재를 건네주러 가긴 가야 하는데……. 아, 맞다. 우리는 길드에도 먼저 들러야 하는구나."

"살라자르든 길드든 나중에 찾아가면 되잖아요. 밥부터 먹자고요, 밥. 맛있는 파바다를 먹고 싶어요."

"모린……. 너 마차에서도 이것저것 먹지 않았어?"

"파바다가 뭐야?"

"말린 흰콩을 푹 끓인 요리예요. 소시지 토막과 염장 고기를 넣고 걸쭉하게 끓여서 맛있답니다. 거기에 딱딱한 빵을 담갔다가……. 맞다, 채소를 듬뿍 넣은 모르네도 참 괜찮죠……. 아, 모르네라는 건 채소라든가 고기를 우유랑 치즈 소스로 푹 끓여서 깊은 접시에 넣고 구워 낸 요리예요. 저는 생선 넣은 걸 좋아하는데 말이죠. 아~ 그치만 로데시아 돼지 고기구이도 넘기긴 아쉽구나……. 껍질이 살짝 탈 만큼 바싹바싹, 그래도 지방이 흐를 정도로."

모린은 설명하며 요리를 상상했는지 황홀한 표정을 짓고 있었다.

어쩐지 배가 꼬르륵거리는 기분이다. 안젤린은 배꼽 주위를 손바닥으로 쓸어 만졌다. 토야는 맙소사, 하는 표정을 지은 채 이마에 손을 가져갔다.

"진짜로 너는……. 어떡할래? 혹시 식사부터 하려면 잘 아는 가게에 안내해줄게."

"모린 씨 이야기 덕에 불쑥 배고파졌어~. 나는 밥 먹고 싶은데~. 너는? 아네."

"으음, 확실히……. 어떻게 할까?"

"나도 따라간다! 전부 다 먹어본 적 없는 요리뿐이고."

"응……. 같이 갈까. 모처럼 제도에 왔으니까……. 괜찮아? 카심 아저씨."

"좋다. 서둘러 봤자 뭔 소용이겠냐. 일단 배부터 채우자고."

"결정났네. 그럼 일단은……."

그렇게 토야가 앞서 나가려던 때 이슈멜이 손을 들었다.

"저기, 저는 일단 공방에 돌아가고 싶군요."

"아……. 그렇구나. 이슈멜 씨도 제도에 집이 있다고 했지……."

"예. 소재를 들고 쭉 움직이기도 조금 그렇고요. 일단 짐 정리를 하고 싶군요."

"엥, 그럼 여기서 작별이야~? 같이 밥 먹으러 가자~."

밀리엄이 유감스러워하며 말했다. 이슈멜은 쓴웃음을 지었다.

"같이 가고 싶기는 합니다만, 공교롭게도 공방이 2번 거리에 있는지라 조금 거리가 멀어서요……."

"끙, 그렇구나……."

"여러분은 대공가의 제도 저택에서 당분간 체재할 예정이시죠? 저도 짐 정리가 끝나는 대로 방문하겠습니다. 무언가 도와드릴 만한 부분도 있을 수 있고요."

"기뻐……. 고마워, 이슈멜 씨."

"아뇨, 아뇨. 저야말로 함께 다닐 수 있어 감사했습니다……. 그러면 이만."

이슈멜은 짐을 고쳐 메고는 인파 속으로 사라져 갔다. 일행은 잠시 배웅하다가 이번에야말로 토야의 선도를 따라 수도의 안쪽으로 걸음을 내디뎠다.

○

병사 주둔지를 나온 뒤 벨그리프는 어렵다는 표정을 지은 채 팔짱을 꼈다. 퍼시벌은 머리카락을 손가락으로 빙글빙글 만지작거렸다.

"단서라고 할 만한 단서는 없는 듯하군. 맞닥뜨렸다는 녀석들은 여기 주둔한 병사가 아니라 제도에서 파견을 나온 부대라고 하고, 소동 이후에 엘프를 본 적은 없다는 말까지 나왔잖나."

"그러게나 말일세……. 소동이 일어났던 곳 주변 사람들에게 물어물어 조사해볼까."

"이런 분위기면 길드에도 별 대단한 정보는 아마도 없을 테고, 그게 차라리 괜찮겠군. 생선 가게였던가? 확실히."

"음."

들은 이야기에 따르면 생선 가게에서 장을 보던 여자를 제도 병사가 느닷없이 베어 죽였다. 그러자 죽은 여자가 일어나더니 엘프로 모습을 바꿨다고 한다.

기묘한 마법이다. 거의 들어본 적도 없었다. 금주(禁呪)나 외법(外法)일 가능성도 있다. 카심이라면 뭔가 알지도 모르겠는데 하필이면 개별 행동 중이었다. 그러나 마법의 상세 정보는 지금 관계가 없다. 잡다하게 많은 정보를 수집한들 혼란만 늘 테지.

벨그리프는 도시 지도를 펼쳐서 장소를 확인했다. 병사 주둔지에 갔을 때 대강 장소를 물어서 파악은 했다. 이곳에서는 조금 떨어져 있는 장소 같았다.

퍼시벌이 살짝 기침하더니 향주머니를 꺼내 들었다.

"……조금 거리가 있군."

"그래. 하지만 걸어서 대략 한 시간이면 도착할 거야."

벨그리프는 지도를 접어서 품에 넣은 뒤 주위를 둘러봤다. 안젤린과 다른 일행들은 이제 제도에 도착했겠구나 생각을 한다.

퍼시벌이 그립다는 듯이 눈에 웃음을 지었다.

"새삼 떠오르는군. 맨 처음에는 둘이 이곳저곳을 걸어 돌아다녔지."

"그랬었지. 그러던 중에 카심과 만났고."

"그 무렵 올펜도 이런 분위기로 떠들썩했던 것 같아."

"하하, 지금도 마찬가지라네."

노점에서 케밥을 사서 가볍게 배을 채운 뒤 예의 생선 가게로 향했다. 번화가의 한 귀퉁이에 자리를 잡고 시끌벅적한 거리와 면한 가게인 듯하다. 사람들 통행이 많은 터라 한눈을 팔면 걸어오는 사람과 부딪힐 것 같다. 일단 거리의 인파 바깥으로 몸을 빼낸 뒤 방해가 되지 않는 곳에서 다시 지도를 펼쳤다.

"여기 주변이 맞을 텐데."

"가게가 많군. 지리 감각이 없으니가 분간이 안 된다."

잠시간 주변을 돌아다니다가 겨우 찾아냈다. 한번 부서졌다가 수리한 듯한 진열대에 생선을 쭉 올려놓았다. 손님 상대를 마친 주인아주머니에게 말을 건넸다.

"저기, 실례합니다."

"예이, 어서 옵쇼!"

"엘프에 대해 여쭙고 싶습니다만……."

벨그리프가 말을 꺼내자 주인장은 노골적으로 싫은 표정을 지었다. 아주 지긋지긋하다는 얼굴이다.

"또 왔네……. 우리 가게는 생선을 팔아, 얘깃거리를 파는 곳이 아니야. 안 사려면 다른 데 가서 알아봐."

아무래도 예의 소동을 전해 들어서 온 호기심 많은 무리가 거듭 나타나 귀찮게 했었나 보다. 물건도 안 사는데 이야기만 자꾸 졸라 대면 달가운 표정이 지어지진 않겠지.

퍼시벌이 진열대 위쪽 큰 생선을 붙잡아 들어 올렸다.

"이거 주쇼."

"어? 아, 어어, 사려고?"

"살 테니까 엘프 이야기를 잠깐만 해주쇼. 모자라다면 더 잔뜩 사주지."

"이, 이보게, 퍼시."

"숙소에 요리를 맡기면 되잖냐. 이거, 생선 토막도 싸주겠나."

큰손님이다. 판단이 끝난 순간에 주인장의 태도가 누그러졌다. 그러나 아직 어딘가 경계심이 묻어나는 얼굴로 생선을 종이 봉투에 담았다.

"그게 말이야······. 나도 자세하게 잘 알지는 못하지만, 엘프가 둔갑했던 아가씨는 예전부터 자주 우리 가게에 왔었어. 항상 꽤 넉넉한 양을 사 갔는데 도시 변두리에 있는 새싹 식당이라는 밥집을 운영한다고 말을 했었지."

"새싹 식당······. 어디에 있는 곳입니까?"

"제도의 병사님이 말하길 그런 가게는 아예 없다더라고. 거참, 기묘한 일이 다 있지. 어쩐지 소름이 돋아서 말야, 솔직히 더는 얽히고 싶지 않은 심정이야. 싹 잊고 싶다니까."

그렇게 말한 뒤 주인장은 바르르 떨었다. 병사가 여인을 베던 광경이 떠올랐던 까닭이리라.

주인장은 더 이상 아는 것은 없다고 했다. 이래서는 막다른 길이었다.

벨그리프가 턱수염을 비비 꼬고 있으려니까 등에 멘 대검이 작게 윙윙거렸다. 무슨 일인가 싶어 주위를 둘러봤더니 뭔가 작은 인영이 가게의 처마 끝에 서 있었다. 어린아이쯤 되는 키에다가 얼굴에 베일을 드리우고 있는 터라 잘 안 보였지만 여자아이 같았다. 그러나 무엇인가를 확인하려는 듯이 가만히 지면을 주시하고 있음은 파악이 됐다.

묘한 느낌을 받아 그 인영을 바라보던 중 불현듯 소녀가 이쪽을 쳐다봤다.

눈이 마주쳤다, 아마도. 그 순간 무엇인가 등에 싸늘한 감촉이 치달리는 것을 느꼈다. 대검의 윙윙 소리가 살짝 커진다.

"으음……."

벨그리프는 눈살을 찌푸렸다.

여자아이가 베일 너머로 웃는 것 같다는 생각이 들었을 때 불쑥 뒤쪽에서 따끔거리는 위압감이 주변에 퍼져 나갔다. 여자아이는 흠칫하며 몸을 움츠리더니 안절부절 빠른 걸음으로 떠나갔다.

벨그리프가 고개를 갸웃하며 뒤를 돌아봤더니 퍼시벌이 무서운 표정으로 소녀가 떠나갔던 방향을 노려보고 있었다.

"퍼시?"

"……거슬리는 녀석이군. 마음에 안 든다."

퍼시벌은 혀를 차고는 향주머니를 꺼내 들었다.

"아니, 분명히 이상하다는 생각이야 들긴 했는데 상대는 어린아이잖나?"

"겉모습뿐이다. 거참, 여전히 제도 주변에는 묘한 녀석들이 많이도 돌아다니는군."

벨그리프는 당황했다. 겉모습뿐? 그럼 알맹이는 다르다는 말이다. 모종의 의태(擬態)일까. 아니면 마리아처럼 마법으로 신체 연령을 조작한 것일까.

그라함의 검이 반응한 것도 신경 쓰였다. 무언가 안 좋은 사건이 일어나려는 징조인가? 의문을 가지게 된다.

퍼시벌은 향주머니를 넣은 뒤 구입한 생선 주머니를 손에 들었다.

"어쨌든 간에 예의 엘프에게는 귀찮은 문제가 따라다니는 것 같군. 긴장 늦추지 마라, 벨."

"그래……."

벨그리프는 눈에 힘주며 주위를 둘러봤다. 변함없이 떠들썩하다. 그러나 정작 이면에서는 무엇인가 묘한 계략이 준동하고 있다. 미처 깨닫지 못한 동안에 자신들도 그 소용돌이 안쪽에 발을 들여놓았다는 예감을 받은 벨그리프는 입을 굳게 다물고 허리에 찬 검의 자루를 쥐었다.

○

이미 해가 거의 저물었기에 주변에는 온통 땅거미가 내려앉았다.

가로등에 불이 피어나며 길 가는 사람들의 그림자가 짙어졌다.

기분 좋은 여행이었다. 거리를 따라 걸어가면서 이슈멜은 생각했다.

우연한 만남이 더욱 확장되면서 『천개 파괴자』라는 명성 높은 마법사와도 친분을 쌓을 수 있었다. 걸핏하면 살벌한 상황과 마주

치게 되는 것이 모험가와의 여정인지라 드물게 화기애애한 일행과 함께 다니면서 단순히 소재 수집을 위한 여행과 달리 평온함을 얻었다는 생각이 든다.

"……어떻게든 힘이 되어주고 싶구나."

혼잣말했다. 이슈멜 본인이 벨그리프와 여러 일행에게 호감을 가지고 있는 것은 분명한 사실인 데다가 사정을 알면 알수록 힘을 보태주고 싶다는 마음이 솟구쳤다. 자신의 연구는 나중으로 미뤄도 괜찮겠다는 생각이 들 정도다.

다만 일단은 자신의 신변부터 먼저 잘 정리해야 한다. 상당히 긴 기간, 집을 비워 놓았잖은가. 한번 제대로 청소를 해야 할 것이다. 모든 것을 내던질 만큼 이제 자신은 젊지 않았다.

공방은 대로에서 안쪽으로 들어간 뒤 구불구불한 골목길을 지나간 곳에 있었다.

떠들썩한 바깥쪽 대로와 달리 조용하고 지나다니는 사람도 거의 없다. 돌바닥을 똑똑 밟으며 가는 소리가 건물에 반향되어 위로 빠져나간다.

낯익은 나무 문이 눈에 들어왔다. 창문에는 나무판자를 박아 놓았다. 마법 실험에는 방이 어두울수록 좋으니까. 다만 조만간 새 친구들을 공방에 초대했을 때 음침하다고 생각될 수는 있겠다.

이슈멜은 살짝 웃으며 열쇠를 넣어 돌리고 문을 밀어 열었다.

"……어? 뭐지, 이게."

아무것도 없었다.

먼지가 흩날리는 방 안에는 기억 속에 있는 실험 도구와 마도서 책장, 마술식 및 고찰을 쭉쭉 써 놓은 서류가 산더미를 만든 탁자 등등 있어야 할 물건이 일절 없었다. 단지 싸늘한 돌바닥과 벽이 손에 든 램프의 불빛에 비추어지고 있을 뿐이다.

이상하다. 집을 잘못 들어왔나? 아니, 말도 안 된다. 자신의 집이다, 착각했을 리 없다. 기억이 확실하다면…….

아니, 잠깐만. 기억?

자신은 어떤 실험을 진행 중이었던가? 책장에 쭉 꽂아 놓았던 마도서의 제목은?

이곳을 나오기 전에 어떠한 고찰을 했지? 뇌리에 떠오르는 플라스크 및 그것들을 연결하는 유리관은 무엇을 위한 실험 기구였던가?

아니, 애당초 자신은 무슨 이유로 이곳에서 살아왔는가?

더욱 이전은? 어디에서 마법을 수련했나? 어린 시절은?

머릿속에 영상은 있다. 다만 도무지 자신과 관련되는 구체적인 기억으로 결부시킬 수가 없다는 생각이 든다. 마치 책이나 이야기의 내용처럼 실체가 없는 공상이 단지 정보로서 나열되어 있다는 느낌을 받을 따름이다.

이슈멜은 무릎을 꿇고 머리를 부여잡았다. 깨질 듯이 아프다.

"말도 안 돼……. 말도 안 돼…….."

잠꼬대 비슷하게 중얼거렸다. 자신은 대체 무엇인가?

덜컹, 소리를 내며 뒤쪽의 문이 닫혔다. 불현듯 묘한 기척을 느낀 뒤 이슈멜은 얼굴을 들어 올렸다.

"누구냐······!"

어둠 안쪽에서 인영이 나타났다. 키가 크고 검은색 옷을 걸친 남자다. 얼굴 오른편에 칼자국이 있었다. 오싹하는 감각을 느낀 이슈멜은 비틀거리는 다리로 일어섰다.

"큭······ 누구냐······."

"할 일은 다 끝났다."

검은 옷 남자는 허리에 찬 검을 쓱 뽑았다. 끝이 파손된 긴 칼날이 달린 커틀러스다. 이슈멜은 거칠게 숨을 몰아쉬면서도 죽기 살기로 손을 앞쪽에 내밀었다. 옆쪽에 엷은 빛을 발하는 마도서가 떠올랐다. 팔랑팔랑 혼자 페이지가 넘어가며 마력이 소용돌이친다.

"가까이 오지 마······! 오지 마!"

"우습구나. 네놈은 처음부터 존재하지 않았다."

"말도 안 된다······! 나는······ 나는."

소리도 없이 다가든 남자는 몹시도 자연스러운 동작으로 검을 내찔렀다. 끝이 파손되었음에도 불구하고 검은 이슈멜의 가슴을 손쉽게 찔러 꿰뚫었다. 저항할 틈도 없었다.

목에 뜨거운 감촉이 치솟았다. 그렇게 생각할 틈도 없이 이슈멜의 입에서 피가 흘러넘쳤다.

"커, 흑······."

털썩, 이슈멜은 위를 보고 쓰러졌다. 램프가 떨어져서 깨지고 촛불이 사라진다. 마도서는 녹아내리듯 자취를 감췄다. 두꺼운 안경이 바닥에 굴러떨어지고, 그것을 적시며 피가 퍼져 나간다. 눈에서 생기가 사라졌다. 싸늘한 죽음의 기운이 방에 충만했다.

남자는 검을 칼집에 넣은 뒤 죽은 이슈멜을 내려다보고 있었다.

불현듯 이슈멜의 시체가 움찔 떨리더니 꼭두각시가 실에 들려 올라가는 것처럼 일어섰다. 윤곽이 안개처럼 애매해졌다가 허공에 녹아내리듯 싹 날아간다. 곧 같은 곳에서 하얀 로브를 입고 후드를 눈까지 깊숙이 뒤집어 쓴 남자가 나타났다.

"……수고했다, 헥터."

"시답잖은 일을 나한테 시키지 마라, 슈바이츠."

슈바이츠라고 불린 하얀 옷차림 남자는 흥, 코웃음 쳤다.

"제법 공들인 유사 인격이다. 네가 아니었다면 저항했을 테지."

"조금은 저항해줘야 손맛이 있지 않겠나."

"이쪽은 어떤 상황이지."

"엘프는 한 번 놓쳤다. 다만 그물은 펴 놓았지. 핀데일에는 마이트레야가 갔다."

"그런가. 좋군. 다만 주의를 기울이도록 전해라. 핀데일에는 『패왕검』과 『적귀』가 있다. 너무 뻔한 행동에 나섰다가는 간파당할 테지."

슈바이츠가 말하자 『처형인』 헥터는 히죽 웃었다.

"『패왕검』이라. 큭큭, 옛날에 죽은 줄 알았다만……. 차라리 내가 핀데일에 가야 했군, 아쉬워."

"네 녀석에게는 다른 사냥감을 마련해주겠다. 실수하지 마라."

"대체 누구를 걱정하는 건가. 그나저나 『적귀』는 또 누구지? 들어본 적 없는 이름이다만."

"그 『흑발의 여검사』의 아버지다. 실력은 잘해 봤자 중간의 위, 다만 『팔라딘』의 검을 소지하고 있는 데다가 통찰력은 심상치 않더군."

"오호……『팔라딘』의 검인가."

헥터는 재미있다는 표정을 짓고 턱을 매만졌다. 슈바이츠는 감촉을 확인하려는 듯이 손을 쥐었다가 펼쳤다. 자신에게 들려주듯이 중얼거린다.

"모든 현상의 흐름이 집약되고 있다. 이런 추세라면 더욱 강력한 소용돌이가 될 테지……. 올펜에서 실패했을 때는 어떻게 된 일인가 의문이었다만……. 그 녀석이 바로 시작점이었던가."

"……뭐라?"

의아하다는 표정을 짓는 헥터는 무시한 채 슈바이츠가 가슴에 손을 얹었다.

"가지."

두 사람의 모습이 아지랑이처럼 일렁거리는가 싶더니 방 안에는 허공에 흩날리는 먼지 알갱이만을 남긴 채 인기척이 사라졌다.

# 107 제도 로데시아는 산을 등지고

제도 로데시아는 산을 등지고 기슭 지역에 부채꼴을 이루며 뻗어 나가고 있다. 완만하게 경사를 이루고 있는 수도는 산과 가까워질수록 귀족들의 저택이 쭉 늘어선다. 왕성은 아예 산 중턱에 위치한다고도 말할 수 있겠다. 바위를 뚫어서 지은 견고한 성은 밤이 오면 창문이 불빛을 밝혀 두기에 반짝반짝 빛난다.

그 왕성에 다가서려는 것처럼 로데시아 제국 각지의 유력 귀족들이 제도 저택을 쭉 세워 놓았다. 에스트갈 대공가의 저택도 마찬가지다. 제국 북부를 거의 독립된 국가처럼 다스리고 있는 대공작의 저택은 본 영지의 저택만큼은 아니지만 감탄스러울 만큼 충분히 거대했다. 견고한 구조와 현란한 장식을 자랑하는 이곳은 금세 압도당하는 기분이 든다.

하룻밤 제도의 숙소에서 묵은 다음 날, 토야와 모린과는 일단 헤어졌다. 둘은 길드에 용무가 있다고 했다.

일행은 딱히 길드에 볼일이 없을뿐더러 제도의 길드 따위야 중앙 길드의 측근 같은 곳이니까 안젤린은 굳이 찾아가고 싶지도 않았다. 그러니까 개별 행동을 취하다가 나중에 다시 합류한 뒤 살라자르가 있는 곳까지 안내를 부탁하기로 했다.

그래서 일단 리젤로테가 있는 저택을 방문했다. 내빈용 방 하나에 안내받은 뒤 지금은 소녀를 기다리고 있는 와중이다.

"흐앙…… 예쁘다아."

"지, 진정이 안 되네……."

밀리엄이 두리번두리번 주변을 둘러보고, 아넷사는 살짝 안절부절못하며 소파에 앉은 채 주뼛주뼛 주위를 슬쩍 살펴보았다. 카심은 소파에 몸을 기대고 잠든 사람처럼 눈을 감고 있었다. 본래 귀족의 저택을 싫어한다는 카심은 저택에 들어왔을 때부터 살짝 기분이 안 좋아 보였다.

마르그리트는 태생이 공주님인 까닭인지 현란함에 위압되는 모습은 아니었다. 다만 최고급 제국 양식으로 꾸밈새에 아낌없이 돈과 노력을 들인 건물은 꽤 신기했는지 두근두근하는 분위기로 쉴 새 없이 방 안을 돌아다니고 있다.

"굉장하다, 전부 다 마구 반짝반짝하네! 와아, 이 항아리 모양 이상해!"

"마리……. 만지면 안 돼. 부서지니까."

"뭐! 그렇게 약하냐? 그럼 어떻게 옮겨다 놓은 거야……."

마르그리트는 당황한 표정으로 한 곳에 장식된 값비싸 보이는 항아리를 빤히 들여다봤다. 그 모습을 보고 안젤린과 친구들은 쿡쿡 웃었다.

갑자기 문이 세차게 열리더니 리젤로테가 달려 들어왔다.

"안제! 다들 와줬구나!"

기뻐하며 달려온 뒤 안젤린에게 안겨 든다. 안젤린은 웃으며 리젤로테의 머리카락을 쓸어 만졌다.

"응, 왔어……. 안 바빠?"

"괜찮아! 귀족끼리 고상한 놀이보다 안제랑 얘기하는 게 훨씬 즐거운걸."

"그 말씀, 귀족분들 앞에서 하면 안 됩니다?"

뒤에서 기막히다는 표정으로 수티가 들어왔다.

"아, 수티 씨."

"반갑습니다, 여러분. 이틀 만인가요."

수티는 꾸벅 머리를 숙였다가 「차를 내오겠습니다」라며 밖에 나갔다. 리젤로테는 풀썩 소파에 걸터앉더니 막 깨달았다는 듯이 고개를 갸웃거렸다.

"토야랑 모린은? 게다가 안제 아버님이랑 『패왕검』 아저씨도 안 계신데."

"토야랑 모린은 길드에 볼일이 있대. 아빠랑 퍼시 아저씨는 따로 핀데일에 남았어……."

"그렇구나, 유감이야……. 그래도 분명 또 만날 기회가 있을 것 같아. 어머, 카심은 잠들어버린 거야?"

"네가 시끄러워서 깨어버렸다."

카심은 한쪽 눈만 떠서 리젤로테를 보더니 곧 거하게 하품을 했다. 리젤로테는 쿡쿡 웃다가 이내 항아리 옆에 서 있는 마르그리트를 돌아봤다.

"어머, 마리. 그 항아리가 마음에 들어? 만져봐! 감촉이 무척 좋아!"

"엉? 만져도 되나? 부서지면 어쩌게……."

"어휴, 바보구나! 살짝 만진다고 안 부서져."

마르그리트는 눈을 끔뻑거리며 리젤로테를 보고, 항아리를 보고, 다음은 안젤린을 봤다. 안젤린은 헤죽 웃었다.

"만져도 된대."

"안제, 이 자식, 속여 먹었겠다!"

그때 메이드들이 차를 가지고 왔다. 차와 과자가 탁자에 놓이자 금세 장내가 명랑해졌다. 한 모금 홀짝인 밀리엄이 놀라서 눈을 희번덕거렸다.

"와아, 이 차, 맛있어……."

"향이 좋구나……. 올펜에서는 못 마셔본 맛이야."

"에헤헤, 마음에 들어? 키토라 산맥에서 채집하는 차야. 표고가 높은 곳이라서 무척 품질이 좋은 차를 채집할 수 있는 곳이래."

"그럼 엄청 비싸겠네……."

"음후후, 차 맛 하나만 갖고도 여기까지 온 보람이 있다냥~."

밀리엄은 과자를 집어 먹으며 몹시 기뻐하는 모습이다. 항아리 때문에 분개했던 마르그리트도 달콤한 과자 덕분에 금세 기분이 좋아졌다.

"그러고 보니, 신랑은?"

"오지는 또 다과회야. 제도에 있는 동안에 인맥을 만들어 놓겠다며 아주 열심이거든."

"어휴……. 예쁜 신부를 혼자 놔두다니."

안젤린은 한숨 쉬었다. 그러나 에스트갈의 남작가 출신이라면 제도의 고위 귀족과 인연을 맺기 위해서 애쓰는 것도 어쩔 수 없지 않을까. 이런 생각도 들었다. 다만 귀족 사회를 잘 알지 못하며 딱히 알려는 생각도 안 하는 안젤린에게는 역시 이해할 수 없는 세계였다.

차를 마시고 과자를 집어 먹으며 이야기꽃을 피우던 중에 갑자기 문이 열리더니 누군가가 들어왔다.

"후홋, 잠시 실례하지!"

리젤로테의 옆에 서 있었던 수티가 흠칫 놀라며 얼굴을 굳혔다.

"으앗, 황태자 전하……."

"어머, 벤자민 님!"

리젤로타가 쓱 일어선다. 안젤린은 눈살을 찌푸렸지만 아넷사, 밀리엄, 마르그리트는 머엉 정신이 나간 채 갑작스럽게 나타난 미남 황태자를 바라봤다.

황태자 벤자민은 조금도 주눅 든 기색이 없이 빙그레 다가오더니 리젤로테의 머리를 톡톡 쓰다듬었다.

"불쑥 들어와서 미안하게 됐네, 리젤로테 양!"

"어휴, 벤자민 님도 참! 아이 취급은 그만하셔요!"

"이런, 실례를, 이제 훌륭한 레이디셨지요, 하하하!"

"어라? 오라버니는 어디에 두고 오셨나요?"

"아, 프랑수아 군 말인가. 따로 임무를 맡겨 내보냈어. 정말 믿음직한 사람이니까. 후후, 그나저나 아리따운 아가씨들이 다들 여기에 계셨군. 엘프 아가씨까지 같이 계시지 않나! 훗, 안젤린. 게다가 『천개 파괴자』도. 다시 만나서 기뻐. 잘들 지냈어?"

"네에, 뭐……."

"헤헤헷, 나는 너 따위 놈 만나고 싶지 않았는데."

전혀 거리낌 없는 폭언에 리젤로테와 다른 일행들은 물론이고 늘 대범한 안젤린까지 흠칫 놀랐다. 다만 벤자민은 태연하게 웃을 따름이다.

"변함없구나, 너는."

"헤헤헤, 이게 천성이라서. 그나저나 잘도 우리들 앞에 낯짝을 비추는구나. 그 배짱만큼은 칭찬해줄게."

"하하핫, 가차 없구나! 하지만 내가 손을 쓴 덕에 너희가 해후를 했던 게 아닐까? 오히려 감사 인사를 들어야 할 텐데."

리젤로테가 당황하며 벤자민과 카심을 번갈아 바라봤다.

"어, 어떻게 된 거예요, 전하? 카심이랑 무슨 일이……?"

"아니, 아니야. 우리끼리 하는 농담이니까."

벤자민은 쓱 카심에게 얼굴을 가까이 대서 목소리를 낮추고 속삭거렸다.

"어떡할래, 『천개 파괴자』 군. 여기에서 전부 폭로해도 상관없다만?"

도발적인 언사였으나 카심은 조금도 허둥대지 않고 입꼬리를

끌어 올렸다.

"협박이라고 하는 말인가? 자기 목까지 조르는 셈인데?"

"하하하, 무슨 이야기일까?"

벤자민이 힐끔 곁눈질하며 안젤린을 봤다. 안젤린은 살짝 고개를 옆으로 흔들었다. 벤자민이 프랑수아를 사주했던 사실은 가족인 리젤로테가 있는 이곳에서 쉽게 할 이야기가 아니었다. 벤자민과 프랑수아는 어쨌든 간에 리젤로테가 상처를 받는다는 것이 싫었다. 그것은 카심도 마찬가지였는지 입만 웃음을 띠며 벤자민을 노려보고 있다.

벤자민은 히죽 웃었다.

"자, 자자, 환영받지 못하는 손님이니까 오늘은 이만 물러가도록 하지. 안젤린, 얼굴을 볼 수 있어서 좋았어. 다시 만나자."

그렇게 말한 뒤 시원스럽게 발길을 되돌렸다. 분하지만 그림이 되는구나 싶어서 안젤린은 입을 삐죽거렸다.

마치 돌풍이 불어닥쳤다가 지나간 분위기였다. 영문도 모른 채 얼떨떨하게 있던 아넷사가 퍼뜩 정신을 차리며 자세를 바로잡았다.

"저 사람이 황태자야? 상상 이상으로……."

"뭔가…… 뭔가 굉장했네~. 엄청 싹싹하달까……. 확실히 미남자였어."

밀리엄은 마음을 진정시키려는 듯이 차를 입가에 가져갔다. 마르그리트는 멍하니 고개를 갸웃거리고 있다.

"미남자, 맞나? 저게? 아네? 넌 어땠냐."

"어? 뭐, 으음, 일반적인 기준으로 말하면……. 아니, 넌 별생각 안 들었던 거야?"

"미남 같기는 한데……. 그렇게 대단한가? 호들갑 떨 정돈 아닌데 괜히 맥 빠지는 기분이다."

"와아, 엘프는 기준이 까다롭네~."

밀리엄이 쿡쿡 웃었다. 카심이 언짢아하며 소파에 몸을 기댔다. 안젤린이 쓱 얼굴을 가까이 대고 속삭거렸다.

"그냥 대놓고 막말해도 괜찮아……?"

"저놈이랑 여기서 사이좋게 수다 떠는 게 훨씬 위험하다고. 어떻게 휘젓고 갈지 짐작도 안 되니까……. 도무지 마음에 들지가 않는 녀석이야, 거참."

"저기, 카심? 전하랑 무슨 일 있었어? 싸운 거야?"

리젤로테가 불안감 묻은 표정으로 말했다. 카심은 헤실헤실 웃었다.

"내가 말이야, 미남자를 보면 질투가 막 솟거들랑."

"에엥? 진짜루?"

"그래그래. 저 녀석은 짜증 날 만큼 얼굴이 잘생겼잖아. 같이 있으면 비참한 기분이 든단 말이지. 그러니까 자꾸 싫어지는 거다, 헤헤헷."

"카심은 그런 생각 전혀 안 하는 줄 알았는데……. 의외네. 귀여운 구석도 있었구나! 그래도 못써, 전하께는 예의 바르게 행동해야지?"

리젤로테는 쿡쿡 웃고는 카심의 어깨를 토닥였다. 안젤린은 안심하고 차를 홀짝였다. 어떻게든 얼버무렸다. 언뜻 경박한 태도와 달리 카심은 과연 임기응변에 능하다. 카심도 굳이 리젤로테를 끌어들이고 싶지는 않았을 테지.

조금 어수선한 분위기가 감돌 수밖에 없었지만, 리젤로테가 평소처럼 모험 이야기를 졸라 댄 터라 화제는 자연스럽게 원래대로 돌아갔다.

그럼에도 다들 머릿속 어딘가에 벤자민의 모습이 남아 있었는지 가끔 주의가 다른 데로 흐트러지는 것 같았다. 카심에게 앞서 들었던 남몰래 이것저것 획책한다는 이미지와 방금 전 싹싹하게 웃던 미목수려한 모습이 한데 뒤섞이는 탓에 혼란스럽기도 하고 종잡을 수 없는 마음이 들어 겹쳐졌나 보다. 특히 방금 처음으로 마주쳤던 아넷사, 밀리엄, 마르그리트 세 사람은 더욱 혼란의 정도가 깊은 눈치였다.

그때 어딘가에 나가 있었던 수티가 돌아왔다.

"토야 씨와 모린 씨가 왔다는군요. 지금 현관에 계십니다."

"어머, 잘됐네. 방에 안내해 줘."

말을 꺼내던 리젤로테를 제지한 뒤 안젤린은 일어섰다.

"아냐, 이만 가야 해…… 살라자르 씨와 만나야 하거든."

"어, 벌써 가려고? 토야랑 모린이랑 같이 편하게 놀다가 가자."

"볼일 마치면 또 시간 내볼게……."

안젤린은 미소 짓고는 리젤로테의 머리를 쓰다듬었다. 리젤로테는 조금 불만인 듯했지만, 고분고분 고개를 끄덕거리고 현관까지 배웅을 나와줬다. 토야와 모린이 나란히 서 있었다.

"미안, 기다렸지."

"아냐, 괜찮아. 살라자르 씨, 만나러 가자."

"어, 바로 가는 거예요? 대공가 과자 맛을 기대했는데."

모린이 유감스러워하며 말했다. 토야가 털썩 머리를 수그렸다.

"맨날 먹는 얘기구나, 아이고⋯⋯."

리젤로테가 쿡쿡 웃었다.

"또 놀러 와줘! 기다릴게!"

○

하룻밤 지나서 다음 날 점심이 될 때까지 아무 정보도 얻지 못한 채 벨그리프와 퍼시벌은 식당 탁자에 마주 앉았다. 사람이 무척 많아서 시끌시끌하다.

퍼시벌이 뼈 붙은 고기구이를 물어뜯었다.

"글쎄, 어떻게 해야 하나."

"막다른 길이군⋯⋯. 짐작도 되질 않아."

벨그리프는 눈살을 찌푸린 채 삶은 감자를 베어 먹었다.

예의 엘프 이야기는 꽤 유명했지만, 유명해진 만큼 과장된 이야기나 주정뱅이의 엉터리 허풍도 함께 나돌게 됐다. 안젤린과 다른 일행을 배웅한 뒤에 곧바로 곳곳을 묻고 다녔지만, 진위가 한데 뒤섞인 정보가 분분했기에 오히려 혼란을 불러온다는 생각만 들었다.

어쨌든 간에 알아낸 사실은 엘프는 인간으로 둔갑했었다는 것, 사건 후 모습을 드러낸 적이 없다는 것, 그리고 아마도 공간 전이 마법을 사용했다는 것뿐이다. 이곳저곳에서 엘프를 목격했다는 사람도 있었는데 전부 꾸민 이야기거나 착각, 과장을 보탠 이야기 뿐인지라 헛걸음만 칠 따름이었다.

잠시간 서로 말없이 식사를 계속하다가 이윽고 퍼시벌이 입을 열었다.

"그냥 내 감인데 말이다."

"음?"

"생선 가게의 처마 끝에 기묘한 꼬마가 있었잖나."

"겉모습뿐이라고 자네가 말한 아이인가?"

검정 일색의 옷을 걸치고 얼굴에는 베일을 드리웠던 소녀를 떠올렸다. 퍼시벌은 고개를 끄덕거렸다.

"그 녀석이 뭔가 관계됐을 것 같단 말이지. 지금 또 떠올리면 단순한 구경꾼은 아니라는 생각이 들어."

"흐음……."

벨그리프는 턱수염을 쓸어 만졌다. 분명 묘하게 신경 쓰이는 소녀였다. 그라함의 검이 반응한 것도 마음에 걸린다. 엘프가 소동을 일으켰던 곳에서 굳이 무엇인가를 조사하고자 했던 소녀. 무엇인가 알고 있을지도 모른다.

"그렇군, 확실히 뭔가 단서가 될 가능성은 높을 것 같아. 어찌하든 간에 아무것도 안 하고 가만히 속만 태우기보단 나을 테지. 그 아이를 찾아볼까."

"하하, 너에게 인정받을 수 있다면 내 감도 아직은 쓸 만한가 보다. 좋아, 결정났군."

퍼시벌은 컵의 내용물을 쭉 들이켰다.

나란히 가게에서 나오자 북쪽 방향에서 흘러온 구름이 회색을 띠며 나지막하게 드리워 있었다. 바람도 쌀쌀하기에 벨그리프는 망토의 목 부분을 여몄다. 퍼시벌은 하늘을 올려다보고 있다.

"한바탕 쏟아지려나."

"그래."

우선은 빠른 걸음으로 생선 가게에 향한다. 비의 낌새를 느껴서인지 거리를 오가는 사람들의 걸음도 빨랐다. 구름이 점점 두꺼워지는 것 같다. 벨그리프와 퍼시벌은 나름 서둘렀지만, 거리에 늘어서 있는 가게의 처마 끝 천 덮개에 뚝 큼지막한 물방울이 떨어지는가 싶더니 후두둑 소리를 내며 결국은 본격적으로 비가 내리기 시작했다.

가만 맞아줄 비가 아닌지라 두 사람은 적당한 건물 처마 아래로 피신했다. 비슷하게 비가 멎기를 기다리는 사람들이 난처하다는 표정을 지은 채 젖어 가는 지면을 쳐다보고 있다.

"쳇, 조금만 더 버텨주면 좋았을 것을……."

"뭐, 별수 없잖나. 게다가 이렇게 비가 내리면 그 여자아이도 아마 없을 테니까."

아직 눈까지 내리지는 않을지언정 이미 겨울에 가까운 시기인지라 많이 차갑고 젖으면 물론 춥다. 망토를 덮어쓰고 달리면 움직일 수 있을 듯한데. 벨그리프가 생각을 정리하던 때에 빗줄기가 살짝 가늘어졌다. 퍼시벌이 망설임 없는 발걸음으로 처마 아래에서 나간다.

"가자, 지금 움직이자고."

"음, 그러지."

비와 비가 부딪혀서 작은 물방울을 만들고, 그것이 흩날리며 주변이 온통 흐릿해진다. 눈썹에 묻어 간질거리는 물방울 때문에 얼굴을 찌푸리면서 두 사람은 빗속을 달려 생선 가게로 향했다.

구름의 상태를 보건대 잠깐 지나가는 비는 아닌 듯싶다.

아마 밤까지 내릴 것 같다 생각하는 동안에 생선 가게 앞까지 도착했다. 비를 피하는 손님이 몇몇 있었지만, 거리를 오가는 사람의 수는 꽤 줄었다.

망토를 흔들어 물을 털어 낸 다음에 처마 아래로 쓱 몸을 들였다.

가게를 닫을 생각이었는지 생선을 정리하고 있던 주인장이 어라, 놀라는 표정을 지었다.

"당신들은, 분명 어제도……."

"하하, 또 실례했습니다."

"생선 맛있더라, 누님."

퍼시벌이 그렇게 말한 뒤 웃고는 진열되어 있는 생선을 흘낏 쳐다봤다. 주인장은 쓴웃음 짓더니 손에 든 생선을 원래대로 진열대에 올려놓았다.

"어이구, 말재주가 좋구나. 그나저나, 이렇게 비가 내리는데 또 오다니. 어지간히 생선을 좋아하는가 봐."

"그렇지, 뭐. 아무튼, 누님. 얼굴에 얇은 천을 드리운 작은 여자아이가 혹시 온 적은 없었나?"

생선 가게 주인장은 의문에 찬 표정을 짓고 고개를 갸웃거렸다.

"얼굴에 천? 아니, 그런 손님이 오면 기억했을 텐데……."

그렇게 말하다 말고 주인장은 흠칫 놀라며 얼굴을 경직시켰다. 다만 주인장의 시선은 이쪽이 아닌 어깨를 넘어 더 후방으로 향하는 것 같았다. 동시에 등에 멘 검이 작게 윙윙거리는지라 벨그리프는 의아해하며 눈살을 찌푸렸다.

뒤쪽을 보니 빗속을 병사 집단이 가로질러서 가는 참이었다. 갑옷과 복장의 형태가 핀데일의 병사들과는 조금 다르다는 생각이 든다. 주인장은 바들바들 떨면서 몸을 움츠렸다.

"어우, 무서워라……."

"저 녀석들이 무슨 짓 저질렀나?"

퍼시벌이 묻자 주인장은 목소리를 낮췄다.

"저 병사님들은 말이야, 제도에서 온 부대거든. 여기에서 소동을 일으켰던 게 바로 저 사람들이야. 이런 말 하고 싶지는 않은데 뭔가 소름이 끼치거든. 난 너무 무서워서……."

"저 녀석들인가……."

235

막 뛰쳐나가려 하던 퍼시벌의 어깨를 벨그리프가 붙들었다.

"잠깐, 퍼시. 섣불리 건드렸다간 의심만 살 거야."

"그래도, 벨……."

"보게."

벨그리프는 턱으로 가리켰다. 퍼시벌은 눈에 힘을 주다가 곧 놀라서 휘둥그레졌다. 병사들의 그림자에 숨는 모양새로 얼굴에 베일을 드리운 소녀의 모습이 보였다. 검이 반응한 것은 저 소녀가 이유였을 테지. 퍼시벌이 혀를 찼다.

"……제국 관련자인가. 어떻게 할까?"

"눈치채이지 않게 쫓아가보자고. 무언가 찾는 중이라면 분산해서 움직였을 테고, 저렇게 집단으로 움직인다는 것은 즉, 뭔가 단서를 잡았을 가능성이 있네."

"일리가 있군. 알겠다, 쫓아가보자."

그렇다 해도 이 커다란 몸을 숨기기는 어려울 텐데. 퍼시벌은 피식 웃었다. 벨그리프는 미소 짓고는 주인장을 다시 돌아봤다.

"또 나중에 사러 오겠습니다."

"어, 아, 그래, 기다릴게."

두 사람은 망토의 후드를 머리에 뒤집어쓰고 비 내리는 거리로 나섰다. 조금 거리를 두고 병사들 집단의 뒤를 따라간다. 통행인 수는 적었지만, 비 때문에 시야가 흐릿한 덕에 몸이 큰 두 사람도 잘 눈에 띄지 않는다.

병사들은 골목을 돌아서 마치 뱀처럼 도시 안쪽을 구불구불 나아갔다. 퍼시벌이 얼굴을 찡그렸다.

"……묘하군."

"자네도 같은 생각인가……. 혹시 들킨 건가?"

길모퉁이에 접어든 터라 경계하며 얼굴만 내민 벨그리프는 눈을 커다랗게 떴다.

"아차……. 놓쳤군."

골목길 앞쪽에는 아무 인영도 없었다. 분명 경계하면서 신중히 따라랐는데도 역시 만만찮은 상대가 아니었나 보다.

문득 등에 멘 검이 작게 윙윙 소리를 냈다.

○

안개비였다. 빗방울이라는 말도 못 하도록 가느다란 비가 미약한 바람에도 흔들거리며 몸에 엉겨 붙는다.

어두운 곳에서 병사 집단이 쑥 떠오르는 듯이 나타났다. 선두를 가던 프랑수아가 의아하다는 표정을 짓고 주위를 둘러봤다. 골목길의 한 구석, 건물의 그림자가 드리워지는 장소다.

"그림자를 쓴 워프 게이트인가……. 어째서 이리 겁을 낼 필요가 있지."

시선 끝에 있었던 소녀가 살짝 고개를 옆으로 흔들었다. 얼굴에 드리운 베일이 흔들렸다.

"저 두 사람을 정면에서 상대할 순 없어."

"흥, 이름이 있는 마법사라더니 꽤나 한심한 말을 늘어놓는군."

깔보는 듯한 프랑수아의 말에 소녀는 짜증스럽게 얼굴을 외면했다.

"슈바이츠가 경계하라는 말을 했으면 철저하게 경계해야 할 상대인 거야. 게다가 야만스러운 싸움은 『흑색의 태피스트리』 마이트레야의 임무가 아냐. 내 임무는 다른 부분이지."

"그러면 빨리 해치워라. 마력의 흔적인지 뭔지는 이미 확보됐잖나?"

마이트레야는 딱히 대답하지 않고 손바닥을 아래로 하여 팔을 전방에 뻗은 뒤 뭔가 자그맣게 중얼거리듯 영창을 시작했다. 목소리는 작아도 흘러나오는 말에는 기이한 울림이 있다. 그것들이 주위 건물에 차차 반향되자 발밑의 그림자가 불현듯 움직임을 나타내더니 마치 생물처럼 형태를 바꾼 뒤 바닥을 기어서 다가온다. 병사들이 숨을 멈추며 주위를 둘러봤다.

"……찾았다."

마이트레야는 아래를 향하고 있던 손바닥을 앞으로 돌려놓았다. 그러자 지면의 그림자가 불쑥 솟아올라서 손바닥 앞에 소용돌이치기 시작한다. 후덥지근한 바람이 불어와서 돌바닥에 흐르는 물을 감아올리자 비말이 주위에 흩날렸다.

물보라와 그림자의 소용돌이 중심이 점점 부예지다가 어느 순간부터 마치 거울을 비춘 것처럼 세피아색의 빛이 떨어지는 신비로운 풍경이 나타나더니 거기에서 희미하게 빛이 새어 나왔다.

인영이 보인다.

자그만 집의 처마 아래에 놓인 의자에서 엘프 여자가 앉아 있었다. 의자 등받이에 몸을 기댄 채 나뭇잎 사이로 내리비치는 보드라운 햇볕을 잔뜩 쬐면서 눈을 감고 있다. 몸에 휴식을 주는 것 같았다.

프랑수아는 히죽 웃고는 말없이 병사들에게 눈짓한 뒤 본인도 허리에 찬 검에 손을 얹었다. 그 행동을 제지하며 마이트레야가 한쪽 손은 앞으로 향한 채 다른 한쪽 손을 내민다.

"뭐지?"

"……마도구를 줘."

프랑수아가 의아하다는 표정을 짓다가 어쨌거나 품에서 작은 수정 구슬을 꺼내 들더니 마이트레야의 손에 올려놓았다.

"어떻게 할 셈이지."

"헥터를 물리친 상대야. 정면으로 부딪치는 것은 현명한 방법이 아냐."

마이트레야가 작게 무엇인가 읊조리자 동글동글하게 정제된 아름다운 수정의 안쪽에서 마치 뿜어 나오는 연기처럼 회색의 구름과 번개가 휘몰아치기 시작했다. 그 안쪽에서 발버둥 치듯 날뛰는 무수히 많은 인영이 보인다. 당장에라도 수정 구슬을 깨부수고 흘러넘칠 것 같은 기세다.

세피아색의 세계에 수정 구슬을 집어 던지려고 한 그때, 불현듯 풍경이 온통 일그러졌다. 엘프 여자가 퍼뜩 놀라며 눈을 부릅떴다. 재빨리 일어섰다. 마이트레야가 당황하며 말했다.

"눈치챘다……. 어째서?"

세피아색의 풍경이 물컹 구부러지는가 싶더니 이제껏 가장자리의 위치에서 소용돌이치고 있었던 그림자와 비말에 녹아 사라졌다. 또한 소용돌이까지도 힘을 잃은 채 사라져 간다.

"역시나."

뒤쪽에서 목소리가 들렸다. 마이트레야, 프랑수아, 병사들은 놀라서 고개 돌렸다.

안개비 너머에서 퍼시벌이 팔짱을 끼고 서 있었다.

"무언가 꾸미는 것 같았다고. 네놈들."

"『패왕검』……! 어째서 여기에."

놀라서 말하다가 마이트레야는 눈을 부릅떴다. 벨그리프가 퍼시벌의 조금 뒤쪽에 서 있었다. 손에는 칼집에서 빼낸 대검을 쥐었다. 칼날은 엷은 빛을 발출하며 마치 위협하듯 나지막하게 윙윙 소리를 내고 있다.

"……그 검이 내 마법을 방해한 거야?"

"성검께서 너의 지저분한 마력이 마음에 들지 않는다는군. 친절하게 너희가 있는 위치까지 안내도 해주더군."

퍼시벌은 웃으며 허리에 찬 검을 뽑아 들었다. 병사들이 당황하면서도 무기를 손에 쥔다. 즉각 퍼시벌은 사자와 같은 위압감을 쏟아 냈다. 분명 적잖은 단련을 쌓아왔을 제국군 병력들이 무의식중에 헛발을 디디며 뒤로 물러난다. 몇 사람은 숨이 막혀서 답답하다는 듯이 가슴을 때리거나 힘겨운 호흡을 억지로 가다듬었다.

"이봐들…… 나를 당해 낼 자신이 있나? 죽고 싶지 않다면 썩 꺼져라. 우리가 볼일이 있는 녀석은 뒤쪽의 꼬마뿐이다."

프랑수아가 분노에 찬 표정으로 앞에 나섰다.

"닥쳐라! 기껏해야 일개 모험가 주제에 건방지구나! 제국에 대항하겠다는 말이더냐?"

"앙? 누구냐, 네놈…… 뭐, 누구든 상관없지. 방해하겠다면 베어버리겠다."

"퍼시, 너무 살벌한 소리만 하지 말게나, 어른답지 못하게."

벨그리프가 그렇게 말한 뒤 걸음을 뗐다. 대검이 윙윙거리며 더욱 밝게 빛난다. 프랑수아는 「흐억」 날카롭게 소리 지르며 한 발짝, 두 발짝 뒤로 물러났다.

"머, 멈춰라! 그 검을 내게서 빨리 치워라!"

퍼시벌이 소리 높여서 웃었다.

"뭐냐, 뭐냐. 잘난 척 떠벌리더니 꼴사납게."

"큭……. 이 자식!"

프랑수아가 검을 쳐들자 불현듯 뒤쪽에서 무기를 든 해골이 뛰쳐나왔다. 퍼시벌은 눈살을 찌푸리며 단칼에 베어 넘긴다. 해골은 버석버석 부서져서 바닥에 흩어졌다.

"사령술인가? 웬 장난질이지."

앞을 돌아본다. 프랑수아와 병사들의 발밑 그림자가 파도처럼 흔들거렸다. 물에 잠기듯이 프랑수아와 병사들이 그림자 안쪽으로 사라져 간다. 퍼시벌이 눈을 부릅떴다.

"또 도망치려는 거냐!"

다만 저들이 잠겨 내려가는가 싶은 순간에 벨그리프는 이미 앞쪽으로 뛰어올랐었다. 왼쪽 다리의 발 디딤을 온전하게 활용한 도약이다. 이미 반신이 푹 잠긴 프랑수아와 병력들을 뛰어넘어서 더 뒤쪽에 있던 마이트레야 앞에 내려선다.

대검이 윙윙 소리를 냈다.

벨그리프는 칼날을 지면에 박아 세웠다.

곧장 전류가 치달리는 것처럼 지면이 미세하게 진동했다. 지면에 잠겨 들어가던 도중의 마이트레야가 「뀨옷」이상한 비명을 지르고 그림자에서 튕겨 나오는가 싶더니 하늘을 보며 홱 나자빠졌다.

"무슨 움직임이……. 의, 의족 아니었어……?"

살짝 뒤늦게 닥쳐든 퍼시벌이 재빨리 소녀의 목덜미를 낚아채서 허공에 축 늘어뜨리고 목에 검을 들이밀었다.

"여전히 좋은 판단이다, 벨. 순간적인 한 발짝은 아직 너한테 못 미치는군."

"그렇지 않네. 각자가 해야 할 일을 했을 뿐이지."

축 늘어진 마이트레야는 작은 팔다리를 버둥버둥 움직였다. 겁먹어서 약하디약한 목소리가 흘러나왔다.

"이, 이러지 마……. 죽이지 마……."

"죽이지 않아. 아무래도 네가 이것저것 알고 있는 것 같으니까. 질문만 조금 할 거야."

"괜히 숨기지 마라? 만약 어설프게 거짓말이나 했다가는……."

곧장 퍼시벌이 으름장을 놓았다. 벨그리프의 손에 들린 대검도 윙윙 소리를 낸다.

"뭐, 뭐든 다 대답할게. 그러니까 목숨만 살려줘……."

마이트레야는 벌써 울먹이는 목소리다. 이렇듯 거친 상황은 특기가 아니지 싶다. 벨그리프는 살짝 자조하며 웃었다. 퍼시벌이 같이 있어줘서 다행이라는 생각이 든다.

프랑수아와 병사들은 계속 그림자에 잠겨서 어딘가로 가버린 것 같다. 남은 사람은 벨그리프와 퍼시벌, 그리고 마이트레야뿐이었다.

퍼시벌은 가방에서 밧줄을 꺼내 들더니 마이트레야의 두 손과 발을 결박했다

"도망칠 생각은 마라. 네가 그림자에 잠겨 들어가는 것보다 빨리 내 검이 목을 날릴 테니까."

"도, 도망 안 쳐. 도망 안 칠 거야……."

움찔움찔 겁을 먹은 채 퍼시벌의 눈치를 살피는 마이트레야를 보고 벨그리프는 한숨 쉬었다.

"퍼시, 너무 겁주지 말게나. 불쌍하잖나."

"무슨 소리냐, 벨. 이런 자들은 괜히 잘 대해줘도 엉뚱한 마음이나 먹는다고. 제길, 마력 봉인이라도 먹여줄 수 있다면 이렇게까지 경계하지 않아도 될 텐데."

퍼시벌은 그렇게 말한 뒤 발부리로 마이트레야를 가볍게 걸어

찼다. 마이트레야는 분한 듯 「으긋」 신음했다.

"자, 어떻게 할까. 이것저것 정보를 얻는 것도 좋지만, 이 녀석에게 아까 공간에 다시 연결시켜서 가보는 것도 방법일 거다."

"그렇군……."

벨그리프는 잠깐 상념에 잠겨 턱수염을 비비 꼬았다.

"어쨌든 간에 비를 안 맞는 장소로 갈까. 여기에서 계속 몸을 적실 필요는 없잖나."

"그도 그렇군. 일단 숙소로 돌아가지."

퍼시벌은 결박한 마이트레야를 옆구리에 끼고 말했다.

"……그 인영은 사티였나?"

"모르겠군. 멀리서 본 광경이었고 안개 때문에 흐릿했으니까……."

벨그리프는 눈을 내리뜬 채 기억 속 엘프 소녀의 모습을 좇았다.

망토 밑단에서 물방울이 맺혀 떨어졌다. 비는 아직껏 멎을 기미가 없다.

# 108 마치 태동하는 것처럼 공간이 흔들리는

마치 태동하는 것처럼 공간이 흔들리는 터라 엘프 여자는 경악을 숨기지 못했다. 옛 신의 힘을 이용해서 만들어 낸 결계에 간섭할 수 있는 인물이 나타날 줄이야.

다만 언젠가 이런 사태가 오리라는 것은 분명하게 알고 있었다. 영원히 안온하게 살 수 있다는 기대는 안 했다. 결국 싸워야 할 때가 왔을 뿐이다.

자신이 이곳에서 아이들을 보호하는 동안에 적은 조금씩 힘을 불러왔음이 틀림없다. 핀데일에서 정체를 발각당했을 때, 이제껏 쭉 마음속 어딘가에 자리 잡고 있었던 불안감이 끝내 바깥까지 솟아 나왔다.

"……전이했을 때 마력의 흔적을 추적당한 걸까."

급박한 상황이었던 터라 특별히 정성 들여서 마법을 사용했다는 생각은 안 든다. 그럼에도 흔적은 분명 미약했을 것이다.

슈바이츠에게는 절대 깨지지 않는다. 『재액의 창염』은 로데시아 제국에서, 아니, 온 대륙에서도 다섯 손가락 안에 들어갈 만한 마법사이나 이 결계는 슈바이츠를 딱 짚어서 철저히 대항하는 술식으로 정비되었다. 그렇다면 또 달리 뛰어난 마법사가 나타났다는 뜻이다.

저쪽도 수하를 제법 확보한 뒤 공격에 나섰을 거야, 엘프는 한숨 쉬었다.

"마냥 우물쭈물할 때가 아니구나."

어째서 상대가 도중에 간섭을 멈췄는지 그 이유는 알지 못했지만, 어쨌든 간에 엘프 여자에게는 다행한 일이었다고 말할 수 있겠다. 잠시 뚫렸던 구멍부터 막은 뒤 결계를 다시 강화해야지.

안뜰의 한가운데에 서서 두 팔을 벌리고 조용하게 마력을 순환시킨다. 아주 약간만 벌어진 입술 틈에서 숨결처럼 희미하게 새어나오는 영창이 마력의 소용돌이를 만들고, 엘프 여자를 중심으로 소용돌이치는 그것이 점점 더 퍼져 나갔다.

"……우선 이렇게 두자."

숨을 내쉰다. 피로감이 등을 기어서 올라왔다. 숨을 안 쉬는 갓난아이처럼 몹시 묵직하고 괴롭게 내리누른다. 아직 다 회복되지 않은 어깨의 상처가 쑤셨다.

엘프 여자는 비틀비틀하는 발걸음으로 집 뒤편에 돌아들었다.

인광이 나비처럼 날고 있었다. 그것들이 다수 한곳에 머물러 반짝반짝 빛나는 곳에 조그만 묘석이 있었다. 묘석의 앞쪽에는 나무받침대가 놓여 있고, 그 위에는 물을 넣은 컵과 시든 꽃이 올라가 있다.

묘석 앞에서 바닥에 털썩 앉았다.

"꼭 싸워야, 할까? 알려줘."

마치 질문하듯 말을 건넸다.

저 멀리서 아이들 떠드는 목소리가 들렸다. 엘프 여자는 눈을 꾹 감고 심호흡했다.

쭉 지켜왔다. 이 결계 안쪽은 안전했다.

그러나 작은 밭 하나로는 음식을 다 장만할 수 없다. 마법으로 모습을 바꾼 뒤 기억도 인격도 바꿔서 아무에게도 들키지 않게 거듭 도시에 나가 식량 따위를 조달했다.

언젠가 들키는 것이 아닐까 하는 긴장감을 별개로 하면 평온한 나날이 이어져왔다는 생각은 든다. 그것이 잠깐의 평화임을 잘 알았음에도 영원히 이어지기를 바라게 될 만큼.

다만 상황이 점점 바뀌고 있다. 적도 묵묵히 수수방관만 하지는 않았다는 뜻이다.

자신을 에워싸는 그물의 눈은 더욱 촘촘해졌고, 조금씩 포위를 좁혀오고 있었다.

상대가 절대 포기할 것 같지는 않다. 하물며 한번 붙잡은 꼬리를 호락호락 놓아줄 만한 얼간이 짓은 안 하리라. 줄곧 도망쳤지만 결국은 한계이려나.

문득 자박자박 가벼운 발소리가 가까워졌다.

"굉장했지!"

"막 흔들렸지!"

쌍둥이가 달려와서 엘프 여자의 품에 안겼다. 엘프는 웃으며 두 사람을 같이 안아줬다.

"아하하, 깜짝 놀랐지······. 이제 괜찮아."

"처음이었어. 어째서 흔들린 걸까?"

"바깥세상에서 무슨 일 있었던 걸까? 바깥세상은 어떤 곳일까?"

"가보고 싶어!"

"싫어!"

흑발 쌍둥이는 얼굴을 마주 바라보며 천진난만하게 떠들었다.

엘프 여자는 힘겹게 미소 짓고 있었다만, 결국 더 견디지 못하고 두 눈에서 흘러넘치는 눈물을 손등으로 닦았다. 오열하며 두 아이를 꽉 끌어안았다.

"미안······. 미안해, 이런 곳에서 줄곧······."

쌍둥이는 놀라서 엘프 여자의 등을 문질러주거나 머리를 쓰다듬어주거나 했다.

"울지 마."

"투정 안 부릴게."

"아냐, 괜찮아······. 전부 괜찮아."

엘프 여자는 눈물을 닦고 쌍둥이의 머리를 톡톡 쓰다듬었다.

"자, 엄마한테 올릴 꽃을 따 오렴."

"응."

"시들어버렸네."

쌍둥이는 묘 앞의 시든 꽃을 손에 들더니 또 나란히 달려갔다.

엘프는 가만히 지켜보다가 천천히 일어섰다. 손바닥을 보다가 꽉 쥐고 얼굴을 든다.

"……싸워야지. 여기에 쳐들어오기 전에."

그러곤 조용하게 무엇인가 영창을 개시했다.

○

숙소에 돌아올 무렵에는 다시 빗발이 꽤 굵어졌다. 이제 거리를
다니는 사람은 없다. 비가 내려서 부예지는 바깥을 가끔 총총걸음
으로 지나가는 인영이 있는 정도다.

방에 들어온 뒤 퍼시벌은 가장 먼저 가방에서 무언가 꺼내 들더
니 마이트레야의 등에 붙였다. 마법진을 그려 놓은 자그마한 종이
다. 종이는 부착되자마자 확 타오르더니 미리 그려 둔 마법진만이
등에 붉은색으로 남았다. 마이트레야는 몸을 움찔하며 아우성쳤다.

"따끔거려!"

"시끄럽다, 얌전히 있어."

"카심이 주고 간 물건인가?"

"그래, 속박의 술식이다. 썩 강한 물건은 아니다만, 적어도 전
이처럼 마력 소비가 큰 술법은 쓰지 못할 거다."

그렇게 말한 뒤 퍼시벌은 마이트레야의 품에서 작은 수정 구슬
을 찾아 꺼냈다. 안쪽에서 소름 끼치게 꿈틀거리는 인영을 보곤
얼굴을 찌푸렸다.

"이것은 내가 맡아 두겠다. 위험한 물건을 들고 다니는군."

그러고는 침대 위쪽에 마이트레야를 집어 던졌다. 마이트레야

는「뀨옷」비명을 질렀다.

"이, 이놈…… 나『흑색의 태피스트리』마이트레야에게 이런 처사를……"

"들어본 적 있는 칭호군. 너 같은 꼬맹이였을 줄이야."

그렇게 말한 뒤 퍼시벌은 마이트레야의 얼굴에 걸린 베일까지 모자를 잡아뗐다. 그 안쪽에서 드러난 얼굴은 겉모습과 별 차이가 없는 앳된 소녀와 같았다. 다만 안색은 해쓱하고 눈동자의 색이 피처럼 붉다. 딱히 알비노 같지도 않다. 또한 군청색 머리카락의 안쪽에서 두 개, 작은 뿔이 뾰족 올라와 있다. 퍼시벌이 이제야 납득되었다는 듯이 웃었다.

"아핫, 임프였나. 어쩐지 묘한 기척이 느껴지더라니까."

"임프? 마수의 일종인 소악마인가?"

"그래, 흡혈귀와 마찬가지로 높은 지능과 마력을 가진 녀석들이다. 인간들 틈에 숨어서 살아가는 개체도 있지. 그중 한 마리였을 거다."

오호라, 벨그리프는 고개를 끄덕였다. 임프는 고블린과 마찬가지로 몸이 별달리 크게 성장하지 않는다. 그렇다면 아이 같은 외모도 납득이 된다.

흡혈귀 및 악마족, 악귀족 등 어떤 의미로 아인종이라 표현해도 무방할 이러한 마수는 인간에게 뒤지지 않는 지능을 보유한 만큼 위험도도 격이 다르다고 알려졌다. 그만큼 존재도 희소하고 별로 목격하게 될 일이 없다. 본인들 또한 인간을 경시할 수 없는 위협으로 간주하는 까닭인지 되도록 거리를 두고 지내려 하는 경향이 있다. 다만 마이트레야처럼 인간들 틈에 섞여서 사회에 속한 채 살아가는 개체도 있는 듯하다.

그렇다 쳐도 설마하니 칭호를 받은 모험가가 되어 있을 줄이야. 벨그리프는 살짝 놀라며 감탄하고 중얼거렸다.

"임프라, 정말 굉장하군……."

그러나 마이트레야는 불만스럽게 몸을 움직였다.

"다른 녀석들과 똑같이 취급하지 마. 나는 특별하게 우수하니까."

"시끄럽다, 입 다물어라."

"아으."

퍼시벌에게 철썩 얻어맞은 마이트레야는 두 손으로 몸을 끌어 안으며 절망에 찬 목소리를 쏟았다.

"으으……. 저항할 방법이 없어……. 이대로 못된 짓 당해야 하나……. 불쌍한 나."

"다른 사람들 오해할 말 지껄이지 마라, 악당 주제에."

퍼시벌이 이번에는 머리를 딱 때렸다. 마이트레야는 몸을 비틀 었다.

"악당 아니야, 나는 고용되었을 뿐. 고용된 이상 할 일은 제대로 해내야지."

"흠……. 마이트레야라고 했지. 너를 고용한 게 누구지?"

벨그리프가 묻자 마이트레야는 잠깐 망설이며 입을 우물거렸지 만, 퍼시벌에게 또 얻어맞고는 마지못해 입을 열었다.

"제국 황태자 벤자민."

그래, 역시나. 벨그리프는 눈을 내리떴다.

이제껏 여정 중 방에서 남자 셋끼리 대화 나누며 카심이 몇 번인가 황태자 벤자민을 언급했다.

말하기를 에스트갈 대공의 저택에서 그곳의 삼남 프랑수아를 안젤린에게 싸움 붙였던 인물이 그자라고 했다. 뭔가 뱃속에 큰 흉계를 품은 남자인지라 제도에 발을 들여놓으려면 머리에 넣어두는 게 좋겠다는 설명이었다.

다행인지 불행인지 자신은 제도까지 발을 들이지는 않았다. 하지만, 이렇듯 황태자의 입김이 닿은 인물이 무엇인가 계획을 갖고 돌아다니고 있음을 확인하자 제도로 떠난 안젤린과 다른 일행들이 조금 걱정스러워졌다.

다만 잘 생각해보면 안젤린을 비롯하여 제도에 간 일행은 다들 실력자다. 하나같이 벨그리프보다 더 강하다. 걱정할 만한 입장도 아니지 싶어서 괜히 쓴웃음이 나왔다.

그런 벨그리프의 쓴웃음을 보고 마이트레야가 이상하다는 듯이 고개를 갸웃거렸다.

"뭐가 우스운 거야……."

"아니, 미안하구나. 아무것도 아니야."

벨그리프는 표정을 단속했다.

"그래서…… 황태자는 도대체 무슨 계획을 꾸미는 거니?"

"몰라. 황태자는 그냥 고용주니까. 나는 의뢰받을 일을 처리할

253

뿐이야."

퍼시벌이 수상쩍어하며 눈살을 찌푸렸다.

"단순한 고용 관계다? 고용된 지 얼마나 됐나?"

"3년 가까이……."

"3년이라? 그렇게 오래 붙어 있었으면 단순히 고용되었다는 말은 못하지. 이 자식아, 거짓말하면 가만 안 둔다고 말했을 텐데?"

또 퍼시벌은 무서운 표정을 짓고 마이트레야를 툭툭 때렸다. 벽에 세워 둔 그라함의 성검도 윙윙 소리를 낸다. 마이트레야는 「흐앙」 소리쳤다.

"거, 거짓말 아냐……. 내가 우수하니까 안 놔주는 거야. 일솜씨를 인정받았지, 서로 믿어주는 사이가 아니란 말야. 하루 종일 붙어서 지내는 것도 아니고 계획의 자세한 내용도 나는 못 들었어."

"우수하다……?"

"뭐, 뭐야, 눈빛이 왜 이래……. 진짜거든? 그 엘프의 결계에 간섭 가능한 건 나밖에 더 없어. 슈바이츠도 실패했단 말이야."

"뭐? 슈바이츠?"

벨그리프는 눈을 커다랗게 떴다. 의외의 상황에서 거물의 이름이 튀어나왔다.

분명히 샤를로테와 벡을 데리고 있던 집단에 속한 주요 인물이 『재액의 창염』 슈바이츠였다고 들었다. 얼마 전 올펜에도 나타나서 『회색』 마리아와 일전을 벌였다고도 들은 기억이 난다.

그런 슈바이츠가 얽힌 사안이다. 벤자민도 카심에게서 들은 이야기를 근거로 하면 별달리 좋은 인상은 아니었다. 널리 알려진 얼굴은 우수하고 흠잡을 데 없는 위정자이나 뒤에서 무엇을 획책하고 있는지 알 수가 없다. 그런 벤자민이며 슈바이츠에게 노림당하고 있다는 엘프는 과연 누구일까.

마이트레야는 괜한 부분까지 다 밝혔다는 생각을 하는 듯 얼굴을 돌린 채 말이 없었다.

퍼시벌이 껄껄 웃으며 마이트레야를 살짝 잡아 들었다.

"이 자식, 마법 실력은 나름 우수해도 머리싸움은 서툴군? 내가 싸워온 악마족은 이놈이고 저놈이고 죄다 교활했다고."

"……시끄러."

"아앙?"

"흐앗."

"이보게, 퍼시. 쓸데없이 괴롭히지 말게."

벨그리프는 생각에 잠겨 턱수염을 비비 꼬다가 마이트레야를 가만히 주시했다.

"황태자와 슈바이츠가 손을 잡았다는 말이구나?"

"……맞아."

"어째서 엘프를 노리는 거지? 그 엘프가 무엇을 갖고 있기에?"

마이트레야는 차마 말을 못 하겠다는 듯이 우물쭈물하다가 퍼시벌의 매서운 시선 앞에서 역시 마지못한 태도로나마 입을 열었다.

"엘프는 솔로몬의 열쇠를 가지고 있어……. 그걸 노리는 거야."

"솔로몬이라? 그렇다면 역시 마왕이 얽힌 문제인가……. 엘프의 이름은 뭐지?"

"거, 거기까지는 몰라…… . 진짜로 몰라!"

주먹을 치켜든 퍼시벌을 보고 마이트레야는 급하게 소리쳤다. 벨그리프가 퍼시벌의 어깨에 손을 얹었다.

"관두게, 퍼시. 어떻든 간에 빨리 그 엘프와 접촉하는 게 좋을 듯싶군. 슈바이츠라는 인물을 나는 잘 모른다만, 분명 상당한 실력자일 테지? 어물어물하면 선수를 빼앗길 거야."

"그런가. 그렇겠군…… . 좋아, 너, 다시 한 번 아까 공간에 연결해봐라."

"괘, 괜찮긴 한데…… . 그러면 속박 술식을 풀어줘."

"좋다. 다만 도망치려고 하면 쳐죽인다. 내 검보다 빨리 전이할 수 있단 생각은 마라."

"패, 『패왕검』한테서 도망칠 수 있단 생각은 안 해. 그러니까 죽이지 마…… ."

마이트레야는 오들오들 떨면서 애원하는 듯한 눈빛으로 벨그리프를 바라봤다. 벨그리프는 한숨 쉬고는 퍼시벌을 달랬다.

"너무 겁주면 마법에도 지장이 발생하지 않겠나? 사정을 좀 봐주자고, 퍼시."

"……벨이 착한 녀석이라 좋겠군, 이 자식."

퍼시벌은 예리한 시선을 던지면서도 아직껏 쓰러져 있던 마이트레야를 일으켜줬다. 그러곤 가방에서 술식 해제용 부적을 꺼내들더니 속박을 풀어준다.

마이트레야는 살짝 안도하며 표정을 누그러뜨렸다가 부리나케 벨그리프에게 다가붙었다. 의도치 않게 퍼시벌의 무서움과 벨그리프의 친절함이 각각 당근과 채찍으로서 딱 알맞게 작용했는가 보다.

"······조금 떨어져. 연결할게."

마이트레야는 가만히 두 손을 앞으로 내밀었다. 그러자 바깥에서 했을 때와 마찬가지로 그림자가 솟아올라 공중에서 소용돌이를 치기 시작한다. 창문도 문도 열지 않았는데 바람이 불어 머리카락을 흔들었다. 다만 도중에 마이트레야는 의아하다는 표정을 짓고 손을 내렸다. 마법이 중단되며 바람이 멎었다.

"······연결이 안 되네. 방벽을 세웠다? 아니, 그 이유도 있지만, 조금 다른데······. 없어."

"뭐 하나, 빨리 연결해라."

"연결이 안 돼. 더 정확하게는, 엘프가 결계 안쪽에 없어. 내 마법은 마력의 흔적을 쫓아가서 포털로 만들어 간섭하는 거야. 마력의 근원이 되는 엘프가 없으면 연결되지 않아."

"그럼 그 엘프와 가까운 곳에 이동은 가능한 게 아니니?"

벨그리프가 묻자 마이트레야는 머리를 옆으로 흔들었다.

"그 결계는 이 도시와 거리가 가까운 곳이어서 갈 수 있었어. 그런데 엘프가 지금 이 도시에서 멀리 떨어져 있는 것 같아. 거리가 벌어지면 아무리 나라도 손쓸 방법이 없어. 게다가 결계 안쪽에 있는 엘프라는 한정적인 상황을 가정해서 짠 술식이니까 활용의 폭이 극단적으로 좁은 대신에 강력한 거야. 이런 술식은 나 아니면 못 짤걸."

"연결 못 시키면 다 똑같지. 아무튼 간에 네가 별 도움이 안 된다는 것은 알겠다."

퍼시벌이 분한 듯 발뒤꿈치로 바닥을 찼다.

"제길, 한 발짝 늦었나……. 어떻게 되어 먹은 거야?"

"……어쩔 수 없군. 이렇게 된 이상 조금 더 정보를 분석해보자. 마이트레야, 이것저것 알려주려무나."

"……알았어. 정보를 누출해버린 이상은 나도 못 돌아가. 그 대신 슈바이츠 일당한테 나를 지켜줘."

마이트레야는 다 포기했다는 표정으로 침대에 걸터앉았다.

○

긴 통로였다.

제도는 지하도가 개미집처럼 뻗어 나가는 데다가 위쪽에 거듭 증축한 건물들의 구조 탓에 지면이 층층이 쌓여 올라가 있다. 인구가 많은 제도에서 저런 장소는 빈민가 같은 양상을 띠는지라 어두컴컴하고 음침하다.

살라자르는 이렇듯 미로와 같은 길의 안쪽에 있었다.

아넷사가 살짝 불안해하며 주위를 둘러보고 중얼거렸다.

"굉장하네. 위에 큰길이랑 전혀 분위기가 달라."

"그렇죠? 위험한 장소지만 몸을 숨기기에는 좋은 장소이기도 해요."

모린이 그렇게 말한 뒤 방금 산 찐빵을 입에 가득 넣었다.

안젤린은 두리번두리번 주위를 둘러보다가 곧 머리 위쪽으로 눈을 돌렸다. 건물들 사이마다 나무와 돌로 만들어진 통로가 그물눈처럼 종횡으로 뻗어 나가고, 그 사이로 희미하게 햇빛이 비치고 있다. 위로 올라가는 벽면에는 창문이 달려 있기에 한때 누군가가 거주했으리라 짐작되지만, 지금은 아무 기척도 없었다.

"이런 곳에서 연구를……. 살라자르는 어떤 사람이야?"

"일단은 제국 소속의 마법사라더라. 무얼 하는지는 잘 모르겠고 우리 말고는 누군가가 방문하는 낌새도 없는 것 같지만."

카심이 턱수염을 비비 꼬았다.

"대충 알겠네. 제국이 예산을 써서 연구실을 마련해준 건가. 출세를 했어."

"그런데 그럼 위험한 거 아니냐? 그 황태자하고 연결됐음 어쩌게?"

드디어 후드를 벗고 긴장을 푼 모습의 마르그리트가 말했다. 토야는 쓴웃음을 지었다.

"그런 걱정은 안 해도 될 거야. 왜냐면 이야기가 아예 안 통하는 때가 대부분이거든. 만약 황태자가 살라자르의 기술을 이용하더라도 본인이 적극 협력했을 상황은 배제해도 돼."

"뭐, 그렇겠지. 그 녀석이 굳이 우리들 행적을 벤자민에게 고자질할 것 같단 생각은 안 드네."

카심도 동의한다는 듯이 고개를 끄덕였다.

안젤린을 팔짱을 끼고 생각에 잠겼다.

"……하지만, 그럼 애당초 사티 씨 정보를 얻는 게 힘들지 않아?"

"그런 느낌이려나. 헛걸음이 되지 않으면 좋을 텐데."

아넷사가 살짝 걱정하며 말했다. 토야는 난처하해며 머리를 긁
적였다.

"응……. 뭐, 아무튼, 직접 이야기를 나눈 게 아니니까 뭐라고
말을 못 하겠네. 아무 정보도 못 얻는다면 미안하겠지만."

"나는 시공 마법의 대가와 만난다는 것 하나로도 기쁜데 말야~."

밀리엄이 그렇게 말한 뒤 쿡쿡 웃었다.

이윽고 천장이 위에 드리워졌다. 주위는 회색의 돌로 둘러싸여
있다. 희미하게나마 보이던 하늘은 완전히 막혔고, 창문도 아예
안 내어놓았으나 벽에는 램프가 등간격으로 걸려 있기에 걷는 데
는 아무런 문제도 없었다. 마치 갱도와 비슷한 분위기이다.

점차 말수가 적어지며 뚜벅뚜벅 발소리만 울려 퍼진다.

영원히 석제 통로가 이어질 것 같단 생각이 들던 때, 작은 나무
문이 나타나서 멈춰 섰다. 매끈하고 단단한 나무가 거뭇하게 빛나
고 있다. 표면에 세밀하게 그린 마술식 비슷한 것이 가득한데, 잉
크의 색깔인지 푸르게 빛난다. 문부터 주위 벽까지 뻗어 나가고
있었다.

밀리엄이 흥분한 모습으로 얼굴을 가까이 가져갔다.

"와아~ 와아~ 굉장해! 제4의 정리 6번에서 이런 술식을 연결

해 냈어! 이게 뭐람, 본 적도 없는…… 신공식? 아냐, 하지만 이런 방식으로 연결시키면 열량이……."

"그 부분은 꼭 입체로 그려야 제 역할을 할 거다. 뭐, 단순한 메모겠지."

"으음, 확실히 막 갈겨쓴 것 같네……. 굉장하다……."

마법사 두 사람의 이야기가 안젤린에게는 알쏭달쏭이었다. 고개를 갸웃거리다가도 분명 굉장한 솜씨구나 싶어서 혼자 또 끄덕거렸다.

토야가 똑똑 문을 두드렸다. 안쪽에서 어떤 소리도 나지 않았다. 의아한 표정으로 토야가 문고리를 잡자 스르륵 돌아가며 문이 활짝 열렸다.

"살라자르?"

토야를 선두에 세워 줄줄이 방 안에 들어간다.

들어간 뒤 안젤린은 당황했다. 일단 기묘하게 코를 찌르는 냄새가 자욱하게 기어 있었다. 모종의 약품이려나.

얼굴을 찌푸린 채 둘러본다. 방 안에 조명이라고 할 만한 것은 전혀 없다. 천장에 램프를 매달아 둔다거나 벽에 횃불을 걸어 두지도 않았다. 다만 조명의 대용품이라고 말해야 할까. 벽부터 바닥, 심지어 천장까지 가득 뒤덮은 마술식을 그린 불가사의한 문자 열이 문에 쓰였던 푸른빛의 잉크가 쓰였는지 엷게 빛을 발하며 이곳저곳을 비추고 있었다.

방 자체는 제법 널찍하다. 다만 마법사의 공방에 흔히 있을 법한 유리제 실험 도구나 마도서가 가득 꽂힌 책장 등등은 안 보이고, 방의 깊숙한 안쪽에는 돌로 만들어 놓은 듯한 기둥이 동일한 간격으로 다수 서 있다. 아울러 기둥 끝에는 정제된 수정 구슬을 큼지막하게 달아 놓았다. 그것이 문자에 쓰인 푸른빛을 반사하며 신비로운 분위기를 내고 있었다.

방 안쪽에는 바닥의 한 지점을 중심으로 원형 마법진이 그려져 있었다. 그곳만큼은 주위의 갈겨쓴 듯한 마술식과 달리 잘 신경을 써서 계산된 정연함이 느껴졌다.

그 마법진의 한복판에 누군가가 책상다리를 하고 앉아 있다. 언뜻 보기에 젊은 남자 같다. 로데시아 제국의 주민이 일반적으로 입는 옷 위에 기장이 긴 백의를 덧입었고, 한쪽 눈에는 단안경을 걸쳐 놓았다.

"살라자르!"

토야가 조금 큰 목소리를 내며 가까이 걸어갔다. 아무래도 저 남자가 살라자르인 듯하다. 그러나 토야가 이름 불러도 대답하지 않고 살라자르는 앉은 채 무엇인가 중얼중얼 혼잣말만 늘어놓았다.

"아니야, 이러면 안 돼. 모든 현상이 커다랗게 흘러가는 상황에서 지금 그 소용돌이에는 중심이 분명히 있어. 따라서 중심점을 정확하게 밝혀내지 못하면 이번 사태의 흐름은 더욱 커다랗게."

"살라자르, 나 왔어!"

토야가 답답하다는 듯이 살라자르의 어깨를 꽉 붙잡아서 흔들어 댔다.

살라자르가 놀라서 펄쩍 뛰다시피 일어났다. 그 순간, 형체가 물렁 비틀리더니 다음 순간에 같은 곳에서 서 있는 인물은 키가 큰 여성이었다. 그러나 몸에 걸친 복장은 방금 전 남자와 완전하게 같았다.

"뭐야, 어어, 뭐야, 토야 군이잖아. 사람이 한창 사고하는 중에 구태여 말을 건네는 것은 세련되지 않아."

"무슨 세련됨인데, 적당히 좀 할래? 의뢰받았던 물건들, 가지고 왔어."

토야는 그렇게 말한 뒤 가방 안에서 몇 종류의 마력 결정을 꺼내 바닥에 늘어놓았다. 살라자르가 눈을 빛내는가 싶더니 또 형체가 비틀린다. 이제 서 있는 인물은 백의가 바닥에 끌릴 만큼 작은 지라 채 열 살도 되지 않았을 남자아이였다.

"오오, 오오, 이렇게 고마울 데가! 음, 음음, 이것들을 쓰면 더 상세한 관측 도구를 만들 수 있지. 그렇다면 술식을 다시 계산해야 할 필요가 있나."

"알았으니까 좀 나중에 해줄래? 손님들 데리고 왔어."

사고 속으로 빠져들려고 하는 살라자르를 토야가 또 흔들어 댔다. 살라자르는 막 깨달았다는 듯한 표정으로 안젤린과 일행들을 쳐다봤다.

"안녕, 이 방에 이렇게 많은 손님이 방문해줬다는 게 놀랍군!"

말을 꺼내며 형체가 또 물렁 바뀌더니 허리가 구부러져서 일흔은 지났을 법한 노인이 웃음을 띠고 비틀비틀 가까이 걸어왔다.

"환영하네, 잘 와주시었군! 과거의 실험 때문에 나라는 현상이 불확정하게 되어버린 까닭으로 이렇듯 볼썽사나운 모습으로나마 실례하겠네. 차라도 한잔 내어드리고 싶지만, 공교롭게도 아직 그러한 술식은 개발하지 못한 처지라네! 아니, 잠깐만 기다려보게. 토야 군이 가지고 온 마력 결정을 이용한다면."

"네, 네에, 그런 얘기는 나중에 다시 합시다~."

모린이 천역덕스러운 표정을 지은 채 살라자르를 쿡쿡 찌르며 안젤린과 다른 일행들에게 고개 돌렸다.

"언제나 이런 상태랍니다. 자꾸 자기 생각에 빠져버려요."

"대충 알겠어……."

안젤린은 절레절레 머리를 흔들었다.

이것은 어떤 의미로 마법사의 극치라는 생각이 든다. 늘어놓는 말들은 의미 불명이며 갑자기 늙지를 않나 회춘하지를 않나 급기야 성별까지 바뀌지를 않나, 확실히 구경하면 재미있지만 이야기 상대는 되고 싶지 않은 타입이다. 시공 마법의 대가와 만날 수 있어! 처음에는 분명 설렜을 밀리엄도 어리둥절하며 가만히 서 있을 뿐이다.

안젤린은 반쯤 체념한 기분으로 벽에 등을 기댔다. 서늘한 돌벽의 감촉이 옷 너머로 등에 전해졌다.

새삼 방 안을 둘러본다. 온갖 구석을 빼곡하게 꽉 메운 푸르스름한 문자가 명멸하고 있다. 방에 있는 조명은 저 문자뿐인데도 충분히 밝다. 빛에 색깔이 있는 까닭인지 함께 온 일행의 얼굴도 파랗게 보였다. 가만히 쭉 바라보면 문자가 혼자 멋대로 움직일 것 같아서 왠지 정신이 아찔해지는 기분이다.

카심이 기막히다는 표정을 짓고 살라자르의 머리를 툭 때렸다.

"형체 막 바뀌는 꼴이 예전보다 더 심해졌잖아. 이봐, 정신 좀 차려, 『뱀의 눈』. 나를 잊어버린 거냐."

안젤린과 대강 비슷한 나이의 소녀로 바뀐 살라자르는 카심에게 얼굴을 쭉 가까이 대서 말똥말똥 쳐다봤다. 그러다가 불쑥 기뻐하며 환성을 지르고 안겨 들었다.

"이 마력! 오오, 『천개 파괴자』, 나의 벗이여!"

"누가 벗이냐, 별로 안 친하잖아. 헛소리 말고 이야기를 좀 들어라."

"기쁜 재회로다! 뭐, 들어보게나. 나도 이런저런 생각을 갖고 있다네. 자네의 병렬식 마술 신공식에는 나도 큰 자극을 받았거든. 그래서 그걸 근간으로 해서 말이야."

"아~ 아아~ 알겠다, 알겠다. 그 얘기는 나중에 천천히 들어준다니까."

카심이 지긋지긋하다는 듯이 살라자르를 떼어 놓았다. 중년 남자의 모습으로 바뀐 살라자르는 기뻐하며 카심의 어깨를 끌어안고 있다.

"이 답답하고 좁은 연구실에 틀어박혔던 이후 쭉 방문해주는 사람이 거의 없었지. 있어 봐야 변변찮은 것들뿐이야. 더불어 지식을 교류할 만한 상대는 아예 있지도 않았다네."

"알았으니까 나중에 좀 해라."

이야기가 전혀 진전되지 않는다. 답답해진 안젤린은 한 발짝 앞으로 나서서 큰 목소리로 말했다.

"저기, 우리는 사티라는 엘프를 찾고 있거든. 혹시 아는 게 있을까? 있을까요?"

살라자르는 뚝 움직임을 멈추는가 싶더니 미끄러지는 듯한 몸놀림으로 안젤린에게 다가가서 바짝 얼굴을 가져다 대며 빤히 들여다봤다. 이 행동에는 안젤린도 놀랐다.

"무슨……."

"흠, 흠, 흠! 그런가! 오호라!"

단안경 너머의 눈에서는 확실히 뱀처럼 가늘고 긴 눈동자가 보였다. 열두 살쯤 된 소녀의 모습으로 바뀐 살라자르는 혼자 무엇을 납득했는지 기분 좋게 고개를 끄덕이며 안젤린에게서 떨어졌다.

"이 거대한 현상의 흐름 한복판에서 나 또한 하나의 요인이 될수 있단 말인가! 아주 재미있군!"

"……뭐야? 무슨 얘기야?"

"뭔가, 모르는 건가! 하기야 흐름의 중심에 있는 인물이라면 왕왕 자신은 깨닫질 못하곤 하지. 흐름에 올라탔는가, 아니면 자네의 걸음이 흐름을 일으켰는가. 글쎄, 과연?"

살짝 흥분한 살라자르의 형체가 물렁 비틀리더니 키가 큰 잘생긴 남자로 바뀌었다.

안젤린은 멍하니 카심이 있는 곳을 돌아봤다. 카심은 괴상한 표정을 지은 채 머리를 벅벅 긁고 있다.

"현상의 흐름이라? 허황된 소리 아닌가? 제7차 정점 마도 관측에서도 현상에 대한 마력의 흐름은 관측할 수 없다는 결론이 나왔잖아."

"마력이 아니라네,『천개 파괴자』! 자네 수준의 마법사가 이렇듯 사고가 정체되어선 곤란하지! 마력은 사람의 의사에 따라 힘의 방향성을 결정한다! 그럼 의사란 무엇인가? 그것들을 포괄하는 더욱 큰 개념은 없단 말인가? 집단의식의 불가사의함을 자네는 알지 못하는가! 열광과 통일 의식은 어떤 하나의 흐름에 타서 옮겨지는 현상의 흐름이라네! 그 방향성이 한 곳을 향하거나 아니면 각각의 시점에서 온 흐름이 서로 부딪쳤을 때 혼돈이 태어나며 그곳에서 거대한 에너지가 발생할지니!"

"시끄럽다. 다른 사람한테 말을 하려면 좀 천천히 해라, 바보야."

카심은 지긋지긋하다는 듯이 머리를 떨궜다. 열변을 토하는 살라자르를 보고 밀리엄이 팔짱을 끼며 침음했다.

"『모름지기 영웅은 전란 속에서 태어나는 법』이라는 게 누구 말이었더라……."

"무슨 소린지 이해가 되냐? 미리."

아넷사가 물었다.

"절반쯤? 아니, 시공 마법을 쓰는 사람들끼리 사람의 행동이나 의식은 어떤 거대한 하나의 흐름을 따른다고 주장하는 파벌이 있는데……. 아, 다만 거기에도 또 몇몇 지류가 있어서 그것들이 복잡하게 뒤섞이며 큰 흐름을 만들어 내고, 서로 부딪침에 따라 소용돌이를 일으킬 때 엄청난 에너지가 발생한다고 해……. 그러니까 큰 전쟁이 일어났을 때는 여태 가졌던 상식으로는 설명할 수 없는 신기한 현상이 발생하는 법이라더라."

"저언혀어 못 알아먹겠다."

마르그리트는 이미 이해하기를 포기한 눈치였다. 방을 이리저리 걸어 다니며 기둥 끝부분에 있는 수정 구슬을 말똥말똥 구경하고 있다. 모린은 벽면에 자리를 잡고 앉아서 뭔가 음식 꾸러미를 펼치고 있었다. 이쪽도 자신의 세계에 들어가려는 참이다.

분명 이래서는 대화가 안 통한다. 난관이 예상된다.

이렇게 된 이상 카심에게는 좀 미안해도 살라자르가 마음껏 수다를 떨게 말 상대를 맡긴 뒤 나중에 좀 수습이 되면 제대로 본론을 꺼내는 것이 좋겠다. 안젤린은 생각을 정리한 뒤 슬쩍 토야에게 귓속말했다.

"살라자르 씨가 좀 진정될 때까지 산책하다가 올게……. 여기, 냄새나고 답답해."

"어, 그럴래? 괜찮겠어? 혹시 길 헤매면……."

"그럼 같이 갈까?"

토야는 힐끗 사람들의 분위기를 살핀 뒤 고개를 끄덕였다.

"그러자. 어차피 카심 씨가 아니면 이야기에 따라갈 수가 없을 것 같아."

그렇게 두 사람은 함께 방 바깥으로 나왔다. 문이 닫히자 몹시

고요해졌다는 생각이 든다.

안젤린은 마음이 푹 놓이는 기분으로 한껏 심호흡했다. 살짝 곰
팡내 섞인 공기이지만, 방에 충만해 있던 기묘한 약품 냄새와 비
교하면 훨씬 나았다.

토야도 역시 어깨에서 힘이 살짝 빠졌는지 머리카락을 고쳐 묶
으며 벽에 기대어 있다.

"뭔가 미안하네. 오히려 더 혼란스럽게 만든 것 같아……."

"아냐, 괜찮아. 게다가 뭔가 알고 있다는 느낌도 들고 헛걸음은
아닌 것 같아……."

어째서 살라자르가 자신을 흥미진진하게 바라봤는지 그 이유가
살짝 마음에 걸렸다. 다만 본인에게 물어보려면 아까 전 방대한
이론을 다 떠들 때까지 기다리지 않는 한 말이 안 통하겠지.

토야는 통로의 저편과 이쪽을 보고, 그다음 안젤린에게 말했다.

"햇빛이 닿는 곳까지 나가볼까?"

"응."

뚜벅뚜벅 발소리를 내며 나란히 걷는다. 조금 걸어가다가 문득
돌아봤더니 저편에서 벽의 푸른 마술식이 작게 빛나고 있는 광경
이 눈에 들어왔다.

"아빠랑 퍼시 아저씨는 어쩌고 있으려나……."

"핀데일도 넓은 곳이니까. 그래도 벨그리프 씨와 퍼시벌 씨라면
어떻게든 해낼 것 같다는 생각이 들어. 대단하네."

"그렇지? 후후, 울 아빠는 대단한 사람이야. 전투에도 강하고

머리도 좋아. 나도 아빠 같은 모험가가 될 거야."

"안젤린 씨는 이미 비슷하게 된 거 아니야?"

"그렇지 않아. 아빠랑 비교하면 아직……."

그렇게 말하다 말고 안젤린은 기묘한 기척을 감지해서 시선이 예리해졌다. 허리에 찬 검의 자루에 손을 가져간다. 토야도 이변을 감지했는지 눈에 힘주며 자세를 낮췄다.

불현듯 공간이 흔들렸다.

안젤린과 토야가 있는 곳 조금 앞쪽이 마치 수면처럼 흔들리는가 싶더니 하얀 인영이 뛰쳐나왔다.

"앗! 좌표가 어긋났네……. 슈바이츠 자식……!"

인영은 지면에 무릎을 꿇고 괴로워하며 거친 호흡을 가다듬었다.

"어, 다…… 당신, 은……."

안젤린은 놀라서 눈이 휘둥그레지고 입을 뻐끔뻐끔했다.

은발이 온통 흐트러진 채 피에 젖은 로브를 입은 엘프가 그곳에 있었다.

에메랄드색 눈동자가 안젤린의 모습을 비췄다.

# 109 찰나가 몹시도 길게 느껴졌다. 서로가

찰나가 몹시도 길게 느껴졌다. 서로가 숨을 멈추며 서로 쳐다볼 뿐이었다만, 그동안 안젤린의 머릿속에서는 온갖 상념이 번개처럼 스쳐 지나갔다.

"사티 씨?"

안젤린의 말이 소리로서 귓가에 다다르기 전에 엘프 여자는 급히 일어섰다. 그러나 다리가 흔들리는가 보다. 위태위태한 밸런스를 다리에 힘을 꽉 줘서 간신히 되잡았다.

"너희는……? 어째서 이런 곳에……. 빨리 도망쳐야 하는데."

"아니, 심하게 다치셨잖아요! 무리하지 마세요!"

토야가 허둥지둥 엘프에게 가까이 달려갔다. 엘프의 오른쪽 어깨, 그리고 옆구리에서 피가 쏟아지는 것 같았다. 백자처럼 아름다운 뺨에도 칼자국이 그어졌고 거기에서 피가 흘러나오고 있다. 안젤린도 퍼뜩 놀라며 허리에 찬 파우치에 손을 가져갔다.

"잠깐만……. 약이……."

"안 돼! 난 신경 쓰지 말고 빨리."

엘프는 말 도중에 급하게 고개 돌렸다. 험악한 표정으로 몸을 낮춘다.

"큭……. 따라잡혔어……."

공간이 다시 수면처럼 물결치는가 싶더니 검은 코트를 입은 중년의 남자가 나타났다. 살짝 구불거리는 백발이 섞인 갈색의 머리카락을 바짝 당겨서 뒤로 묶었고, 오른쪽 눈부터 뺨에 걸쳐 오래된 흉터가 그어져 있다.

검은 코트 남자는 검을 앞으로 내밀었다. 끝부분이 파손된 긴 커틀러스였다.

"직접 벤자민의 목을 노리러 올 줄이야. 훌륭한 근성이다. 그러나 실패했군. 겨우 혼자서 일을 도모할 수 있을 줄 알았는가."

"하하, 역시 집요하네……. 나는 너한테는 볼일 없는데 말야."

"나도 너에게 볼일 따위 없다."

"어라, 그러면 못 본 척해줘."

"고용된 이상 너를 붙잡는 것이 나의 임무다."

"흐음……. 그 벤자민은 진짜가 아닌데도?"

"사소한 문제이지. 음……?"

엘프 여자를 보호하려는 듯 앞에 나서는 안젤린을 보고 남자는 의아해하며 눈매가 가늘어졌다.

"너는……."

"누군지 모르겠는데 못 움직이는 사람을 공격하는 건 꼴불견이야."

검을 뽑아 든 안젤린을 보고 남자는 히죽 입꼬리를 끌어 올렸다.

"그런가, 너였군. 그래, 재미있군."

"흥……. 토야. 치료를 부탁할게……. 토야?"

대답이 없어 이상하다는 생각에 눈을 돌리자 토야는 바닥에 무릎을 꿇고 있었다. 경악해서 눈을 부릅뜬 채 가슴에 손을 가져다 대고 있다. 비지땀이 흐르는 것이 몹시도 괴로워 보인다.

"어째서…… 대체 왜, 네가…….."

"무슨 일이야……?"

안젤린은 당황하며 토야의 어깨에 손을 얹었다. 호흡하느라 어깨가 오르내리고 있다. 거칠다. 검은 코트의 남자가 뭔가 이상한, 생각에 잠긴 듯한 표정을 지었다.

"왜 이곳에 있지? 너는 죽은 게 아니었나."

"그래……. 네가 죽였으니까."

"……음? 아, 알겠군. 너, 이제 보니까 반편이였구나."

그 말에 토야는 분노에 차서 얼굴을 비뚤어뜨렸다. 지면을 박찼다. 허리의 검을 뽑아 들더니 남자에게 냅다 휘두른다. 안젤린이 눈을 커다랗게 뜰 만한 기량이었다만, 남자는 아무렇지도 않게 검격을 막아서 밀쳐 냈다. 싸늘한 시선으로 토야를 꿰뚫는다.

"어설프다. 아무 발전도 없군. 겉모양만 흉내를 내서 어쩔 셈이지? 그런 짓 해도 녀석은 돌아오지 않는다."

"헛소리 마라! 어머니가…… 어머니가 어떤 심정이었는지 알기는 아냐!"

예기치 않게 전투가 개시되어버렸다. 다만 토야는 머리에 피가 올랐는지 다소 움직임이 거칠다.

어서 가세해야지. 안젤린이 다리를 막 움직이려는데 엘프의 부

273

상도 심각하다. 먼저 치료를 해야 할 텐데. 잠시 망설이던 때 뒤쪽에서 다른 기척이 감지되었기에 즉각 돌아섰다.

하얀 로브를 입은 남자가 서 있었다. 후드를 눈까지 깊이 뒤집어써서 얼굴은 안 보이나 우호적이 아님은 명백하겠다.

안젤린은 엘프 여자를 보호하듯 로브 남자를 노려봤다. 엘프 여자가 신음했다.

"슈바이츠……."

"뭐……? 이 녀석이?"

샤를로테를 기만하여 이용했을 뿐 아니라 마왕을 비롯한 갖가지 실험을 진행하고 있는 마법사. 흑막이라 말하는 데 지장이 없는 인물이다. 설마 여기에서 맞닥뜨리게 될 줄이야.

눈앞에는 슈바이츠. 배후에는 검은 코트의 남자가 토야와 싸우고 있다.

앞뒤가 막혔기에 도망칠 곳은 없다. 카심이나 다른 일행들이 이곳의 급한 상황을 감지해서 나타나주면 좋을 텐데, 희박한 기대를 품으며 안젤린은 검을 고쳐 쥐었다.

그때 엘프 여자가 작게 속삭였다.

"조금만…… 시간을 벌어줄 수 있어?"

"……아예 박살을 낼 수도 있는데, 괜찮아?"

"후훗! 그럼 대환영이지!"

엘프 여자가 웃었다. 아름다운 미소였다.

안젤린은 새삼 슈바이츠를 주시했다. 슈바이츠는 딱히 무엇을 하지도 않고 팔짱을 낀 채 우두커니 서 있다. 이쪽을 관찰하는 듯 보이기도 한다. 언뜻 빈틈투성이 같기는 하나 마리아와 호각으로 맞붙는 기량의 소유자였다. 방심해선 안 된다.

앞으로 발을 내디디려고 한 그때, 뒤에서 마력의 분류가 느껴지더니 토야의 고함 소리가 들려왔다.

『짐승의 그림자보다, 어둠보다, 주검을 즐기는 왕은 파리의 산 정상에 자리하고 계십니다!』

"어."

이렇게 좁은 통로에서 대마법을 쓴다? 항상 담대한 안젤린도 기겁하며 다리를 멈췄다.

마력이 팽창되더니 곧 무언가 질량을 지닌 거대한 개체가 나타났다. 살점이 썩어 들어가는 불쾌한 냄새가 떠다녔다. 엘프 여자가 중얼거렸다.

"어머, 세상에……. 암흑 마법?"

일반적으로 외법이라 불리는 마술을 암흑 마법이라고 호칭한다. 뛰어난 위력을 발휘하나 사용함으로써 정신 및 육체를 좀먹히는 경우가 많다. 그런 마법을 다룰 수 있단 말인가? 토야는 정체가 뭐지? 슈바이츠에게서 눈을 떼지 못하는 동안에도 안젤린은 머릿속이 다소 혼란스러웠다.

슈바이츠는 움직이지 않는다. 무엇인가 마법을 준비하는 낌새도 없다. 단지 우두커니 서 있을 뿐이다.

조금 안달이 났지만, 이 상황에서도 안 움직인다는 것이 오히려 수상쩍게 생각되었다. 안젤린은 일단 다리를 멈췄지만, 다시 내디딜 타이밍을 가늠할 수 없었다.

"어중간하군. 시답잖다."

배후에서 목소리가 들렸다. 마력이 터져 나오며 열풍이 되어 불어닥쳤다. 안젤린의 세 가닥으로 땋아 내린 머리카락이 흔들린다. 토야가 소환한 무엇인가가 나가떨어진 것일까. 그다음은 작은 고통의 목소리. 토야다. 당했나? 안젤린은 가벼운 초조감을 느꼈다.

그때 뒤에서 옷이 꽉 당겨졌다.

"이리 와!"

엘프 여자에게 당겨져 안긴 순간부터 눈앞의 풍경이 불투명한 유리에 막힌 것처럼 부예졌다. 슈바이츠의 하얀 로브가 녹아내리듯 사라졌다.

표적이 사라지자 『처형인』 헥터는 검을 칼집에 집어넣었다.

"대마법의 파열 때문에 방해 마법이 흔들렸나. 보아하니 마이트레야는 실패한 것 같군."

"그러니까 경계하라고 했다. 결국은 마수인가."

헥터는 의아하다는 표정으로 막 걸어온 슈바이츠에게 말을 건넨다.

"무슨 심산인가, 슈바이츠. 호락호락 도주를 용인하는 것은 웬 장난질이지."

"아직 부족하다. 시기상조다."

"뭐라고?"

"……그 토야라는 애송이, 너와 어떠한 관계지?"

헥터의 물음에는 답하지 않고 슈바이츠는 반대로 되물었다. 헥터는 얼굴을 찌푸리면서도 대답했다.

"……반편이다."

"네가 만들었나."

"동방에서 죄인을 사냥하던 시절이었지. 저것의 맏이는 제법 쓸만했다만, 마음이 약했기에 죽었다."

"우수한 형과 모자란 아우라는 말인가."

"아우가 아니다."

헥터는 그렇게 말한 뒤 입을 다물었다.

슈바이츠는 묵묵히 손을 흔들었다.

두 사람의 모습이 아지랑이처럼 흔들리다가 사라졌다.

○

김이 솟아나는 달짝한 차를 마이트레야는 맛있게 홀짝이며 숨을 돌렸다. 퍼시벌이 기막히다는 듯이 벽면에 몸을 기댄다.

"아주 단숨에 바꿔 타는군. 타산적인 녀석이다, 너는. 신용을 못 받는다고, 이래선."

"별로 신용받길 원하진 않아. 목숨이 가장 중요해."

"흥, 마수답다는 말은 해줄 수 있겠군."

마이트레야는 입을 삐죽이며 컵을 탁자에 내려놓았다.

"뭐가 궁금한데?"

"엘프는 얼마나 이전부터 노려지고 있었지? 계기가 있었을 텐데?"

"내가 고용됐을 때에는 이미 엘프는 쫓겨 다녔어. 더 정확하게는, 엘프의 결계를 뚫기 위해서 내가 고용된 거야."

"3년이나 걸렸단 말인가."

"맞아. 그래도 그건 내가 무능해서가 아니야. 엘프가 행적을 드러내지 않았기 때문이지."

나의 마법은 대상의 마력을 포탈로 전환하는 구조이니까 우선 상대의 마력을, 운운하며 마이트레야의 장광설이 시작되려는 차에 퍼시벌이 살짝 건드려서 막았다. 벨그리프는 턱수염을 비비 꼬았다.

"솔로몬의 열쇠인가……. 어째서 엘프가 그런 물건을 가지고 있을까?"

"……원래는 벤자민과 슈바이츠의 손에 들어가야 했어. 그런데 엘프가 불쑥 나타나서 가로챈 거야. 엘프는 줄곧 벤자민 패거리의 목적을 방해해왔으니까."

마이트레야가 말하기를 자세한 내용까지 듣진 못했지만, 황태자 벤자민과 『재액의 창염』 슈바이츠는 솔로몬 및 마왕에 관한 연구를 꽤 오랫동안 진행했다고 한다. 그 과정에서 예전에 벡이 들려준 적이 있었던 마왕을 인간으로 바꾸는 실험도 함께 진행되었다. 아이를 낳게 만드는 실험의 내용 때문에 피험자는 다양한 종족의 여성이었다고 한다.

어떤 계기인지는 알 수 없으나 엘프는 제도 부근에 있었던 몇몇 비밀 실험 시설을 잇따라 습격한 뒤 시설을 파괴함과 동시에 여러 피험자와 실험체를 구출하여 데려갔다고 한다. 그 때문에 현재는 실험 자체가 이루어지지 않는다.

"그 엘프도 과거에는 피험자 중 한 명이었다는 것이 내 생각이야."

마이트레야는 그렇게 말한 뒤 또 차를 홀짝였다. 퍼시벌이 못마땅한 표정을 짓고 입가에 손을 가져갔다.

"야비하군. 다만 앞뒤는 맞아떨어진다."

"본인이 피험자였기에 황태자 패거리의 음모가 얼마나 중대한지를 잘 알아서 줄곧 저지해왔다는 말인가······."

어쩐지 먹먹한 심정이 들어 벨그리프는 눈을 내리떴다. 그것은 몹시도 불안하며 외로운 싸움이었을 테지.

"이봐, 벨. 만약에 그 엘프가 사티였다면······."

"그래. 자칫하면 황태자와 한바탕 싸우게 될 가능성도 있다는 말이 되겠지."

"가능성이 아니야. 확실하게 싸우게 될 거야. 각오를 할 수 있겠어? 황태자를 적으로 두면 로데시아 제국이 적인 셈이지. 너희가 아무리 강해도 제국 전체를 적으로 두면 절대로 당할 수 없어."

벨그리프는 눈을 가늘게 뜨며 턱수염을 쓸어 만졌다.

"······황제 폐하도 같은 생각이려나?"

마이트레야는 고개를 갸웃했다.

"그건 모르겠어. 다만 적어도 황태자는 실험과 슈바이츠의 활동을 바깥에 노출시키지 않았어."

"당연할 테지. 마왕 관련의 인체 실험이 공공연하게 알려지면 보통 소동이겠냐."

"그 부분을…… 어떻게 이용할 수 있지 않으려나. 제국이 아닌 황태자 개인만을 적대하는 모양새로 만들면 적어도 손쓸 도리가 없는 상황은 아니게 되지. 본인들도 떳떳하지 못한 행동을 하는 자각은 갖고 있을 테니까 판을 잘 짜 맞추면 제국을 뒷배경으로 쓰지 못하게 막을 수 있지 않을까."

"흐음……."

퍼시벌은 팔짱을 끼고 침음했다.

"그게 된다면 막아지기야 할 텐데……. 딱히 방법이 안 떠오르는군."

"나 역시 마찬가지라네. 아직 정보가 너무 부족하니까. 애당초 엘프가 정말 사티인지도 알지 못하는 상황이잖나."

마이트레야는 이상하다는 표정을 짓고 침대 위에서 무릎을 끌어안았다.

"그렇게까지 해서 만나고 싶어? 그 사티라는 엘프."

"그래. 그 때문에 여기까지 왔으니까."

"……인간, 이상해."

"헹, 인간들 틈에 섞여서 살고 싶다면 이런 마음은 이해할 줄 알아야지 않겠냐."

퍼시벌이 그렇게 말한 뒤 마이트레야를 또 살짝 때렸다. 마이트레야는 「으읏」 작게 신음했다.

"자, 어떻게 할까. 이 녀석 마법은 도움이 안 되고, 실마리도 지금 단계에서는 딱히 없다만."

"……그 제국군들이 무사히 복귀했다면 우리는 이미 경계의 대상이 되었을 테니 안젤린과 다른 일행들이 무엇인가 얻어 오기를 기다릴 수밖에 없나……. 아니면."

벨그리프는 마이트레야를 바라봤다. 마이트레야는 의아해하며 고개를 갸웃했다.

"뭐야?"

"핀데일에는 이제 실마리가 딱히 없다면……. 이 아이에게 부탁해서 제도로 전이를 하는 방법도 있겠군."

지금까지 나눈 이야기에서 엘프의 활동 거점은 본래 제도에 위치했음을 짐작할 수 있었다. 핀데일에서 기다려야 할 시간이 아깝다는 생각이 든다.

"어때? 마이트레야. 네 마법을 쓰면 제도까지 갈 수 있겠니?"

"물론. 조금 시간이 걸리겠지만……."

마이트레야는 솔깃하다는 태도로 일어섰다. 퍼시벌이 벅벅 머리를 긁적거렸다.

"아니, 이 친구야. 제정신인가? 전이 마법을 쓰게 놔두면 혼자 다른 장소로 도망칠 게 뻔하잖아. 애당초 우리를 무사히 전이시켜 준다는 보장이 아예 없다고."

"그런가? 너는 아직도 황태자의 편을 들 거니?"

마이트레야는 당황하며 머리를 옆으로 흔들었다.

"들지 않아."

"입으로는 무슨 말인들 못할까. 보나 마나 내가 노려보니까 딴 대답을 못할 뿐이지."

"그, 그게 전부는 아냐. 말했잖아. 이렇게 정보를 다 누설했는데 이제 와서 돌아가도 내 자리는 없단 말이야……."

"글쎄, 진짠가? 결국 넌 계획의 근간인지 뭔지는 알지 못하잖냐. 반대로 우리 정보를 저쪽에 갖다 바치면 오히려 보상을 받을 수 있겠지."

"그렇지 않아……. 슈바이츠 패거리는 배반을 용납하지 않아. 내가 너희의 정보를 갖고 돌아가도 칭찬해주지 않아. 끔찍한 꼴이나 당할 거야."

"아무튼 간에 벨, 나는 아직 이 자식을 전혀 신용할 수 없다. 아무리 네 제안이어도 못 받아들이겠군."

"……리더는 자네니까, 나는 따를 뿐이지."

퍼시벌이 단순히 고집부리자고 한 말이 아님은 명백하다. 말의 곳곳에서 벨그리프를 위험에 처하게 둘 수 없다는 의지가 느껴졌다. 그것은 과거의 트라우마에서 온 절박함일까, 아니면 리더의 책무를 느껴서일까. 이유가 무엇이든 간에 젊은 시절과 비교해서 꽤 신중해졌다는 생각이 들어 웃음이 새어 나왔다. 퍼시벌이 입술을 삐죽거렸다.

"……뭐냐."

"아니, 자네도 어른이 다 되었구나 싶어서."

"뭔 소리를 늘어놓나. 아무튼 카심과 다른 녀석들이 돌아오기를 기다리지."

퍼시벌은 그렇게 말한 뒤 의자에 걸터앉았다.

마이트레야는 조금 풀이 죽은 채 다시 침대에 앉았다. 김샜다는 듯이 다리를 흔들흔들한다. 벨그리프는 쓴웃음을 지었다.

"……차나 한 잔 더 마실 테냐?"

"마실래……."

○

깨달았을 때는 신비한 세피아색의 빛이 가득한 장소에 서 있었다. 작고 아담한 집이 세워져 있고, 엷은 인광이 벌레처럼 떠다니다가 사라진다. 주위는 숲에 둘러싸인 것 같았다.

잠깐 어리둥절하던 안젤린은 이것이 전이 마법임을 깨닫고 허둥지둥 뒤를 돌아봤다.

아마도 마법을 썼을 엘프 여자는 숨을 헐떡이며 지면에 주저앉아 있었고, 그 옆쪽에는 토야가 무릎을 꿇은 채 괴로워하며 고개 숙이고 있었다.

엘프는 주위를 둘러보다가 안도하며 표정을 누그러뜨리고 혼자 중얼거렸다.

"……어떻게, 돌아오기는, 했네. 어휴, 진짜 작정했는데도 이런 꼴이라는 게 한심하구나……. 헥터와 슈바이츠 둘을 상대하기는 역시 힘들었던 걸까⋯⋯."

그러고 나서 안젤린을 돌아보며 미소 지었다.

"고마워, 덕분에 목숨 부지했네. 아야야⋯⋯."

"말하면 안 돼. 지금 치료할 테니까⋯⋯. 토야, 괜찮아?"

"⋯⋯나는 괜찮아."

토야는 다른 방향으로 향한 채 스스로 부상 부위를 처치하려는지 바스락바스락 옷 스치는 소리가 들렸다. 안젤린은 후유, 숨을 내쉬었다가 허리에 찬 파우치에서 작은 약병과 붕대를 꺼내 들었다.

그때 자박자박 작은 발소리가 들려오더니 조금 떨어져 있는 곳에서 멈췄다.

눈을 돌리자 검은 머리카락을 지닌 쏙 닮은 아이가 두 명, 깜짝 놀랐다는 표정을 짓고 가만히 서 있었다.

"모르는 사람."

"모르는 사람이야."

"사티의 친구일까?"

"친구일까?"

사티. 그렇게 말했다.

안젤린은 심장이 격렬하게 맥동하는 것을 느끼며 엘프 여자가 있는 방향으로 눈을 돌렸다. 엘프다운 소녀 비슷한 용모임에도 왠지 모르게 노회한 분위기 또한 느껴진다.

아름다운 얼굴 옆쪽에 비단 같은 은발이 흔들거린다만, 유독 눈썹만큼은 투박하고 굵다. 이야기로 들었던 특징이다.

머뭇머뭇, 다만 분명하게 귓가에 닿을 수 있게 말했다.

"역시…… 사티 씨, 맞구나?"

"누구니……?"

안젤린은 심호흡했다.

"나는 안젤린. 벨그리프의 딸이야."

엘프의 두 눈에 경악의 빛이 깃들었다.

"벨그리프라면…… 적발인?"

"맞아. 오른쪽 다리가 의족이고."

안젤린이 고개를 끄덕거리자 엘프 사티는 동요한 모습으로, 다만 똑바로 안젤린을 주시했다.

"벨 군……. 살아 있었구나. 게다가 딸까지……."

"카심 아저씨도 퍼시 아저씨도 같이야. 다 같이 만나러 왔어, 사티 씨."

"뭐……."

크게 뜨인 눈에서 눈물이 흘러넘쳤다. 사티는 당황하며 고개 숙이고 손바닥으로 얼굴을 가렸다.

"어째서……. 어째서……."

"사티 씨."

안젤린은 무릎 꿇고 사티의 등에 손을 가져갔다. 긴 머리카락은 비록 흐트러졌어도 보드랍고 반들거린다. 피투성이인데도 아름다운 사람이라는 조금 엉뚱한 생각을 했다.

진정하기를 기다릴까 망설이던 때 갑자기 사티가 제자리에서 엎드려 쓰러져버렸다. 안젤린은 깜짝 놀랐다. 다만 잘 생각하면 당연한 일이다. 아직 상처의 처치라든가 아무것도 하지 않았다.

"사티!"

"어떻게 된 거야!"

흑발 쌍둥이가 몹시 당황하며 달려왔다. 그럼에도 약간 무서워하는지 조금 떨어진 위치에서 멈춰 서더니 안젤린을 살펴본다. 살짝 경계하는 시선이었다.

안젤린은 급히 붕대를 손에 들었다. 불안해하는 쌍둥이를 돌아보며 조금 더듬더듬 말한다.

"살짝 다쳤거든……. 얼른 치료할게."

"너희는 여기 집에서 사는 아이야? 이 사람과 잘 알아?"

언제 상처의 치료를 다 마쳤는지 토야가 나타나서 신중한 손동작으로 사티를 안아 들었다. 질문받은 쌍둥이는 동요하면서도 고개를 끄덕거렸다.

안젤린은 놀라서 눈을 깜빡거렸다.

"토야, 다친 데는……."

"나는 괜찮아. 치료를 해도 여기에서는 안 돼. 집에 침대가 있을 테니까 쓰자."

"으, 응."

토야는 망설임 없는 발걸음으로 집 안에 들어갔다. 쌍둥이가 얼굴을 마주 바라보다가 뒤를 쫓아간다. 안젤린도 뒤를 따랐다.

집 안은 조금 어둑해도 정갈하게 잘 정돈되었기에 음침한 분위기는 아니었다. 오히려 고요함으로 마음을 보듬어주는 듯한 분위기였다.

토야는 사티를 침상에 눕힌 뒤 익숙한 손놀림으로 훌훌 옷을 벗기려 들었다.

일순간 어리둥절하던 안젤린은 급히 가까이 달려가서 막아 세웠다.

"내가 할게……."

"어? 아, 맞다. 미안해. 물 길어 올게."

토야는 살짝 당황하며 물러났다. 긴급 상황이라지만 여자의 옷을 벗기는 데 아무 주저도 없을 줄이야. 대단한 남자구나. 안젤린은 감탄하기도 했고 어이없기도 했다.

아무튼 간에 자신이 계속 치료를 맡는다.

동방풍의 앞여밈 옷은 벗기기도 수월했다. 낙낙한 품의 옷 위에서는 알 수 없었던 상상 이상으로 풍만한 가슴의 두 둔덕을 보았을 때는 여자인데도 무의식중에 얼굴이 빨개졌다. 다만 부끄러워할 상황이 아니었다.

피에 푹 젖었기에 갈아입을 옷도 준비해야 한다. 그렇게 생각하던 때 물을 길어 온 토야가 같은 생각이었는지 뒤쪽에서 쌍둥이에게 옷 두는 장소를 물어보는 말이 들렸다.

출혈의 양이 지나쳤는지 안색이 조금 안 좋다.

상처 주위에서 딱딱하게 굳어 가던 피를 물수건으로 닦자 사티가 신음 소리를 내며 희미하게 눈을 떴다.

"으읏……. 아야야……."

"일어나면 안 돼. 치료 중이야."

"……흐읍."

사티는 반쯤 일으켰던 상체를 다시 누였다.

상처를 씻고 약을 발라주며 안젤린은 힐끔 낯빛을 살폈다. 천장을 바라본 채 사티가 중얼거렸다.

"안젤린, 이랬지. 신기하네. 설마 벨 군의 딸이 나를 도와주다니."

"……아빠, 사티 씨를 만나고 싶어 해."

"아하하, 그랬구나……. 퍼시 군이랑 카심 군도 같이 왔다고?"

"응……. 붕대 두를 테니까, 잠깐만."

"후후, 고마워."

천천히 몸을 일으킨 사티의 배에 붕대를 둘러 감는다. 사티는 집중하는 안젤린을 다정한 눈빛으로 바라봤다.

"……별로 벨 군이랑 닮지 않았네. 어머니는 누구셔?"

"나는 입양아야. 아빠가 숲에서 주워줬어……."

"어머…… 그랬구나."

"잔뜩 들었어, 사티 씨 이야기."

"아하하, 어차피 변변찮은 흉보기가 잔뜩이었지? 요리도 못하는 덜렁이에 난폭한 여자라고. 특히 퍼시 군이랑 카심 군은 촐싹데기라서 입 열면 얄미운 말만 했는데."

"그, 그렇지 않아……."

안젤린은 입을 우물우물하며 모린에게 나누어 받아 조그만 병에 옮겨서 담아 둔 영약을 건넸다.

사티가 살짝 놀라는 표정을 짓는다.

"영약이네? 엘프가 만든 냄새가 나는걸⋯⋯. 내가 만든 건 아니지만."

"있잖아, 엘프 친구도 있거든. 셋이나. 그라함 할배랑 마리는 아빠가 먼저 친구가 됐어."

"그라함 할배⋯⋯? 설마 『팔라딘』? 굉장하네, 정말. 벨 군도 참, 딸을 길러 놓았지 않나 『팔라딘』과 친구가 되지를 않나. 우리 모르는 곳에서 뭘 했던 거야, 어휴."

사티는 웃으며 영약을 쭉 들이켰다. 그리고 입가를 훔치며 조금 아련한 눈빛을 하고 말했다.

"⋯⋯싸워서 헤어졌거든. 벨 군이 크게 다치는 바람에, 떠나가서, 퍼시 군과 항상 말다툼을 하다가, 카심 군은 안절부절못하고⋯⋯. 후후, 셋이서 다들 화해를 한 모양이야."

"응, 들었어. 퍼시 아저씨, 사티 씨한테 못된 말 잔뜩 했다고⋯⋯."

"잔뜩 했다니까~ 어휴. 그 바보가 어울리지도 않게 얼마나 자책했는데."

사티는 깔갈 웃으며 다시 침대에 누웠다.

"⋯⋯그래도 가장 바보는 벨 군이야. 전부 혼자서 떠안아버리고 말이야⋯⋯. 진짜⋯⋯ 바보."

감긴 눈에서 눈물이 흘러나오더니 곧 새근새근 숨소리가 들렸다. 벌써 영약의 효과가 나타났는가 보다.

안젤린은 마음이 놓이는 심정으로 어깨의 힘을 빼내고 사티에게 이불을 덮어줬다.

너무나 많은 일들이 한꺼번에 일어나서 머릿속에 태풍이 온 기분이다.

아버지와 친구들의 이야기를 전해주고 싶은 마음만 앞섰던 탓에 사티가 이곳에서 무엇을 하며 지냈다거나 여러 문제는 아무것도 묻지 못했다. 하고 싶은 말도 많았고, 묻고 싶은 말도 너무나 많았다. 도저히 다 정리가 되질 않았다.

"잠들었어?"

잠시 떨어져서 지켜보고 있었던 토야가 다가왔다. 흑발 쌍둥이도 급히 달려오더니 침대에 매달린다.

"사티, 괜찮아?"

"자는 거야?"

안젤린은 고개를 끄덕거리고 쌍둥이의 머리를 쓰다듬어줬다. 어쩐지 미토와 닮았다는 생각이 든다. 쌍둥이는 동글동글한 눈으로 안젤린을 올려다봤다.

"언니, 누구야?"

"사티의 친구?"

"으음, 그런, 가……? 나는 안젤린. 너희 이름은 뭐야?"

쌍둥이는 얼굴을 마주 본 뒤에 다시금 안젤린을 쳐다봤다.

"나는 마루."

"나는 하루."

"마루랑 하루구나……. 잘 부탁해."

안젤린이 손을 내밀자 쌍둥이는 수줍게 미소 짓고는 손을 쥐어 주었다. 조그맣고 부드럽고 매끈매끈하다. 토야가 안도의 숨을 내 쉬었다.

"다행이다……. 미안해, 안제 씨. 내가, 폭주하는 바람에……."

"괜찮아. 결과적으로 도움이 됐고……. 그런에 어떻게 된 거야? 검은 옷 입었던 사람, 아는 사이야?"

"……뭐, 조금. 이래저래 사정이 있어. 이 사람이 찾아다녔던 엘프라는 분 맞지? 잘됐네, 겨우 찾았어."

토야는 얼버무리며 쓴웃음 짓고 어깨를 으쓱였다. 옷에는 비스 듬하게 베인 자국이 남아 있었다. 안쪽으로 피가 살짝 배어난 붕대 가 보였다. 아주 심각한 부상은 아닌 듯하나 안면이 있는 사이인데 도 이렇듯 작정하고 칼을 휘둘렀다면 원만한 관계는 아닐 테지.

별로 속사정을 밝히고 싶지 않은 문제이려나. 안젤린은 더 이상 의 질문은 삼가기로 했다. 자신의 혼란도 다 수습하지 못했는데 다른 사람의 복잡한 속사정을 파고들어 봤자 제대로 대화가 이루 어질지 알 수가 없다.

사티의 편하게 잠든 숨소리를 듣고 안심했는지 마루와 하루 쌍 둥이는 주뼛주뼛하며 안젤린의 손을 끌었다.

"있잖아, 얘기 나누고 싶어. 안뜰에, 갈래?"

"안젤린이랑 토야는 바깥세상에서 왔지?"

"바깥세상? 뭐…… 바깥이…… 맞나?"

안젤린은 토야를 돌아봤다. 토야는 웃으며 고개를 끄덕였다.

"여기는 내가 보고 있을 테니까 다녀올래? 이곳, 아무래도 평범한 곳이 아닌 것 같아."

확실히 집 밖은 신비로운 빛이 가득하고, 밝은데도 색채가 희박하다는 느낌을 받는다. 지금은 사티를 깨워 이야기할 만한 상황도 아니니까 쌍둥이와 이야기를 나눠봐도 좋을 듯하다. 어려운 이야기는 아마 할 수 없겠지만, 그래도 약간은 정보를 얻을 수 있겠지.

안젤린은 쌍둥이에게 손을 이끌려서 뜰로 나갔다.

# 110 마치 수확기의 보리처럼 나무들은 황금색 잎을

　마치 수확기의 보리처럼 나무들은 황금색 잎을 흔들거리고 있었다. 그러나 차근차근 잘 보면 저 황금색의 건너편에 푸른 빛깔이 보이는 것 같기도 했다. 빛 자체에 색이 물들었달까, 그것을 다시 반사하는 까닭에 보이게 된 풍경이리라.

　풍요로워 보이는 숲인데도 새나 짐승의 기척이 없다. 겨울이 지척인데도 불구하고 마치 초봄과 같이 따스하며 초목도 무성하게 자라났다. 산에서 자란 안젤린은 몹시 기묘한 느낌을 받았다. 자꾸만 위화감이 솟아나는 터라 진정이 되지 않는다.

　잠깐 기다리라며 저쪽으로 갔던 하루와 마루가 달려오더니 앉아 있는 안젤린의 머리에 꽃으로 엮은 관을 씌워줬다.

　"줄게."

　"마루랑 같이 만들었어."

　"고마워……. 잘 만들었네."

　토끼풀의 하얀 꽃도 이 장소의 세피아색 빛을 받아서 황금색이다.

　쌍둥이는 안젤린을 사이에 두고 앉아서 동글동글한 검은색 눈동자로 빤히 올려다봤다.

　"안젤린은 어디에서 온 거야?"

"사티를 만나러 온 거야?"

"응."

"굉장하다."

"바깥세상에서 손님이 왔어."

쌍둥이는 얼굴을 마주 바라보며 꺅꺅 떠들었다.

"너희는……. 사티 씨의 아이야?"

안젤린이 묻자 쌍둥이는 고개를 흔들었다.

"사티는 엄마 친구야."

"그렇구나. 어머니는?"

"여기."

하루가 안젤린의 손을 이끌며 일어섰다. 인도하는 대로 집 뒤편
에 돌아갔더니 작은 묘석이 있었다. 새로 딴 꽃을 바쳐 놓았다.
안젤린은 숨을 멈췄다. 쌍둥이는 묘석 앞으로 달려갔다.

"엄마, 여기에서 자."

"되게 잠꾸러기야. 언제 일어나는 걸까?"

그렇게 말한 뒤 쌍둥이는 쿡쿡 웃었다. 덜컥, 심장이 고동을 쳤
다. 안젤린은 가슴을 부여잡으며 쌍둥이에게 가까이 다가갔다. 쌍
둥이는 각각 안젤린의 손을 붙들더니 어서 앉으라며 재촉하는 듯
이 잡아당겼다.

"사티는 말야, 엄마를 괴롭히는 나쁜 사람들한테 엄마를 구해줬
어."

"우리도 같이 구해줬어."

"되게 어두운 곳이었지."

"되게 무서웠지."

"……여기는 어디야? 사티 씨의 집이야?"

안젤린이 묻자 쌍둥이는 고개를 끄덕거렸다.

"사티가 마법을 써서 만들었대."

"여기에서 나가면 안 된대. 나쁜 사람이 있으니까."

"그래도 바깥세계는 굉장할 거야. 사람이 잔뜩 있다던데."

"난 살아 있는 물고기를 보고 싶어. 물속을 헤엄친대. 진짜야?"

"응, 진짜야……. 그리고, 새라고 해서 말이야, 날개로 하늘을
나는 생물도 있어."

예상한 대로 이곳에는 다른 생물이 없었다. 쌍둥이는 사티가 바
깥에서 가져오는 식자재로 손질한 새와 물고기, 짐승은 알지만 살
아 있는 생물은 알지 못하는 듯하다. 둘 다 눈을 반짝이며 안젤린
의 이야기에 빠져들었다.

"바깥세계, 굉장해. 엄마랑 사티랑 같이 가보고 싶어라."

"안젤린도 엄마가 있어?"

"나한텐 없어. 그래도 아빠가 있어."

"아빠?"

"아빠가 뭐야?"

"으, 으음……? 남자, 부모님. 여자 부모님이 어머니이고 남자
부모님이 아빠야."

쌍둥이는 어리둥절하는 모습이다. 잘 이해가 되지 않는가 보다.

"……울 아빠는 벨그리프라는 분이야. 무척 강하고 멋있고 다정해."

"강해?"

"다정해?"

"맞아. 어부바하면 등이 무척 넓고……. 그리고 여자한테는 없는 수염이라고 짧게 머리카락 비슷한 털이 자라나. 여기랑, 여기. 턱 주변에."

안젤린이 손을 뻗어서 마루의 턱을 더듬자 마루는 꺅꺅 간지러워하며 웃었다. 하루는 웃으며 자신의 턱을 쓸어 만지고 있다.

"뺨을 비비면 까슬까슬하거든? 그게 기분이 좋아."

"까슬까슬."

"해보고 싶어!"

쌍둥이는 살짝 흥분해서 팔과 다리를 휙휙 움직였다. 안젤린이 왠지 푸근한 마음으로 둘을 바라보던 때에 뒤에서 쿡쿡 웃음소리가 들렸다. 고개 돌렸더니 사티가 토야의 어깨를 빌려 서 있었다.

"벌써 친해졌구나……. 친구 생겼네, 하루, 마루."

"아, 사티."

"일어났어?"

쌍둥이는 일어나더니 사티에게 달려갔다. 사티는 웃음 짓고는 쌍둥이를 덥석덥석 쓰다듬어줬다.

"말했잖아, 나는 강하다고. 애들아, 안젤린한테도 더 큰 화관을 만들어주자. 토야 군도 화관을 가지고 싶대."

"알았어!"

"꽃 꺾어 올게."

쌍둥이는 의욕 가득한 모습으로 달려 떠났다. 둘을 지켜보다가 사티가 천천히 바닥에 앉았다. 아직 상처가 다 나았을 리 없다. 표정이 조금 힘들어 보인다.

안젤린은 조마조마한 마음으로 사티의 어깨에 손을 얹었다.

"사티 씨, 무리하지 마……."

"아하하. 괜찮아, 괜찮아. 죽진 않으니까……. 다시 인사할게, 고마워. 안젤린, 토야 군. 더는 못 버티는 줄 알았거든."

사티는 살짝 머리를 숙이며 감사의 뜻을 전했다. 안젤린은 입을 우물우물했다.

"저기, 저기……. 사티 씨는 쭉 싸웠던 거야?"

"……혹시 저 아이들에게 들었니?"

"응……. 엄마와 같이 사티 씨가 구해줬다고."

사티는 눈을 내리뜨며 한숨 쉬었다.

"……슈바이츠 패거리는 말이야, 솔로몬의 유산, 즉 호문클루스 관련 실험을 줄곧 진행해왔어."

"마왕을 인간으로 만들겠다던……?"

"어머, 아는구나."

조금 놀랐다는 표정을 짓는 사티에게 저런 경위로 태어났던 벡과 이용당해서 사교를 퍼뜨리고 다녀야 했던 샤를로테의 이야기를 들려줬다. 사티뿐 아니라 토야도 흥미진진하게 귀를 기울였다.

"……그래서, 지금은 톨네라에서 지내고 있어."

"그랬구나. 아하하, 역시 벨 군이라니까."

"마왕이라. 상상도 안 되는걸……. 그런데 마왕을 인간으로 만들면 그다음은 뭘 어떻게 하겠다는 거죠? 저는 영문을 잘 모르겠네요."

토야는 팔짱을 끼고 침음했다. 사티는 한숨 쉬더니 살짝 서글퍼 눈을 내리떴다.

"……나도 자세한 내용까지는 몰라. 솔로몬의 호문클루스를 연구하는 조직은 한두 군데가 아니었는데, 인간으로 만들고자 한 녀석들은 슈바이츠 패거리뿐이었어. 그래도 인간으로 만드는 게 마지막 목적은 아니었을 거야. 그다음 목표가 뭔가 있었겠지. 그리고 거기에는 분명 솔로몬의 열쇠가 필요해."

"솔로몬의 열쇠……?"

"그게 도대체 뭐죠?"

"솔로몬의 유산 중 하나라더라. 듣자 하니까 옛날에 솔로몬이 그 열쇠를 써서 호문클루스들을 통제했다는 것 같은데……. 다만 그 녀석들의 손에 들어가기 직전에 내가 가로챘어. 그리고 부숴버렸지. 어떤 계획이었든 더 이상은 진행되지 못해."

사티는 그렇게 말한 뒤 주먹을 꽉 부르쥐었다.

"나는 용서할 수 없었던 거야. 너무나 끔찍한 짓이었거든. 그러니까 싸워서 시설과 도구를 부수고 방해했어. 꾹 견디며 기회를 기다리다가 붙잡힌 여자들과 태어난 아이들을 구출했어. 하지만 다들 죽어버리더라. 가혹한 실험에 몸이 견디지 못한 탓이려나."

안젤린은 퍼뜩 놀라며 옆쪽에 있는 묘석으로 눈을 돌렸다. 사티는 미소 짓고는 고개를 끄덕거렸다.

"맞아, 하루와 마루의 어머니야. 잠깐은 이곳에서 보호했었는데 점점 초췌해지다가, 결국은."

사티는 그리워하며, 곧 괴로워하며 눈을 내리떴다.

"굳센 사람이었어. 마지막까지 나를 걱정해주더라. 살리지 못했다는 게 한이야. 다른 묘지는 조금 먼 곳에 있어. 많은, 죽음을 지켜봤지. 다행히 저 아이들만큼은 건강하게 잘 자라줬어. 그게 위안이려나……."

안젤린은 아무런 말도 못한 채 입을 우물우물했다. 토야는 쥐어짜듯이 겨우 말했다.

"그럼 저 두 아이는 실험체들 중 생존자라는, 말씀인가요……?"

"그렇게 되겠네. 후후, 그래도 지금은 딸 같은 아이들이지만."

"……핀데일에 나타났다는 엘프도 사티 씨야?"

"응. 여기에서는 식량을 많이 구할 수 없으니까 유사 인격 마법을 써서 장 보러 나갔던 거야. 설마 꼬리를 밟힐 줄은 생각하지 못했는데……."

사티는 가만히 말한 뒤 웃었다.

"몇 년 전부터…… 황태자가 가짜로 뒤바뀌었을 때부터 살짝살짝 불길한 예감은 들었지만 말이야."

"어…… 가짜?"

"그 말씀, 정말인가요? 지금의 뛰어난 위정자가요?"

안젤린과 토야는 반사적으로 눈을 커다랗게 떴다. 사티는 고개를 끄덕였다.

"자주 들었을 거야, 황태자가 원래는 바보였다고. 너무 확 바뀌어서 다들 놀랐던 것 같은데 일단 우수해졌으니까 아무도 불만은 못 늘어놓겠지? 게다가 지위는 놀랄 만큼 높은걸. 아무리 부자연스러워도 도저히 가짜 아니냐며 추궁할 수가 없었을 거야."

"……로데시아 제국이 마왕 연구를 하는 게 아니라 슈바이츠 일파가 제국을 이용하고 있다는 말씀일까요?"

"그렇게 되려나. 그 때문에 나도 활동하는 데 어려움이 무척 많아졌으니까……. 결국 저쪽도 태세를 다 정비하고 수하도 많이 거두어들인 것 같아. 이곳도 더 이상은 안전하지 않겠지. 나는 원한을 제법 산 처지라서 상대도 도망치게 놓아주지는 않을 테고."

사티는 서글프게 웃었다. 안젤린은 애타는 마음에 안절부절못하다가 사티의 어깨를 끌어안았다.

"……사티 씨, 이제 혼자서 힘을 쥐어짜지 않아도 괜찮아. 아빠도 퍼시 아저씨도 카심 아저씨도 같이 왔잖아. 나도 도와줄 거야. 분명 해결할 수 있어."

"저도 부족한 힘이나마. 악연이 있는 상대도 얽힌 문제 같고요."

사티는 미소 짓더니 두 사람의 어깨에 손을 얹었다.

"고마워."

"사티 씨."

"……그런데 말야, 나는 너무나 많이 잃어버렸어. 더는, 잃어버리는 게 무서워."

갑자기 사티가 일어서더니 재빨리 두 사람에게서 거리를 벌렸다. 마력의 흐름이 느껴졌다.

눈앞의 풍경이 흔들거렸다. 마치 불투명 유리를 통해 보는 것처럼 사티의 모습도 점점 부예진다. 전이 마법이다.

안젤린은 화들짝 놀랐다.

"사티 씨!"

"……벨 군한테, 모두한테 전해줘. 나는 만나고 싶지 않아. 그러니까 만나겠다는 생각은 하지 마. 겨우 붙잡은 행복을 함부로 내던지지 말라고 전해줘."

"잠깐만! 이러면 안 돼……!"

"너와 만나서 기뻤어……. 나는 잊어주렴."

사티는 생긋 웃었다.

안젤린이 손을 내밀기 전에 세피아색의 빛이 급속도로 사라지는가 싶더니 안젤린과 토야는 본래의 어두운 통로에 앉아 있었다.

안젤린은 아연실색하며 중얼거렸다.

"어째서……."

허공에 내민 손이 힘없이 축 늘어졌다.

○

나눌 이야기가 다 바닥난 터라 벨그리프도 퍼시벌도 각각 무엇인가 상념에 잠긴 듯한 얼굴로 묵묵히 입을 다물고 있었다.

마이트레야는 심심했는지 침대에 벌렁 눕거나 엎드리거나 하면서 몸을 움직이다가 이윽고 지겹다는 표정을 지은 채 입을 열었다.

"……어떻게 할 생각이야?"

"어떻게 할까 고민하는 중이지……."

"가만히 일행을 기다릴 수밖에 없군. 애당초 꼬마 임프, 너 말이다, 아무리 그래도 정보가 너무 없는 게 아니냐. 이래서는 옴짝달싹 움직일 수가 없다고."

"딱히 내 책임이 아니잖아. 황태자 패거리가 그만큼 조심성이 많은 거야."

"그렇다 쳐도 이름 정도는 들어 놨어야지. 제길, 하다못해 엘프의 정체만이라도 알아내야 할 텐데. 다른 사람이라면 황태자 놈들과 굳이 적대할 필요도 없잖나."

"으음……."

벨그리프는 일단 고개를 끄덕거렸지만, 아마도 다른 가능성은 없으리라고 묘하게 확신 비슷한 예감을 느꼈다.

근거는 없다. 다만 그렇게 생각한다.

후우, 숨을 내쉬고 의자에 몸을 기댔다. 의족이 움직이며 딱딱 소리를 냈다. 빗소리가 강해진 것 같다는 생각이 든다.

그때 불현듯 벽에 세워 놓았던 대검이 윙윙거렸다.

공간이 흔들리더니 허공에 희미하게 무엇인가가 비치기 시작했다. 즉각 검을 뽑아서 임전 태세를 갖춘 퍼시벌이 의아해하며 눈을 가늘게 떴다.

"이거…… 통신 마법인가?"

흐릿한 창을 통하는 듯 부연 풍경이 이윽고 또렷하게 밝아지더니 거기에 많은 인영이 비친다.

『아빠!』

"안제……?"

벨그리프는 놀라 일어섰다. 저쪽에 안젤린과 카심, 제도로 향했던 일행들이 밀치락달치락하고 있다. 어스레하며 파르께한 조명이 있는 방에 있는 것 같았다.

『와~ 진짜 비친다! 이게 시공 마법이야? 굉장해!』

『잠깐, 밀지 말래도, 미리!』

『우와앗, 여기 밀지 마라, 안 보이잖냐!』

『살라자르! 소리 좀 더 올려줘라!』

『야! 너희가 얼굴 내밀어서 어쩌려는 거야! 물러나라니까!』

"이봐들, 시끄럽다. 한꺼번에 떠들지 말고 차분하게 말해라. 대충 보니까 살라자르와 무사히 만난 것 같군. 수확이 좀 있나?"

퍼시벌이 웃으면서 물었다. 안젤린의 얼굴이 바짝 가까워졌다.

『있잖아……. 사티 씨, 만났어.』

"……음?"

"뭐라고오! 거기에 같이 있냐?!"

퍼시벌이 씩씩거리며 앞에 나섰다. 안젤린은 눈을 내리뜨며 고개를 옆으로 흔들었다.

『……사티 씨, 아빠도 아저씨들도 만나고 싶지가 않대.』

"무…… 무슨 생각인 거냐, 그 자식."

벨그리프는 힐끗 마이트레야가 있는 곳을 돌아봤다가 다시 안젤린에게 시선을 되돌렸다.

"안제, 맨 처음부터 순서대로 말해주겠니?"

안젤린은 고개를 끄덕거렸다. 그리고 천천히 말을 시작한다.

어느 통로에서 갑자기 사티, 그리고 슈바이츠와 조우했던 것, 도망치듯 전이해서 결계 안으로 짐작되는 신비한 집에 갔던 것, 핀데일의 엘프는 사티였다는 것. 슈바이츠와 벤자민의 계략을 저지하기 위해 쭉 싸워왔다는 것. 그리고 협력과 재회를 거절당해버렸다는 것.

퍼시벌이 팔짱을 끼고 신음했다.

"황태자가 가짜라고? 뭔가 심상치 않군……. 사티는 그런 자들과 싸워왔단 말인가."

『……사티 씨, 어떻게 할 생각인 걸까. 혹시 슈바이츠 패거리와 싸우다 죽을 생각이라면, 나는…….』

안젤린은 손등으로 눈을 비볐다. 카심이 분하다는 듯이 바닥에 쿵 발을 굴렀다.

『나는 바보였어. 사티는 쭉 제도 부근에 있었잖아. 나도 근처에

305

있었는데 전혀 알아차리지도 못하고……. 게다가 난 슈바이츠 패거리와 다른 조직에 몸을 담았던 때도 있었어. 솔로몬의 열쇠를 찾으라는 요청을 받기도 했었지. 그때 찾아 나섰다면, 사티와 만났을 텐데.』

퍼시벌이 답답하다는 듯이 방 안을 자꾸만 왔다 갔다 했다.

"멍청한 소리 마라, 카심. 그랬다면 넌 안제와 만나지 못했다. 안제와 네가 못 만났다면 나 또한 벨과 다시 만나지 못했을 거다. 애당초 아무것도 시작될 리가 없었단 말이다. 쓸데없는 후회는 집어치워라."

『……그렇지. 살아 있다고 안 것만 해도 횡재인가, 헤헤.』

"마이트레야."

묵묵히 듣고 있었던 벨그리프가 입을 열었다. 어리둥절한 채 대화 나누는 일행을 지켜보고 있었던 마이트레야는 조금 놀라며 자세를 바로 했다.

"뭐야."

"다시 한 번 그 공간과 연결해봐주겠니."

"……그런가, 사티가 돌아왔다면. 가능한가?"

"해볼게."

마이트레야는 두 손을 앞으로 내밀었다. 그림자가 솟구쳐서 마력과 함께 소용돌이치기 시작했다. 하지만 도중에 갑자기 터져 나가듯이 사라졌다. 마이트레야가 놀라며 눈을 커다랗게 뜬다.

"……완벽하게 대책을 세워 놨어. 분하네."

"정말이지 쓸모가 없구나, 이 녀석!"

퍼시벌은 마이트레야의 머리를 툭 대렸다. 마이트레야는 허둥지둥 두 손으로 머리를 보호했다.

"흐앙, 이러지 마."

『또 누구냐, 거기 쪼끄만 녀석은.』

마르그리트가 말했다. 벨그리프는 턱수염을 비비 꼬았다.

"이쪽에서도 이래저래 일이 있었단다. 아무튼 간에 더 이상 핀데일에서 얻을 만한 것은 없겠구나. 퍼시, 우리도 제도로 가야겠군."

"그래야겠어."

안젤린이 불안해하는 표정을 짓고 있었다.

『아빠……. 만나도, 괜찮은 걸까? 사티 씨, 싫어하지 않을까?』

"글쎄다. 다만, 그 아이도 바보는 아니야. 우리가 관여하게 돼 뒤서 자신의 문제에 말려들까 봐 걱정하는 거지. 나는 그렇게 믿는다."

"흐. 혼자서 무슨 해결을 보겠다는 거냐, 건방진 사티 녀석. 아무리 싫어해도 밀고 들어가주마."

퍼시벌이 그렇게 말한 뒤 손바닥에 주먹을 세게 부딪쳤다. 안젤린은 안심하며 웃었다.

『……에헤헤, 다행이다. 사티 씨, 힘들어 보였어. 꼭 같이 도와주자.』

"그래, 물론이란다."

『그런데…… 괜찮을까요? 안제 이야기를 들으면 사티 씨는 슈바이츠 일당의 실험체를 보호하고 있다죠. 그리고 가짜 황태자도 한패고요. 사티 씨를 돕겠다는 생각이라면 로데시아 제국 전체가 적이 되지 않을까요?』

아넷사가 불안해하며 말했다. 퍼시벌이 껄껄 웃었다.

"걱정하지 마라. 제국군이 1만 명 오더라도 내가 전부 베어 넘겨주마."

『아니, 아니지, 퍼시. 그런 다수 섬멸은 내 임무라니까.』

카심도 같이 웃는다.

『제국군은 좀 세나? 재미있겠군.』

마르그리트가 히죽히죽하며 말을 받았다.

『뭐야, 뭐라는 거야…….』

아찔해지는 말을 늘어놓는 일행들 때문에 아넷사가 핼쑥해졌다. 벨그리프는 쿡쿡 웃었다.

"괜찮단다, 아네. 딱히 진심으로 하는 말이 아니잖니."

『아, 알기는 아는데요…….』

"……다만 실제로 어떻게 될진 모르겠구나. 솔직히 나 또한 불안하거든. 자칫하면 제국에 대한 반역자로 체포당할지도 몰라. 그러면 분명히 제국 전체가 적이 될 테지. 그렇게 되지 않도록 수를 강구해야겠어."

『……벨 아저씨, 뭔가 생각이 있으세요?』

벨그리프는 어깨를 으쓱였다.

"아직 망상밖에 안 되니까 말을 못 하겠구나. 그리고 너희 모두의 도움이 필요하단다. 다만, 우리 아저씨들의 욕심 때문에 다들 위험을 무릅쓰게 만들기에는 면목이 없고……. 혹시 불안하면 억지로 힘을 보태달라는 말은 하지 않으마."

『아빠!』

안젤린이 불퉁불퉁 큰 목소리로 외쳤다.

『갑자기 무슨 소리야! 다들 아빠를 돕기 위해서 여기까지 온 거야! 이제 와서 거리 두는 말을 해서 어쩌려는 거야!』

"으음……."

『맞다, 벨. 이제 와서 따돌리기는 없기다. 애당초 달랑 아저씨 셋이서 뭘 해낼 수 있겠어. 내가 안 있어주면 시작도 못할 거다!』

『마리 한 명 늘어나도 소용없지 않을까냥~?』

『뭣이라, 미리, 요 자식아!』

『흐흥, 그러니까 저도 당연히 도울 거예요~. 제도까지 왔는데 방 안에서 몸이나 둥글리며 지낼 순 없고 말이죠, 애당초 안제가 가면 같이 따라가는 게 파티 멤버라고요. 그렇지? 아네.』

『물론이지.』

아넷사는 고개를 끄덕거리고 곧 조금 화내며 벨그리프를 쳐다봤다.

『벨 아저씨, 자꾸 잊어버리시면 곤란한데요. 저희는 현역 모험가라고요. 그야 최대한 힘껏 경계는 할 테지만, 위험에 뛰어드는 게 원래 역할이에요. 이제 와서 뭐가 무섭겠어요.』

『대모험……! 아빠, 내가 바로 S랭크 모험가야!』

안젤린이 당당하게 말한 뒤 가슴을 폈다.

완패인 터라 벨그리프는 이마에 손을 가져다 대며 거하게 숨을 내쉬었다.

"······젊은 녀석들은 못 당하겠군."

"하하하하, 믿음직한 아가씨들 아니냐! 이봐, 카심! 거기 꼬마 아가씨들이 폭주하지 못하게 잘 지켜봐줘라!"

『어우, 하필 내가 젤 서툰 임무를 주는구나. 벨, 빨리 좀 와줘라아.』

"하하, 알겠네. 되도록 빨리 도착하게 움직이도록 하지."

『아빠, 뭔가 준비할 게 있을까?』

벨그리프는 턱수염을 쓸어 만졌다. 목소리를 낮춘 채 퍼시벌과 뭔가 상의하더니 곧 얼굴을 들어 올렸다.

"······리젤로테 님과 만날 수 있게 약속을 잡아주겠니?"

『리제랑?』

"그래. 제국 내부의 정보를 좀 얻고 싶구나."

『그럼 저희도 협력할 수 있겠네요. 이래 봬도 제국에 꽤 머물렀 던지라 길드에도 얼굴이 통하거든요.』

토야가 말했다. 벨그리프는 살짝 당황했다.

"토야 군······. 하지만, 자네들까지 끌어들일 수는."

『아뇨, 꼭 협력하고 싶습니다. 개인적으로 악연을 맺은 상대가 적측에 있어서 말이죠.』

"······그런가, 알겠네. 아무튼 자세한 이야기는 그쪽에 도착한 다음 나누도록 하자."

『감사합니다.』

절박함이 묻은 토야의 표정을 보고 벨그리프는 왠지 불안한 느낌을 받았지만, 일단 얼굴을 마주 대하며 이야기해보지 않으면 알 수가 없다. 제도에 가는 것이 먼저였다.

불현듯 영상이 거칠게 비틀렸다. 누군가가 투덜투덜 불평 늘어놓는 목소리가 들렸다.

『얘기가 길군, 제군들! 이제 끝이다, 끝이야! 나는 지쳤다네!』

『아, 살라자르, 잠깐만!』

『아빠, 퍼시 아저씨, 조심해서 와!』

무슨 소동인지 저쪽이 소란스러워졌다. 대화에 끼지 않은 채 멀리 물러나 있던 모린이 얼굴을 쏙 내밀더니 손을 흔들거렸다.

『기다릴게요~. 맛있는 가게, 소개해드릴게요~.』

거기에서 뚝 영상이 사라져버렸다.

"한결같군, 저 녀석은."

퍼시벌이 말하며 피식 웃더니 짐을 손에 들었다. 그리고 침대에 걸터앉은 채 멍하니 있던 마이트레야의 목덜미를 붙잡아 쓱 들어 올렸다.

당황한 마이트레야는 눈을 희번덕거리며 팔과 다리를 버둥버둥 움직였다.

"뭐야, 뭐야."

"꼬맹이, 넌 어떡할 테냐."

"……제도에 갈 거야?"

"그래. 우리 입장에서는 네가 또 슈바이츠 패거리가 있는 곳으로 돌아가면 곤란하지만……. 그러지 않겠다고 약속해준다면 이제 여기에서 풀어줘도 상관없단다."

"입으로 하는 약속을 믿어준다고?"

"결계를 뚫지 못한다는 게 분명해졌으니까 괜찮아. 그러면 너도 슈바이츠 패거리에 선물로 가져갈 게 없을 테고, 『처형인』이나 다른 경호원의 정보도 가르쳐줬지. 내부 사정을 유출시킨 녀석인데 아무러면 저쪽도 너를 더 믿지는 않을 거야."

벨그리프는 그렇게 말한 뒤 미소 지었다.

툭 침대에 놓아주자 마이트레야는 살짝 언짢아하며 미간을 찌푸렸다.

"……지금까지 무서워했던 게 전부 연기였다는 생각은 안 하는 거야? 알려준 정보도 전부 진짜라고 생각하는 거야? 나를 너무 우습게 보는 거 아니야?"

"하하, 그렇다면 꽤 대단한 배우일 테지. 속아도 어쩔 수 없으려나."

"어린애 취급하지 마……."

마이트레야는 떨떠름한 얼굴로 허공에 시선을 두고 생각하다가 이윽고 입을 열었다.

"계속 바보 취급만 당하면 화가 나니까. 나는 『흑색의 태피스트리』 마이트레야. 두려움을 사는 존재, 존경받아 마땅한 마법사."

"네가 지금껏 이렇다 할 실력을 못 보여준 것은 사실이잖냐. 잘

난 척 입 놀리지 마라."

"우스워. 너희는 너무 어설퍼. 엘프의 정체를 알아냈어. 너희의 목적도 알아냈어. 제도에서 움직이겠다는 방침도 알아냈어. 그뿐 아니라 너희와 함께하는 동료의 얼굴도, 대공가에 연줄이 있다는 정보도 알아냈어. 제도는 벤자민 패거리의 손바닥 위나 다름없는데. 너희가 엘프와 같은 편에 선다고 알려주기만 해도 저쪽의 입장에서는 천금 같은 정보야. 얼마든지 대책을 세울 수 있어."

"오호라……. 구체적으로 어떤 대책을 세울 수 있으려나?"

마이트레야는 흥, 거들먹거리며 가슴을 폈다.

"너희가 못 움직이게 만들 거야. 벤자민의 말 한마디면 범죄자로 구속하는 것은 식은 죽 먹기지. 아니면 일부러 가만 놔뒀다가 엘프와 접촉했을 때 일망타진. 처음부터 다 알고 그물을 쳐 두면 너희를 기습하는 게 뭐가 어렵겠어. 아까도 가르쳐준 대로『처형인』헥터는 검 솜씨도 일류, 거기에 고위의 암흑 마법을 구사하지. 게다가 벤자민의 곁에는 경호원도 붙어 있어. 한동안 모습을 보이지 않았던 슈바이츠까지 돌아왔고. 두뇌도 전투력도 빈틈이 없어. 말했잖아, 내가 아는 것은 극히 일부뿐, 너희 불리한 입장은 달라지지 않아."

"그렇게가지 걱정해주는 거냐. 아주 마음씨 착한 녀석이었군."

퍼시벌이 히죽히죽하며 말했다. 마이트레야는 퍼뜩 깨달았다는 듯이 눈이 동그레지더니 곧 뺨을 붉히고 입을 삐죽거렸다.

"……속였어?"

"놀리려는 건 아니야, 미안하구나. 우리가 안제와 다른 사람들과 나눈 대화를 전부 너에게 들려줬던 것, 부자연스럽다고 생각하진 않았니?"

"……어째서?"

"만약 아직도 슈바이츠 일당에 가담할 뜻이 있다면 방금 대화는 확실히 유용한 정보였을 거야. 그런 정보를 얻었을 때 네가 어떻게 나올지 직접 확인하고 싶었단다. 지금 단계에서 네가 선 위치는 아직 애매하니까. 우리도 입장을 분명하게 결정짓고 싶었던 거지."

"요컨대 네가 옳다구나, 정보를 갖고 놈들에게 돌아가려는 낌새를 보였다면."

퍼시벌이 엄지손가락을 세워서 목 부분을 쭉 베는 동작을 했다. 마이트레야는 핼쑥해졌다.

"시험당했던 거야? 나?"

"아니, 죽이려는 생각까지는 하지 않았어. 그래도 아마 구속한 뒤 감시 정도야 했겠지."

벨그리프는 쓴웃음 짓고 어깨를 으쓱였다.

"그런데 아니었군. 그뿐 아니라 우리의 약한 부분을 지적까지 해줬고. 아무렇지도 않은 얼굴로 돌아갈 수도 있었을 테고, 사탕발림으로 제도에서 할 작전을 유도할 수도 있었을 거야. 더 대담하면 이중 첩자를 가장해서 우리를 함정에 빠뜨릴 수도 있지 않았으려나. 그런 낌새가 있었다면 우리도 부득이하게 상응하는 대책을 취할 생각이었다만."

그런 방법이 다 있었냐는 표정으로 마이트레야는 시선을 피했다. 퍼시벌이 유쾌하게 웃고는 마이트레야를 콕콕 찔렀다.

　"역시 너, 머리싸움은 서툴구나. 자부심만 높아 가지고 말야, 아주 홀라당 속아 넘어가더라니까."

　"으그그."

　"그래서 말이다, 마이트레야, 다시 너에게도 협력을 부탁하고 싶구나."

　벨그리프가 머리 숙였다. 마이트레야는 꽤 당황하며 눈을 깜빡거렸다.

　"진심으로 하는 말이야?"

　"그래. 솔직히 네 마법은 무척 유용하지. 적에게 넘겨주는 상황은 피하고 싶기도 하고 아군이 되어준다면 큰 도움이 될 거야. 너도 슈바이츠 일당에게 딱히 진심으로 순종하는 처지는 아닌 것 같으니까."

　"그냥 다른 선택지는 없다고 생각해라. 우리도 속사정을 다 까발렸잖냐. 이제 와서 순순히 놓아줄 순 없다고."

　"……그 녀석들은 나도 딱히 신뢰하지 않았어. 어디까지나 고용 관계였을 뿐. 충성심은 애당초 있지도 않아."

　"그러면?"

　마이트레야는 포기했다는 듯이 숨을 내쉬고 고개를 끄덕 움직였다.

　"너희 편에 붙어줄게. 단 분명히 말해 두겠는데 나는 협박당해

서 너희를 편드는 게 아니야. 나는 스스로의 의사로 너희를 편드
는 거야. 착각하지 말아줘."

"왜 불쑥 멋 부리는 거냐."

"나는 임프. 재미있는 게 좋아. 벤자민과 슈바이츠의 음모도 재
미있을 것 같았지만……. 그쪽은 이제 됐어. 강대한 상대를 너희
가 어떻게 뒤집어서 물리칠 작정인지 그게 더 흥미로워."

"헹, 뭐, 그렇다고 치고 넘어가주마. 특등석에서 마음껏 구경해라."

"……그래도 목숨이 가장 중요해. 승산이 없고 위험하다고 생각
되면 나는 도망칠 거야. 그래도 괜찮겠어?"

조금 불안감이 묻은 표정을 짓는 마이트레야에게 벨그리프는
웃어주었다.

"그래, 괜찮고말고. 그때가 와도 탓하지는 않으마."

"물러 빠졌어……. 너희 같은 사람은, 처음이야. 진짜 모험가
맞아?"

"아니, 난 모험가가 아니다만."

"어……? 그치만……. 『패왕검』이랑 어깨를 나란히 해서 싸우지
않았어? 앗, 알겠다. 은퇴한 S랭크구나? 아니면 용병?"

"아니, 은퇴야 했는데 기껏해야 E랭크였지. 용병도 아니고…….
굳이 말하자면 농민이려나?"

"……뭐야? 진짜 뭐라는 거야?"

마이트레야는 몹시 황당해하며 눈을 끔뻑거렸다. 퍼시벌이 껄
껄 웃었다.

"세상에는 S랭크 모험가에 버금가는 농부도 있는 법이다!"

"맘대로 해. 그래서, 무슨 계획인데."

"그 얘기는 일행과 다 합류한 다음 하자꾸나. 괜히 따로따로 이야기하면 오히려 혼란스러울 테고, 나도 아직은 차근차근 설명할 될 만큼 정리를 하지 못했거든."

마이트레야는 흥, 코웃음 쳤다.

"나는 싼 몸이 아니야. 성공하면 의뢰비는 넉넉하게 받을 거야."

"그래, 기대하마."

벨그리프는 웃으며 대검을 등에 메고 짐을 들었다.

중요한 사안을 일부러 들려줌으로써 다짜고짜 아군으로 끌어들인다. 과거에 보르도에서 헬베티카에게 당한 방법을 벨그리프는 의도적으로 활용했다. 아마 그녀는 의도하지 않았을 테니, 이렇게 표현하면 혹시 헬베티카가 삐치려나.

자꾸 예상외로 사태가 발전된다. 옛 친구와 재회하기 위한 여정이 로데시아 제국이라는 강대한 세력의 치부를 폭로하는 활동으로 이어져버렸다. 대체 운명이라는 것이 있다면 과연 자신들을 어디로 데려가려는 작정인가. 벨그리프는 눈을 내리떴다.

세 사람은 줄곧 싸워왔다. 카심도, 퍼시벌도, 그리고 사티도. 자기 자신을 위해서, 혹은 자신이 믿는 무엇인가를 지키기 위해서.

이번에는 자신의 차례다.

시골에서 안온하게 살아오기만 했던 자신이 어디까지 해낼 수 있을지 지금 확신하지는 못한다. 다만 고향에서 만났던 딸이 자신

에게 재회를 이끌어줬다. 부모로서 창피한 모습은 결코 보여줄 수
없겠다.

숙소에서 나오자 저물어 가는 하늘이 파랗게 빛나고 있었다. 비
를 내렸던 두꺼운 구름은 어딘가로 또 흘러가버린 듯하다. 서쪽
하늘이 붉게 타오르고, 가느다란 구름은 보랏빛이나 검은빛으로
물들었다. 저것들을 물웅덩이가 거울처럼 비췄다.

축축하고 차가운 바람이 뺨을 어루만지고 간다.

벨그리프는 작게 윙윙대는 대검을 고쳐 메고는 커다랗게 심호
흡했다. 가슴속에 차가운 공기가 휘돌았다.

지금, 모험이 시작되려고 한다.

■ EX 후기

권말의 특별 단편이 시작되리라 기대했을 때 작가가 등장하여 잡담을 늘어놓는다!

이토록 독자를 실망시키는 전개가 또 없을 테지만, 이번 권은 의도적으로 권말 특별 단편을 배치하지 않는 방향을 선택해야 했다.

사실은 후기도 쓰고 싶지 않았지만, 그랬다가는 이 작가가 결국 의욕을 완전히 잃어버렸다고 생각하실 테니 어쩔 수 없는 관계로 이렇듯 불러주지도 않았는데 모지 카키야가 등장했다. 이번에는 되도록 짧게 정리할 생각이니 아무쪼록 용서를 구하고 싶다.

이 소설은 기본적으로 한 권에서 작은 이야기를 마무리 짓는 모양새를 갖춰왔다만, 이번 권은 다음 권으로 이어지는 구성을 채택했다. 이번 장, 다음 장은 WEB 연재 때부터 상편·하편이라는 구상을 갖고 집필했다. 하나의 장에 담기에는 조금 길고, 무리하게 줄여 담았다가는 부족한 부분이 많아지기 때문이다.

이제까지 그랬듯 일단 하나의 권 안에서 이야기가 마무리되는 구성이었다면 권말에 번외편이 게재되어도 괜찮았겠지만, 이렇듯 다음 이야기로 이어지는 형태를 취한 이상은 중간에 불쑥 다른 이야기가 끼어들게 놔둘 수 없었다. 어쩐지 기존 전개의 허리를 잘라먹는 듯하여 작가로서는 별로 달갑지 않아서다.

뭐래냐, 나는 신경 안 쓰인다, 라는 독자 여러분도 많을 터이나 이것만큼은 작가의 쓸데없는 고집인지라 모쪼록 양해를 구하고 싶다. 일단 작가의 입장에서 마지막 한 줄에 주의를 꽤 기울인 만큼 그 이후의 여운도 없이 다른 이야기가 은근슬쩍 나타난다면 한 권의 책으로서 봤을 때 별로 아름답지 않다고 생각한다.

자, 변명은 이쯤 하려고 한다. 어쨌든 간에 8권의 출간은 완료되었다. 감사하게도 이 부분까지 책으로 보여드릴 수 있었다. 모든 방향에 머리를 숙여야 할 사람이 너무나 많아서 작가는 기본적으로 고개 숙인 채 하루하루를 보내고 있다.

연속된 이야기인지라 작가는 혼자서 다음 권도 출간될 것이라 믿고 싶기는 한데, 과연 어떻게 되려는가. 이 시점에 발행이 중단된다면 그것은 그것대로 농담거리가 될 터이나 이왕이면 끝까지 잘 마무리를 하여 독자분들께 전해드리고 싶은 마음인지라 재미있다는 느낌을 받으셨다면 친구나 지인에게 추천해주시기를 송구하게나마 부탁드려보겠다.

요즘 들어서 세상이 무척 소란스럽다. 모자란 소설일지언정 읽어주시는 분께 한때의 청량제가 되어드릴 수 있다면 작가로서는 몹시도 기쁘겠다.

여러분, 가능한 한 건강하게 지내시기를 기원합니다. 아울러 다시 9권에서 만나 뵈옵는 날을 성심으로 기다리겠습니다.

2020년 4월 길일, 모지 카키야

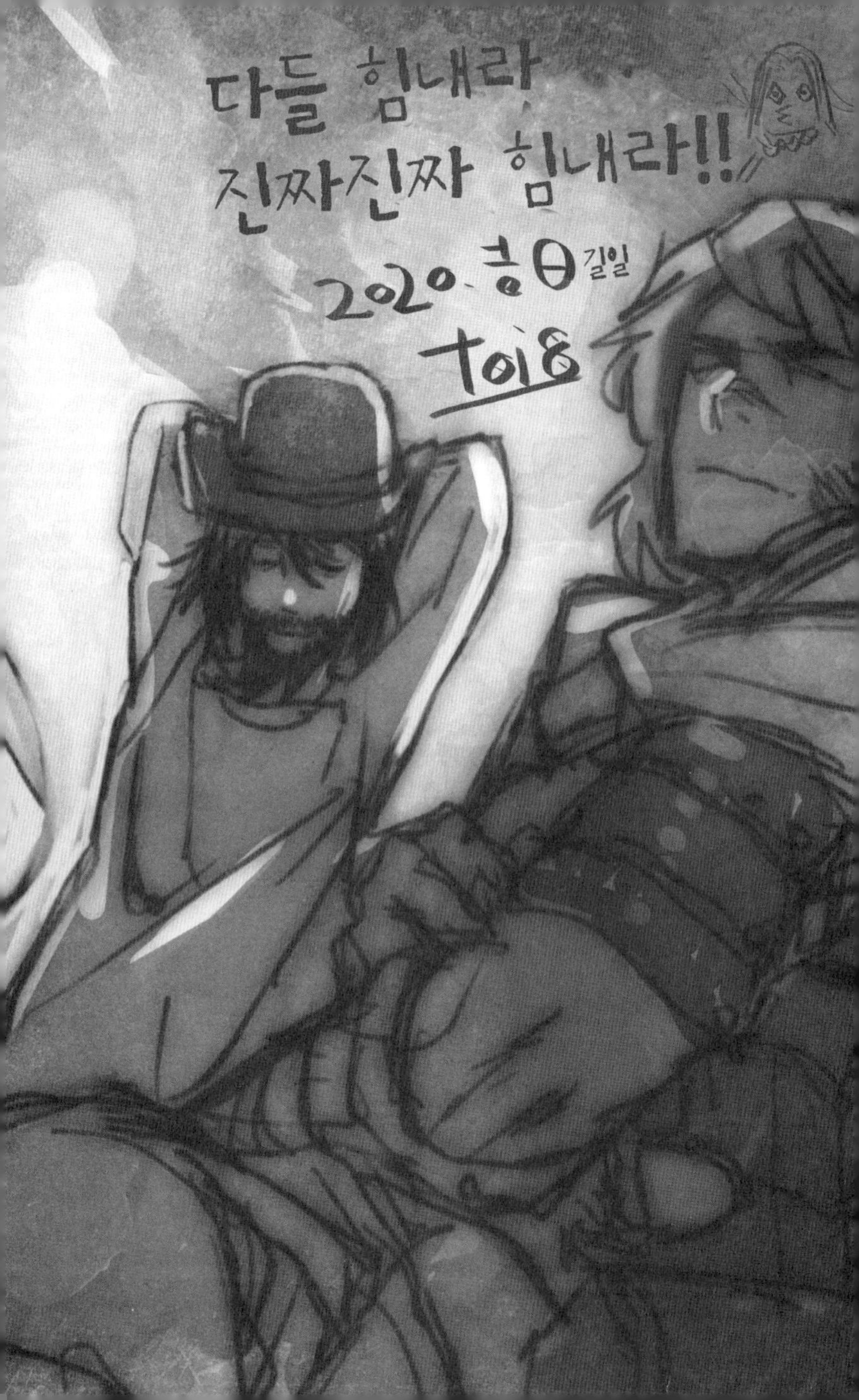
다들 힘내라
진짜진짜 힘내라!!
2020. 길일
toi8

모험가가 되고 싶다며 도시로 떠났던 딸이 S랭크가 되었다 8

초판 1쇄 발행 2021년 6월 20일

지은이_ MOJIKAKIYA
일러스트_ toi8
옮긴이_ 김성래

발행인_ 신현호
편집부장_ 윤영천
편집진행_ 김기준 · 김승신 · 원현선 · 권세라
편집디자인_ 양우연
관리 · 영업_ 김민원 · 조인희

펴낸곳_ (주)디앤씨미디어
등록_ 2002년 4월 25일 제20-260호
주소_ 서울시 구로구 디지털로 26길 111 JnK디지털타워 503호
전화_ 02-333-2513(대표)
팩시밀리_ 02-333-2514
이메일_ lnovelpiya@naver.com
L노벨 공식 카페_ http://cafe.naver.com/lnovel11

Bokenshani naritaito miyakoni deteitta musumega srankni natteta Vol.8
By MOJIKAKIYA, toi8
© 2020 by MOJIKAKIYA, toi8
First published in Japan in 2020 by EARTH STAR Entertainment Co., Ltd
Korean translation rights arranged with EARTH STAR Entertainment Co., Ltd
through Shinwon Agency Co.

ISBN 979-11-278-6028-8 04830
ISBN 979-11-278-4829-3 (세트)

값 10,000원

©KUROKATA 2019
Illustration : KeG
KADOKAWA CORPORATION

## 치유마법의 잘못된 사용법 1~10권

쿠로카타 지음 | KeG 일러스트 | 송재희 옮김

평범한 고등학생 우사토는 귀갓길에 우연히 만난 학생회장 스즈네,
같은 반 친구인 카즈키와 함께 갑자기 나타난 마법진에 삼켜져
이세계로 전이하게 된다.
세 사람은 마왕군으로부터 왕국을 구하기 위한 『용사』로서 소환된 것이지만
용사 적성을 가진 이는 스즈네와 카즈키뿐, 우사토는 그저 휘말린 것이었다!
하지만 우사토에게 희귀한 속성인 『치유마법사』의 능력이 있다고 밝혀지며
사태는 180도 바뀌게 되고, 우사토는 구명단 단장이라는 여성, 로즈에게 납치되어
강제로 구명단에 가입하게 된다.
그곳에서 우사토를 기다리고 있던 것은 험악한 얼굴의 동료들,
그리고 『치유마법의 잘못된 사용법』을 구사하는
지옥훈련으로 채워진 나날이었다—.

**상식 파괴 「회복 요원」이 펼치는
개그&배틀 우당탕 이세계 판타지, 당당히 개막!!**

라이트노벨의 새로운 빛! L북스의 신간은 매월 20일에 발매됩니다. http://cafe.naver.com/lnovel11

## 거미입니다만, 문제라도? 1~14권

바바 오키나 지음 | 키류 츠카사 일러스트 | 김성래 옮김

분명히 여고생이었을 텐데 정신을 차리고 보니
「나」는 본 적도 없는 곳에서 《거미》라는 괴물로 전생해버렸다?!
어미 거미의 동족 포식을 피해 도망쳤지만 방황 끝에 도착한 곳은 괴물들의 소굴.
독개구리, 왕뱀, 거대 늑대, 심지어 용까지 설치고 다니는 최악의 던전.
힘없는 조그만 거미인 「나」는 이곳에서 무사히 살아갈 수 있을 것인가……?
으악, 되도 않는 소리는 작작 하란 말이야!
나를 이런 상황으로 몰아넣은 놈 누구야! 당장 튀어나와!!

**수많은 인터넷 독자들이 응원하는
거미양의 서바이벌 생활, 당당히 개막!**

라이트노벨의 새로운 빛! L북스의 신간은 매월 20일에 발매됩니다. http://cafe.naver.com/lnovel11